19世纪英国文学作品中家庭女教师的形象研究

董小燕 著

吉林大学出版社
·长春·

图书在版编目（CIP）数据

19世纪英国文学作品中家庭女教师的形象研究 / 董小燕著. — 长春：吉林大学出版社，2022.8
ISBN 978-7-5768-0289-4

Ⅰ. ①1… Ⅱ. ①董… Ⅲ. ①英国文学 – 女性 – 家庭教师 – 形象 – 研究 – 19世纪 Ⅳ. ①I561.064

中国版本图书馆 CIP 数据核字 (2022) 第 151696 号

书　　名：19世纪英国文学作品中家庭女教师的形象研究
19 SHIJI YINGGUO WENXUE ZUOPIN ZHONG JIATING NÜJIAOSHI DE XINGXIANG YANJIU

作　　者：董小燕 著
策划编辑：矫正
责任编辑：殷丽爽
责任校对：周鑫
装帧设计：久利图文
出版发行：吉林大学出版社
社　　址：长春市人民大街 4059 号
邮政编码：130021
发行电话：0431-89580028/29/21
网　　址：http://www.jlup.com.cn
电子邮箱：jldxcbs@sina.com
印　　刷：天津和萱印刷有限公司
开　　本：787mm×1092mm　　　　1/16
印　　张：13.25
字　　数：200 千字
版　　次：2023 年 3 月　　　第 1 版
印　　次：2023 年 3 月　　　第 1 次
书　　号：ISBN 978-7-5768-0289-4
定　　价：68.00 元

版权所有　翻印必究

前言

19世纪40年代英国完成工业革命，工业的大发展带动了整个国民经济的增长，同时也使社会日益分化为两大对立阶级。其中资产阶级女性养尊处优，终日无所事事，在家庭生活中处于依附性地位，被赋予"家庭天使""花园皇后"的称号。而一些处于社会下层的女性，无权无财，备受打压，是弱势群体的代名词。正因为此，这些中下层女性们中，一些受过良好的教育、同时渴望摆脱原本生活状态的女性积极探索，主动寻求出路，成为教师。

在19世纪的英国，家庭女教师一度成为报纸杂志、新闻小说的热门话题。家庭女教师因其职业具有鲜明的时代特性，以及其自身特殊的边缘性地位与身份引起了社会与文学界的广泛关注。这一时期很多作家都以家庭女教师为小说的主人公，描绘家庭女教师的生活与成长经历。特别地，在19世纪英国女性教育飞速发展与女性文化素质不断提升的背景下，女性的社会自我认同得到加强，其摆脱传统男权控制的独立自主意识也日益增强，而维多利亚时期英国经济的繁荣让中产阶级家庭的女性有了很多闲暇的时间来进行阅读和写作。有些女性更在学习的过程中，重新审视自身的价值，塑造了女性独立、自信、坚强的性格。她们勇敢地冲出樊篱，挑战权威，创造了属于她们自己的文学。她们抛开男性写作的传统，将家庭、婚姻、爱情、自由和教育等纳入了创作素材。女性作家们希望通过自己的作品来表达自己的女性意识，与男性的霸权进行抗争，家庭女教师小说就是在这种背景下产生的。一方面，它承载了19世纪女性作家的社会批判意识，另一方面也表现了关注女性内心与感受的女性意识，描述刻画了女性的成长与进步，其艰难的生存境遇与工作环境，以及对其自身社会地位的认知与质疑。很多女性作家在描写家庭女教师的生活时，把自己曾作为家庭女教师的亲身经历也融入小说中，比如，著名的简·奥斯丁、玛丽·玛莎·舍伍德、安妮·勃朗特和夏洛特·勃朗特就都受到自己家庭女教师经历的启发而创作出令人印象深刻的家庭女教师形象。总之，19世纪社会的变革促进了女性思想的进步，经济形势的变迁与女性教育的提升让家庭女教师成为当时社会的特殊职业群体，而家庭女教师小说也在这种情况下逐渐形成规模成为一种类型小说。

笔者经过研究发现，家庭女教师小说的确可以确立为一种小说文类，因为它在情节、主题、人物设定、故事场景以及写作目的等方面都存在着一些鲜明特征。"如果一个文类存在，那么就应该有一个特定的准则来提供这一文类所具有的共同的特性，并且依据这一标准，我们能够去判定一个给定的文本是否属于这一文类或者不属于这一文类。"[1]经过研究，笔者对家庭女教师小说做如下定义：小说中出现的某些或者某个重要角色有过家庭女教师的经历；故事中的家庭女教师有可能是孤儿，她们大多都会经历家庭破产或者父亲突然亡故等不幸，从而被迫成为一名家庭女教师；家庭女教师最终境遇的改变往往会通过某些人的帮助，可能是亲戚或者朋友，也可能是未来的丈夫或者同为家庭女教师的同伴，等等；小说中都会描写某些或者某个女性角色经历成长、蜕变或者自我完善的过程；以女性成长与女性抗争为主题，注重描写女性的内心感受与生活体验，一般能够体现中产阶级工作女性的生活状态；故事发生的场景一般都包括雇主的家庭；小说的写作目的包含提高女性地位、改善女性工作环境与生存境遇，推行社会变革等，具有以上特征的小说可被称为家庭女教师小说。

家庭女教师小说作为特定的文学类型，频繁出现于英国19世纪的英国文坛，并且发展成为一个具有时代特性的类型小说。《爱玛》《家庭女教师艾米丽》《阿格尼斯·格蕾》《简·爱》《卡洛林·莫当》《维莱特》等作品都属于这一类型小说。而在英国文学中享有盛誉的三姐妹之一的夏洛特·勃朗特更是对家庭女教师小说情有独钟，在她的大多数作品中，女主角都有过做家庭女教师的经历。家庭女教师小说为何在19世纪如此风靡，这一类型小说采用了哪些叙事策略，反映了女性作家怎样的心路历程及女性意识，这些都是非常值得探究的问题。因此，本书以数部19世纪家庭女

---

[1] Derrida, Jacques. The Law of Genre[J]. Critical Inquiry, 1980（07）: 64.

教师小说的文本为依托，以叙述介入、叙述视角、叙述声音、叙述话语模式等叙事策略入手，以女性意识为切入点，深入剖析家庭女教师人物形象，并通过家庭女教师形象的嬗变探讨女性意识的觉醒问题。

全书共分七章，采用总—分—总的顺序展开论述。首先概述19世纪英国文学作品中的女性主义叙事和女性主义叙事学视角下的家庭女教师形象，为全书起到提纲挈领的作用；然后分述简·爱、阿格尼丝·格雷、卡洛林·莫当、爱玛、简·费尔法克斯、露茜的人物形象，在此基础上阐述了简·奥斯丁和夏洛蒂·勃朗特作品中的女性意识；最后总结家庭女教师小说产生的社会文化背景，并以简·奥斯丁和勃朗特姐妹的生活经历为依托，从传统淑女向新淑女的嬗变、从被遗忘到自我觉醒、从牺牲者到拥有生活智慧三个方面探讨19世纪英国文学作品中家庭女教师形象的嬗变。

笔者从女性主义叙事学的角度，分析19世纪的英国文学作品中家庭女教师的形象，透过叙事策略，探讨文学现象背后的文化因素和社会因素，挖掘文学作品背后女性作家的女性意识，希望能为19世纪英国家庭女教师小说的研究做出一点贡献。

目 录

第一章 19世纪英国文学作品中女性形象概述 ········· 1
  一、19世纪英国文学作品中的女性主义叙事 ········· 2
  二、女性主义叙事学视角下的家庭女教师形象 ········· 23

第二章 简·爱 ········· 38
  一、形象概述 ········· 38
  二、形象分析 ········· 47

第三章 阿格尼丝·格雷 ········· 71
  一、形象概述 ········· 72
  二、形象分析 ········· 76

第四章 卡洛林·莫当 ········· 97
  一、形象概述 ········· 97
  二、形象分析 ········· 98

第五章 《爱玛》及简·奥斯丁作品中的女性意识 ········· 117
  一、形象概述 ········· 118
  二、形象分析 ········· 118
  三、简·奥斯丁作品中的女性意识 ········· 126

第六章 《维莱特》及夏洛蒂·勃朗特作品中的女性意识 ········· 145
  一、形象概述 ········· 146
  二、形象分析 ········· 147
  三、夏洛蒂·勃朗特作品中的女性意识 ········· 157

第七章　女性、女权、女人——19世纪英国文学作品中家庭
　　　　女教师形象的嬗变 ………………………………… 175
一、工业革命转型期应运而生的女教师群体 …………………… 176
二、17至19世纪早期英国小说中的女性意识的发端之路 ……… 181
三、19世纪英国文学作品中家庭女教师形象的嬗变 …………… 184

参考文献 ……………………………………………………… 202

第一章　19世纪英国文学作品中女性形象概述

19世纪的英国是女性文学开始受世人瞩目的开端，这不是一个偶然现象，而是有其必然原因。19世纪中晚期的英国一直由维多利亚女王（1837—1901）执政，她的统治相对开明。在经济方面，工业革命的完成促进了当时英国的经济飞速发展；在政治方面，国会制定了一系列保护妇女权益的法规。例如，妇女的日工作时间为12小时，已婚妇女拥有独立的财产支配权，允许离婚；在教育方面，国会通过立法形式保证了女性与男性享有同等的受教育权利等。这在客观上培养了女性文学创作者和能欣赏文学作品的女性阅读群体。在这种社会大环境下，一些妇女从家庭琐事中走出来，参加社会活动。她们开始重新定位自己的价值。虽然当时英国已进入资本主义高速发展期，但男权社会体系下的封建思想仍根深蒂固，其中一个体现就是封建夫权制对女性生活的控制，因此女性要求独立自主的渴望便反映到她们的文学作品中。

家庭女教师在英国19世纪的小说里是很常见的人物。然而，在萨克雷、狄更斯这些男作家的笔下，女教师的出现是一个偶然现象，是被用来观察名利场的放大镜或嘲讽世态的工具，而这一职业本身所包含的社会问题通常不在他们的视野之内。只有在女作家的小说里，由于曾亲历其中的甘苦或出于特定的女性视角，家庭女教师背后的艰辛和痛苦连同女性生存的压力才有细微的描写和真实的反映。奥斯丁笔下的简·费尔法克斯、安妮·勃朗特笔下的阿格尼丝·格雷、夏洛蒂·勃朗特笔下的简·爱和玛丽·玛莎·舍伍德笔下的卡洛林·莫当就是其中最突出的代表。

一、19世纪英国文学作品中的女性主义叙事

一个多世纪以来，对女性主义的讨论与研究一直是敏感的话题，女性因为其权利地位上的劣势不断地进行抗争，向社会呼吁两性平等，其中最重要的途径就是通过写作传达自己的声音。美国学者苏珊·S.兰瑟（S.S.Lanser）于1986年在论文"走向女性主义叙事学"中，提出了"女性主义叙事学"这一概念，标志着女性主义叙事学的诞生。后来她又在其专著《虚构的权威——女性作家与叙述声音》中立足于女性意识，提出了"声音"这一核心概念。兰瑟认为女性作家必须贴近主导话语权威，通过变换叙事结构和写作技巧，颠覆传统话语权力机制，从而发出自己的声音，建构自我话语权威。兰瑟还从性别意义出发对叙述声音做出作者型叙述声音、个人型叙述声音和集体型叙述声音的划分，以此来分析不同时期女性作家建构不同程度的话语权威的策略。女性主义叙事学结合了女性主义文学批评的性别意义和经典叙事学的研究方法，既弥补了传统女性主义文学批评缺少理论的缺陷，又为经典叙事学的文本分析提供了性别视角。作为一种新的文本分析模式和方法，借助于分析女性作家建立话语权威的策略，女性主义叙事学能够更好地对女性文学文本进行解读，更深刻地领悟到女性作家试图发出的声音。

19世纪上半叶是英国小说的黄金时代，其中女性作家创作的小说也呈现出蓬勃发展的态势。这些女性作家，以自己熟悉的爱情和婚姻为阵营，用细腻的文笔、巧妙的构思、匠心独具地进行着小说创作。

（一）女性主义叙事学概述

女性主义叙事学诞生于20世纪80年代的西方文学领域，顾名思义，是一门结合了女性主义文学批评与结构主义叙事学的跨学科理论。随着其理论的逐渐成熟与发展，该理论得到世界学者的广泛关注与研究。后来，女性主义叙事学成为后经典叙事学中最具影响力的理论分支之一，也成为文学作品分析与批评的全新视角与重要工具。

1.女性主义叙事学的诞生及发展

（1）女性主义叙事学的理论基础与诞生必要性

在女性主义叙事学这个概念被正式提出以前，作为其理论基础的结构主义叙事学与女性主义文学批评一直在两个完全不同的范畴内发展着。

结构主义叙事学于20世纪60年代在法国兴起,"是直接采用结构主义的方法来研究叙事作品的学科……结构主义将文学视为一个具有内在规律、自成一体的自足的符号系统,着力探讨叙事作品的叙事规律和各要素之间的关联"①,其目的是找出叙事作品中普遍的构造原则及形式技巧。它一方面研究文本故事层面的事件、人物和背景,聚焦于事件和人物叙述的结构,另一方面研究话语层面的叙述形式和技巧,关注叙述者表达事件的方式方法。虽然相较从前,其关注文本内部是一大进步,但过于关注规律技巧却将文学作品批评形式化、刻板化,忽略了对特定历史社会文化语境的考察与分析,以及性别意识在文本构建中的意义。正如申丹等所说:"我们一旦试图将性别、种族、阶级等非结构要素加以理论化,使之成为叙事诗学的形式类别,就必须把文本从相应的语境中分离出来,以便从中提炼出相关的形式特征。"②但这对于具体叙事作品,尤其是女性文学作品的阐释来说显然是片面的。任何文本的创作意义与其所采取的叙事策略都脱离不开具体的社会历史背景。"经典叙事学脱离语境来分析作品的方法确实已经过时"③,所以在20世纪80年代这一形式主义批评派别开始衰落,面临着审视与新的突破。

20世纪60年代末,女性主义文学批评兴起于欧美,是"以女性性别意识为焦点阐释文学与文化现象的批评理论"④。这一派别在女性解放运动的影响下发展,随着文艺复兴、宗教改革等对人的启蒙,女性追求平等的意识也渐渐苏醒,开始了在政治与文化领域内与男性霸权的斗争。在政治领域内,女性一直争取与男性同等的公民权利与社会地位,在文学领域内,女性起初并没有文学创作与公开出版的空间与权利,都是男性作家来刻画女性形象,定义女子"应有的"气质。"男性作家通过把女人塑造成天使,表达了自己的审美理想,并将这一理想化的歪曲表现以话语的压抑形式加诸于现实的妇女,压制妇女的自由意志……一方面表现出他们对女性创造力的厌恶,一方面也是对妇女创作力明火执仗的贬损和压制"⑤,所以女性

---

① 申丹,王亚丽. 西方叙事学:经典与后经典 [M]. 北京:北京大学出版社,2010:2-3.
② 申丹,王亚丽. 西方叙事学:经典与后经典 [M]. 北京:北京大学出版社,2010:2-3.
③ 申丹,王亚丽. 西方叙事学:经典与后经典 [M]. 北京:北京大学出版社,2010:2.
④ 王一川. 文学批评教程 [M]. 北京:高等教育出版社,2009:199.
⑤ 张岩冰. 女权主义文论 [M]. 济南:山东教育出版社,1998:67.

主义学者希望从女性经验出发,通过文学批评来重新解读经典作品,对男性作家刻画的女性形象、设定的女性命运给予纠正,改变女性在文学领域内受支配的地位,以明确女性主体意识,提高女性思想觉悟。"女性主义文学批评是一种政治行为,其目标不仅仅是解释这个世界,而且是通过改变读者的意识和读者与他们所读的关系去改变这个世界。"[①] 所以女性主义文学批评充分弥补了结构主义叙事学忽略文本性别意义和社会历史语境的这一缺陷,坚持以性别、阶级、历史文化语境等研究视角深入到故事之中,揭露现实生活中存在的性别歧视与社会地位不平等,并鼓励树立全新的女性形象,追求男女平等的表达权利,消除对女性思想、行为等各方面的压迫与奴役。但是,随着女性主义文学批评理论的传播与发展,它的缺陷也渐渐显露。首先,过强的政治性目的削弱了它对文学性的关注,使文学批评难保客观。因为女性主义文学批评最终为实现两性平等而服务,女性主义批评家们急于批判社会政治,解构男性权威,建立女性话语权威,所以在进行文本分析时就不可避免地朝着利于自己政治目的的方向去解读,表现出强烈的个人主观性与片面性。其次,忽视文本的叙事诗学研究,缺乏明确的理论支持。因为女性主义文学批评更多地关注作品的具体内涵和社会意义,所以其主要研究叙事的故事层,而忽视对话语层面的叙事技巧的研究,即只关注叙述了什么样的故事而没有分析故事是怎样被讲述的。

两种学科各自的合理性与局限性使学者们意识到结构主义叙事学的形式分析与女性主义文学批评的意识形态分析互为补充,多元共存的必要。叙事学应该内容与形式并重,不仅要有科学客观的理论,还要有具体丰富的现实意义;不仅要研究叙事形式规律,还要分析历史语境与社会身份,即叙事应具备双重性。对这一点的清晰认识为探索女性主义文学批评与结构主义叙事学相结合,学术性与实践性相结合提供了可能性。

(2) 女性主义叙事学的发展历程

面对结构主义叙事学与女性主义文学批评相互补充,共同发展的迫切需求,女性主义叙事学应运而生。作为女性主义叙事学的创始人,美国学者苏珊·S.兰瑟于1981年出版了《叙事行为:小说中的视角》一书,指出了叙事行为中存在的性别立场差异,倡导结合叙事学和女性主义文学对

---

① 张京媛. 当代女性主义文学批评[M]. 北京:北京大学出版社,1992:53.

文本进行研究。随后，布鲁尔（M.M.Brewer）与沃霍尔（Robyn R.Warhol）相继发表论文"放开说话：从叙事经济到叙事写作"（*A Loosening of Tongues: From Narrative Economy to Women Writing*）和"建构有关吸引型叙述者的理论"（*Toward a Theory of the Engaging Narrator*），论述了结构主义叙事学忽略社会历史语境这一缺陷，主张借鉴女性主义文学批评，从女性主义的角度来分析叙述策略，将叙事性研究与性别政治相结合，进一步巩固了女性主义叙事学的研究基础。1986年，苏珊·S.兰瑟发表了"走向女性主义叙事学"一文，正式提出了女性主义叙事学这一概念，并对这一理论的研究目标、对象、方法进行了系统的阐释与总结。至此，女性主义叙事学作为一个结合了叙事学与女性主义的跨学科正式确立。1992年，兰瑟又出版了书籍《虚构的权威——女性作家与叙述声音》，提出了构建女性话语权威的重要性，并结合一系列具体作品分析了女性作家在特定历史社会背景下采取的权威构建策略，将性别政治与叙事形式密切地联系起来。

女性主义叙事学最早引入中国是通过学者申丹的系列研究与论著，如"叙事形式与性别政治——女性主义叙事学评析""话语结构与性别政治——女性主义叙事学'话语'研究评析"，后申丹又同王丽亚一起合作了《西方叙事学：经典与后经典》一书，将女性主义叙事学作为叙事学中的重要分支进行了系统阐释。申丹之后，黄必康又对《虚构的权威——女性作家与叙述声音》一书进行了翻译，为国内开展女性主义叙事学研究提供了更多的参考。

2.女性主义叙事学在文本解读上的优越性

（1）女性主义叙事学分析文本更科学严谨。女性主义叙事学借鉴结构主义叙事学对文本叙事形式的研究方法、在结构主义叙事学所确立的话语声音等概念基础上进行创新，在分析女性文本的过程中，更加注重女性叙事策略的选择运用及其社会历史原因与性别意义，避免了单独用女性主义开展文学批评而造成的唯心主义。

（2）女性主义叙事学分析文本更全面。女性主义叙事学坚持叙事的双重性，改善了女性主义文学批评与结构主义叙事学单一的研究方向。它不仅对叙事技巧进行形式分析，也对叙事内容作意识形态分析，同时聚焦故事层、话语层，将文学作品与社会历史语境紧密相连。女性主义叙事学在故事层面主要探讨的是"男作家创作的故事结构所反映的性别歧视；女作家与男作者创作的故事在结构上的差异,以及造成这种差异的社会历史原因"①,在话语层面主要研究女性作家采取的特殊叙事策略及其性别意义。

(3)女性主义叙事学实践性更强。女性主义叙事学一直坚持学术性、实践性并重。在发展学科理论的同时积极地投入到具体的文本阐释中,文学作品全新的解读为妇女觉醒打开了新的窗口,推动了新一轮的妇女思想解放,具有更强的现实意义。

(4)女性主义叙事学更适合解读女性文本。女性叙事正是女性主义叙事学的主要研究领域,"女性主义叙事学始终是以女性意识问题为旨归,即使是研究叙事问题,也必须以女性的权利和策略作为研究的出发点和落脚点……其终极目标是改变女性生存现实状态,探寻女性作为一个社会主体(包括行为主体、叙事主体、审美主体)的发展可行性问题"②。所以通过女性主义叙事学研究女性作家及女性文本既有文学意义也有很强的现实意义。

3. 话语权威与叙事声音

(1)话语权威的争夺

在父权制社会中,女性一直处于受压迫的从属地位,她们应该保持沉默,无条件地服从男性。在文学领域内则体现为一直是男性作家占据话语权威,按照自己所希冀的去刻画女性形象,定义女子气质,而女性便失去了自己的声音,无法表达真实想法,即使是寻找机会表达出来,公开的女性声音也不被社会所接受。话语权威,兰瑟解释它为"由作品、作家、叙述者、人物或文本行为申明的或被授予的知识名誉、意识形态地位以及美学价值"③。在叙事过程中,叙事者占据的社会地位越高,他所讲述的故事,传达的价值观就越具有权威性。所以女性作家开始以一种积极主动的状态去写作、出版,巧妙地采用某些间接的、迂回的写作策略去批判、解构父权的话语权威,以求获得读者的认同并产生一定的社会影响,最终目的是建构属于女性的话语权威,成为具有独立意义的个体。

---

① 申丹,王亚丽. 西方叙事学:经典与后经典 [M]. 北京:北京大学出版社,2010:201.
② 杨永忠,周庆. 女性主义叙事学的学科内涵及研究领域 [J]. 山东女子学院学报,2014(02):19-20.
③ 苏珊·S. 兰瑟. 虚构的权威——女性作家与叙述声音 [M]. 黄必康译. 北京:北京大学出版社,2002:5.

结构主义叙事学同样关注叙事的权威性，但仅仅是分析不同叙事策略所形成的不同程度的叙事权威及其美学效果。例如兰瑟在《虚构的权威——女性作家与叙述声音》一书中所提到的，经典叙事学家认为全知叙述者一定比第一人称叙述者的权威性更高。而女性主义叙事学以这种结构上的权威为基础，"将叙述模式与社会身份相结合，关注性别化的作者权威，着力探讨女作家如何套用、批判、抵制、颠覆男性权威，如何建构自我权威"[①]。

兰瑟在《虚构的权威——女性作家与叙述声音》一书中，开篇第一章便引用了一封公开出版的书信《埃特金森的匣子》，这封信是由一个新婚女子执笔向她的知心姐妹介绍其婚姻近况。通读下来，这位新娘赞扬了她的丈夫与目前的婚姻状态，幸福之情溢于言表。但是根据此书的注释提示从第一行开始隔行往下读时，会发现新娘要表达的意思与初读时完全不同，"我已结婚七个礼拜，但是我／丝毫不觉得有任何理由去／追悔我和他结合的那一天"就变为"我已结婚七个礼拜，但是我追悔我和他结合的那一天"。作者隔一行插入一个否定的句子结构，透过隐含的文本向闺蜜控诉丈夫与所处的婚姻关系，颠覆了表层文本的含义。基于对表层文本和隐含文本差异的解读，兰瑟区分出了公开叙述与私下叙述。公开叙述"指的是叙述者对处于故事之外的叙述对象（即广大读者）讲故事"[②]，私下叙述是"对故事内的某个人物进行叙述"[③]，是不被公开权威所认可的女性叙述。这封信公开叙述的是表层文本的内容，以此应对丈夫的查看，逃避公共社会的压力。而隐含的真实心声则在可以被男权社会所接受的表层文本的掩护下由私下叙述表达出来。公开叙述与私下叙述的区分证实了文本中女性声音的存在以及男女作家在叙述上的差异性，提出了女性话语权威的问题，呼吁对女性作品进行研究，关注女性作家的叙事策略及其历史性别意义。兰瑟认为"女性作家要在西方文学史中占有一席之地就必须形成这三种权威，它们分别是：建构另外的生活空间并制定出她们能借以活跃其间的定律的权威；建构并公开表述女性主体性和重新定义女子气质的权威；以及形成某种以

---

① 申丹. "话语"结构与性别政治——女性主义叙事学"话语"研究评介 [J]. 国外文学，2004（02）：6.
② 申丹，王亚丽. 西方叙事学：经典与后经典 [M]. 北京：北京大学出版社，2010：208.
③ 申丹，王亚丽. 西方叙事学：经典与后经典 [M]. 北京：北京大学出版社，2010：208.

女性身体为形式的女性主体的权威"①。她依据这三种不同程度的权威性提出了三种不同的叙述声音模式。女性主义叙事学视域下的叙述声音实质是在经典叙事学的基础上的丰富与革新,是将叙述声音与性别政治密切联系起来的全新尝试。

(2)叙述声音的丰富与革新

叙事学中的声音是指叙述者讲述故事的声音,重点分析叙述故事的形式和结构而不在意声音的社会政治内涵。而女性主义叙事学下的声音是"指现实或虚拟的个人或群体的行为,这些人表达了以女性为中心的观点和见解"②。由于男性作品已经定义了女性形象,所以女性主义者将女性声音的呼出视为获得话语权威和社会地位必争的领地。正如兰瑟所言:"对于那些一直被压抑而寂然无声的群体和个人来说,这个术语已经成为身份和权利的代称。"③女性主义叙事学以结构主义叙事学的相关理论为基础,结合了声音这一概念的叙述形式意义和社会身份意义,结合性别视角和政治内涵,丰富了叙述声音这一文本分析工具,创新地提出了个人型叙述声音、作者型叙述声音和集体型叙述声音。

在阐述这三种类型叙述声音之前,有必要简单梳理叙事学中叙述者、被述者、作者等相关概念,便于我们更好地理解兰瑟对于三种叙述声音的区分。叙述者,"他是一个叙述行为的直接进行者"④,尽管小说中叙述者常常以"我"来进行故事讲述,但这个"我"不等同于作者,而属于虚构的世界。而隐含的作者通过文本叙述者这一中转站将他要讲的故事及故事背后的价值观传递给我们。被述者也不等同于实际读者,它是存在于文本之内的故事以及叙述话语的接受者,而读者则是在文本之外真实的存在。

①作者型叙述声音

作者型叙述声音"表示一种异故事的集体的并具有潜在自我指称意义

---

① 苏珊·S. 兰瑟. 虚构的权威——女性作家与叙述声音[M]. 黄必康译. 北京:北京大学出版社,2002:24.
② 苏珊·S. 兰瑟. 虚构的权威——女性作家与叙述声音[M]. 黄必康译. 北京:北京大学出版社,2002:4.
③ 苏珊·S. 兰瑟. 虚构的权威——女性作家与叙述声音[M]. 黄必康译. 北京:北京大学出版社,2002:3.
④ 徐岱. 小说叙事学[M]. 北京:商务印书馆,2010:108.

的叙事状态"①。根据叙事学家热奈特（G.Genette）的定义，异故事就是叙事者并不参与文本的虚构故事，而是处于故事之外的存在层面，叙事者是公开地讲述他人的故事。如《傲慢与偏见》中的叙事者就脱离文本故事，以第三人称的全知视角叙述了女主人公伊丽莎白·班纳特离经叛道的形象。

作者型叙述声音通常可以承载更多的社会权威，因为：第一，叙述者跳出故事之外，具有全知全能的特点，既能客观冷静地评述事件，又能深入刻画人物的内心，使其所叙述的故事更具有权威性；第二，异故事的叙述通常没有明确区分作者和叙述者，所以读者很容易把自己代入为受述者，把作者等同于叙述者，这样作者的声音就承载了更多社会权威；第三，故事外的叙述者可以模糊性别，所以女性作家能以一种中性的立场来传达自己的女性声音，逃避男性权威的压制。

②个人型叙述声音

个人型叙述声音是指叙事者对存在于文本之外的读者讲述自己的故事，即故事中的主人公和讲故事的"我"为同一人，可以是公开的也可以是私下的形式讲述"我"以往的故事。因为故事的内容是以"我"为中心展开，叙述者只要申明、解释自己经历，就使得叙事作品带有自传特性。但因为叙述者的性别不能以第三人称的中性手段隐藏，就使得个人声音的运用具有两面性。如果作者明显地使用女性叙述声音，那么便可以将原本私下的声音公开，传递给公众，名正言顺地建构自己的权威。但它也有一个弊端，就是一旦叙述内容有挑战男性权威的倾向，塑造的女子形象超出父权社会的认知，那么这种声音就会遭到明确的排斥，所以很多女性作家在很长时间内不敢选用个人型叙述声音。如果女性作家将叙述声音伪装成男性声音，或者直接署男性笔名，那么就能够避免社会的抵制而获得更多的公众权威，但这种手段在某种程度上反而还会加强男性话语权威。

英国女作家夏洛蒂·勃朗特（Charlotte Brontë）的著名长篇小说《简·爱》可以称得上是女性作家使用公开的个人型叙述声音的开端。在《简·爱》中，故事的叙述者就是女主人公简·爱本人，她毫不避讳地以第一人称"我"的口吻公开地向读者讲述她反抗受压迫的命运与追求平等爱情的个人经历。

---

① 苏珊·S. 兰瑟. 虚构的权威——女性作家与叙述声音[M]. 黄必康译. 北京：北京大学出版社，2002：17.

通过女主人公直接的回忆与讲述,使读者更直接地感受到简·爱的自尊自爱,敢于摆脱世俗成见,坚持不懈的抗争精神,"《简·爱》这种单刀直入、执着顽强的声音在公众读者面前表现得毫不含糊"[1],但也恰恰因为这种公开的女性声音过于突出,与女性作家实际地位不相称,使得当时许多学者批判这部作品为败笔。

③集体型叙述声音

如果说个人型叙述声音与作者型叙述声音的实质都在经典叙事学当中有所涉及,那么集体型叙述声音则是女性主义叙事学全新的探索。兰瑟所阐释的集体型叙述声音不仅仅是指叙述者以"我们"开展叙述的声音,还是指"在其叙述过程中某个具有一定规模的群体被赋予叙事权威"[2]。因为女性一直是被边缘化、受压迫的对象,但却因为经济和社会条件的约束只能依附于男性,很难凝聚为有话语权威的群体,所以集体声音是有利于弱势群体的。单个女性的声音容易被忽略,而集体声音却很难不被正视,因此集体型叙述声音恰能帮助女性以一种新的方式构建话语权威。基于此概念,兰瑟又论述了集体型叙述声音的三种形式,分别是:"单个叙述者代表某群体发言的'单言'形式,叙述者以复数主语'我们'叙述的'共言'形式和群体中的个人轮流发言的'轮言'形式。"[3]"共言"形式以"我们"展开叙述,很清楚刻画的是群体处境,发出的是群体共同声音,单一叙述者代表群体所发的"单言"会引起其他女性同胞的共鸣,得到她们的支持,进而形成群体声音,而"轮言"形式则赋予了每个不同类型女性自我表达的权利。集体型叙述声音结合了不同类型、不同阶层的女性,形成强大的集体,进而为她们自身诉求发声。

美国非裔女作家托尼·莫里森(Toni Morrison)的作品多取材于美国黑人女性群体,所以在她的小说中能够反映群体诉求的集体型叙述声音被广泛运用。小说《宠儿》便是以"单言"形式诉说群体声音的典型。主人公萨格

---

[1] 苏珊·S. 兰瑟. 虚构的权威——女性作家与叙述声音[M]. 黄必康译. 北京:北京大学出版社,2002:214.

[2] 苏珊·S. 兰瑟. 虚构的权威——女性作家与叙述声音[M]. 黄必康译. 北京:北京大学出版社,2002:23.

[3] 苏珊·S. 兰瑟. 虚构的权威——女性作家与叙述声音[M]. 黄必康译. 北京:北京大学出版社,2002:23.

斯虽然叙述的是其从奴隶解放为牧师的个人经历,但代表的却是整个黑人女性群体渴求自由的诉求,她以个人经历感召群体的信任,获得共鸣与支持,进而可以形成群体性权威。小说《爱》通过对柯西家族的主奴关系的刻画折射了整个黑人族群的地位,作者让这个家族内所有女性人物都参与叙述,从自我视角出发,发表对家族奴隶主柯西的看法。"轮言"形式的集体型叙述声音使得奴隶主变成了被女人评价的对象,打破了黑人女性固有的被奴役、没有话语权的劣势地位。而在小说《最蓝的眼睛》的结尾,莫里森利用"共言",以"我们"的复数人称控诉了黑人女性群体遭受的歧视压迫。

(二)19世纪英国女性的生活状况

19世纪,英国女性被剥夺了众多权利,首当其冲的是受教育权利。即使有些资产阶级中的贵族小姐被送到学校接受教育,也仅仅是为了将她们塑造成"有女人味"的女人,并不是去学习相关的专业知识,所授的课程无非都是烹饪、唱歌、绘画和一些器乐演奏等。她们接受这些教育,目的只在于提高自己的女性修养,以便为自己找到一个如意郎君,而事实上,这些技能在婚后多半都被弃之不用。在当时,女性不可能像男性一样能够进入真正的学校去学习知识、了解世界、拓宽视野,她们所接受的教育少得可怜。对于贫穷家庭出身的女性,如果想要接受教育,最直接的方式就是被送往女修道院,在那里她们可以识文断字,并学会独立思考。通常修道院中的学习较为广泛和自由,其目的不在于教授女性掌握优雅的社交技巧和才艺以博男性喜好。19世纪,"大部分女孩所受的教育只会'束缚和限制'她们,任何独立思考的表现都会马上受到压制……,大部分女孩都被驯成了机器人,许多女性为了能够接受良好扎实的教育所面临的几乎是无法逾越的困难。大部分女孩被抚养得机械地履行职责,而她们自己的头脑却始终陷于贫瘠和荒芜之中"[①]。女孩教育——无论是在家受教于往往本身也没受过什么正规培训的女家庭教师,还是进入难如人意的学校——始终是有一搭没一搭的。总之,19世纪的英国,女性很少会有机会参与到写作、阅读和思考中去。正如玛丽·阿斯特尔(M.Astell)(最早的女权主义者之一)承认的那样,那个时代的女人的确低人一等,得不到教育,与现实世界隔绝开来。此外,那时的女性不允许接受更高等的教育,她们只能去那些私

---

① [英]玛格丽特·沃特斯. 女性主义简史[M]. 北京:外语教学与研究出版社,2008:204.

人学校或雇佣家庭教师来教授自己,因此,无知、懒惰和缺乏责任感是那时女性的通病。

女权在私有财产出现以后便被废黜了,多少世纪以来,她们的命运始终与私有财产息息相关,在父权时代,男人完全夺走了女人的财产占有权和遗赠权。19世纪的英国,女性绝大多数都待在家中,她们的主要工作就是做好家务。所有经济来源全部依靠父亲或丈夫,尤其是已婚妇女。生活在枷锁之下的已婚女性无权处置自己的财产,甚至连自己的劳动成果也要听凭丈夫的处置,只要丈夫愿意,他可以将它据为己有,肆意挥霍浪费,更有甚者,她的孩子和她的财富一样,也是丈夫的财产。19世纪的英国女性也可能会得到一份当家庭教师的低薪职位,但除此之外,可供女性选择的工作就寥寥无几了。在当时,女性想取得一个诸如医生、律师这样的执业资格是比登天还难的一件事,社会也绝不能接受女性承担这样的工作。没有工作,女性自然就丧失了经济来源,而只能依靠男性维持生活了。绝大部分未婚女子的收入来源都是依靠她们的父亲、兄弟或者一些亲戚的资助,在当时,只有寡妇才享有一定的经济独立地位。由于女性不允许外出工作,所以只能靠家里的父亲、兄弟生活,因此,父亲总是会很吝啬给予女儿财物,因为一旦女儿结婚,她的所有财产也都归其丈夫所有,甚至她的嫁妆也都只能由她的子女去世袭,而不能由她自己任意处置。

已婚女人被蓄意当成私有财产的牺牲品,丈夫越富有,妻子就越依附,他在社会和经济上越有权势,就越能权威地扮演家长角色。在当时,如果一个家中没有男性继承人的话,那么其家庭的财产很有可能会由其他男性亲戚继承,而女性却不能继承其父亲留下的遗产,即使有少数女性继承了一笔财产,也将由她丈夫保管和支配,因此,找到个好归宿就是获得好生活的唯一出路。男性可能会有多个情人,但是反过来,如果妻子存有私有财产,同时又对丈夫不忠的话,将被看成是罪大恶极。妻子必须以丈夫为中心,时刻忠贞于他,同时对他做到百分百的服从,甚至很多女性的婚姻都不是由自己做主,完全是听从其父亲的安排,有时连订婚,女孩本人都一点也不知情。她没有自我选择的权利,对于未婚的少女来说,她们极其渴望婚姻,她一生的幸福与否,全凭婚姻来决定,并且只有借助婚姻,她们才能得以生存下去。如果女孩没有办法将自己嫁出去,对于社会和他人而言,她无疑如同废品一般一无是处。因此,女孩们总是费尽心机地讨男性欢心，以尽早将自己嫁出去。对于那些终身未嫁的女性，在当时的社会环境下，不仅仅是一生孤独无援，甚至可以说是忍辱负重，苦不堪言。在婚姻中，女孩们始终都处于被动的地位，她们等待着男性的挑选和审视，并在没有太多个人情感的偏向下，被自己的父母、兄弟嫁于他人。"她改用他的姓氏，她属于他的宗教、他的阶级、他的圈子；她结合于他的家庭，成为他的一半。"① 女性在结婚之后，所有的生活重心都必须以丈夫为主，丈夫要求她怎么做，做什么，她就必须毫无条件地服从，并且将她自己的整个身心都奉献于丈夫，法律及社会保障也只是丈夫的权利。女性在婚后，就待在家中料理家务、生育和抚养孩子，她是家中的"天使"；但事实上，她在家中扮演的只有保姆和奴隶的角色，丈夫在外面漂泊久了，就回到家中，由妻子照顾和服侍，妻子担起所有的家庭琐事，管理家务、照顾孩子。"但她的工作只是千篇一律地延续和抚养生命，她毫无改变地使物种永存，保障日常生活的稳定节奏和家庭的连续性，注意把门锁好，但是，她不可能直接影响未来和世界，她只有以丈夫为中介，才可能超出自身，延伸到社会群体。"② 因此，在那样一个社会背景下，女性唯一的出路就是将自己嫁出去。没有结婚的女性在家中，依然毫无地位可言，她是父亲及兄弟的保姆和奴隶，而婚姻却恰恰又是她成为奴隶的"元凶"，同时，婚姻又将其塑造成了家中的主人和"天使"。女性在结婚之前，受到父亲及兄弟的庇护，依靠他们得以生存，这让女性感到了男性经济力量的强大，也正因为对男性的经济优势的羡慕，导致绝大多数女性将自己的奋斗目标定为找一个有钱、有经济实力的男性结婚，而不是通过找到一份工作养活自己，因为在当时，女性是不被鼓励离开家庭进入社会的，而且通常女性能找到的工作都是令人不满和沮丧的。在她们看来，婚姻比任何一种工作都来得更为实际和便捷。

对于女性而言，不选择婚姻，就意味着她要依靠她的亲戚过寄生生活，所以婚姻是她们改变命运的最有效途径。如果她们不想成为老姑娘，不想为社会所不齿，就只有选择结婚。除了自身原因外，女性还受到来自家庭的压力，她们的婚姻大多是由家人安排的，因为可供她们选择的机会实在

---

① [法] 西蒙娜·德·波伏娃. 第二性 [M]. 北京：中国书籍出版社，1998：492.
② [法] 西蒙娜·德·波伏娃. 第二性 [M]. 北京：中国书籍出版社，1998：494.

是太少了，很多时候都不能自由地选择。只要一个男人健康或者家庭经济实力强大、有着较高的社会地位，即使连面都没有见过，她也可能会与他结婚，而一旦结婚，对于家中的父亲而言也只是少了一个累赘和负担。女性在当时要获得人的全部尊严，赢得她的全部权利，就必须戴上一枚结婚戒指。然而，在19世纪的英国，对女性来说，结婚也并非易事，因为那时男女比例失调，女性的数量远远多于男性，所以很多女性只能单身，而单身对于当时的女性来说是相当凄凉的一件事。她们结婚前大多数时候，都不可以随心所欲地见男性，只能得到父母的允许后才与男性见面，同时，她们没有独自生活和外出旅游的权利。总之，女性在当时的社会背景下，即使在婚姻中，她也只是一个成天困于家中的保姆和奴隶，毫无地位可言，而她也只能通过婚姻才能获得生存权和社会的认可。

19世纪的英国女性虽然在家庭及社会中不占一席之地，但是随着18世纪启蒙运动的不断深入，还是有一部分有思想、有远见的女性逐渐意识到女性受到的不公正待遇，并对女性这个群体逐渐开始进行审视和思考。女性虽然被封闭于家中，但她们可以有时间进行阅读和写作，这期间，不乏出现一批诸如勃朗特姐妹、简·奥斯汀这样的杰出女性作家。部分女性开始意识到"把女人排斥在知识殿堂之外是男人们精心策划的，目的是为了确保自己的主宰地位得以延续，让女人变成傻子，他们就好把女人当作奴隶"[1]。与此同时，女性也逐渐对自身的素质提出了较高的要求，她们开始有意识地学会独立思考，通过阅读启发自己的心智。19世纪英国"女性的诉求得到越来越广泛、越来越清晰的表达，并在19世纪下半叶出现有组织的运动——尤其是争取改进女性教育、外出工作机会、修改涉及已婚妇女的法律及选举权的运动"[2]。然而在当时依然以男性为主宰的社会中，这些女性的诉求多少还是显得有些苍白无力。

（三）西方女性意识的觉醒、发展

女性意识，是指女性对自身作为人，尤其是女人的价值的体验和醒悟，对于男权社会，其表现为拒绝男性社会对女性的传统定义，以及对男性权力的质疑和颠覆；同时，又表现为关注女性的生存状况，审视女性心理情

---

[1] [英]玛格丽特·沃特斯. 女性主义简史[M]. 北京：外语教学与研究出版社，2008：179.
[2] [英]玛格丽特·沃特斯. 女性主义简史[M]. 北京：外语教学与研究出版社，2008：203.

感和表达女性生命体验。

女性作为主体在客观世界中的地位、作用和价值的自觉意识，是激发妇女追求独立自主、发挥主动性、创造性的内在动机，具体地说，是指女性能够自觉地意识并履行自己的历史使命、社会责任、人生义务，又清楚地知道自身的特点，并以独特的方式参与社会生活，肯定和实现了自己的社会价值和人生需求，女性将"人"和"女人"统一起来，体现着包含性别又超越性别的价值追求，女性意识的内容随着历史的发展和社会环境的变迁而不断地充实变化。

"社会性别是一种生物的自然属性引起的一种社会存在，或者说它是由一定的社会文化意识形态和政治体系赋予不同性别的人一种不同的社会身份和地位，也是一种社会文化和意识形态，对男女身份做出的不同价值判断。"[①] 在我们的社会中，存在着男性和女性，而这两者除去生理上的不同外，真正不同之处则体现在社会性别上，男女之间的不平等和差异也可通过社会性别解释。女人因为要生孩子、带孩子及给孩子喂奶，所以很大程度上就将女人的活动范围划定在了家庭。而人必须吃饭生存，女人待在家中生养孩子，那么养家糊口的任务自然就落到了男人的身上，这样长时期内便在无形中将男人推向了社会，于是男女就产生了社会性别差异，即社会分工的不同。由于男人在外工作，是一家人得以生存的根本，因此男人的工作就显得尤为重要，这也显示了男人的价值；而女人因为在家带孩子、做家务，都是一些婆婆妈妈的家庭琐事，一直被看作可有可无的，因此体现不出任何社会价值，这无疑就削弱了女人的社会功能和地位，从而造成了男尊女卑的社会现象。

女性意识是在宗教的框架下进行的。在16世纪，就开始有女性关注自身，并有自己的观点，而且有时观点略带挑战性，到了17世纪，女性的自由度有所扩大，至少有些女性开始从事传教活动，即便是到了17世纪的70年代，勇敢的贵格会教徒玛格丽特·费尔依然觉得有必要捍卫女性的良心独立和积极参与礼拜的权力。随着18世纪法国大革命的推进，"天赋人权""自由平等"的观念逐渐深入人心，一部分思想进步、敏锐的女性开始意识到自己应该与男性一样享有相应的教育、就业等权利，此时涌现出

---

① 梁巧娜. 性别意识与女性形象 [M]. 北京：中央民族大学出版社，2004：7.

一批执笔的女战士,如玛丽·阿斯特尔的《对女士们的严肃提议》和玛丽·沃斯通克拉夫特的《为女权辩护》,等等。直到 18 世纪末,许多女性开始能发表自己独特、清晰有力的看法。到了 19 世纪,女性为自己争取更多的权利,如争取教育、就业及选举的权利。她们已经清醒地认识到只有通过教育,她们才能获得相应的求生技能,而只有获得就业权,她们才能不靠男性生活;在经济上实现独立的同时,也只有通过法律立法及选举权,妇女才能有参与政治和社会事务的机会。正是因为需要获得这些正当的权利和地位,杰出的女性代表们通过自己的专著及言行诉说着女性所受到的不公正对待,并引起了社会的强烈反响,为妇女们的觉醒和发展起到了重大的推动作用。到了 20 世纪初期,英国妇女获得了法律平等和公民平等,虽然在实践中并不尽如人意,但至少在理论上是平等了。到了 20 世纪后期,女性主义又掀起了第二次浪潮。1946 年,联合国设立了妇女地位委员会,并颁布了《世界人权宣言》,规定成年男女在缔结婚姻、结婚期间和解除婚约时,享有平等的权利。随着时代的发展,女性意识已不光停留于欧洲,同时它的内容也得到很大的延伸,它已经盛行于全世界,现在全世界各个地区都有着数量可观的女性主义者。

　　女性的生存环境得到了翻天覆地的改变。自 20 世纪以来,随着世界经济、政治和文化的不断发展,女性已经不仅仅是反对男性在社会中的主导地位和社会政治体制对女性的压迫,而是将目光停留在自己身上,开始审视自我,寻找男女不平等的原因,并提出改善自我、提高自我的倡导。到了 20 世纪中下叶,西方女性主义更进一步从理论上探讨如何缩小或消除两性差别的问题,于是也就由此产生了女性文学批评,这是一种结合了社会与文化的批评模式。通过文学作品,以女性的视角去看待社会,并揭示男权中心文化对女性的束缚和压制。经过几个世纪的不断努力,西方女性意识逐渐走向成熟,并将为全世界的女性争寻一片属于女性自己的天地。

(四)维多利亚时代的淑女形象

　　18 世纪末 19 世纪中期,英国社会正处于剧烈变革和转变时期,战争导致社会动荡,政治改革滞后,工业革命迅速发展带来经济高速发展,推动社会进步。乔治三世即位后,英国政局开始动荡,自 1756 年开始的"七年战争"仍在继续,与法国争夺孟加拉殖民地取得胜利后,英国成为在世界各洲拥有广阔殖民地的殖民帝国。为解决由战争带来的巨大财政困难，英国对北美殖民地实施高压商业政策，引发了北美殖民地的反殖民战争，美国独立战争爆发并最终取得胜利，这意味着美国摆脱了英国的殖民统治，而英国彻底失去了北美这一重要的殖民地，殖民帝国变得不再完整。法国大革命爆发后，1792年英国卷入了反法战争的漩涡中，由此开始漫长的反拿破仑战争。1815年英国与反法联盟在威灵顿将军的指挥下，在滑铁卢彻底击败拿破仑军队，反法战争取得胜利。"英国在这场历时多年的战争中，付出了巨大的代价，却在维也纳会议上赢得了经济和军事上的好处，确立了它在欧洲第一强国的地位。"[①]

　　18世纪60年代迅速展开的工业革命，为英国带来一场巨大的经济变革，使英国社会面貌发生了巨大的变化。各种工业技术的发明和改进，致使社会生产力飞跃发展，经济结构明显变化，机器化生产的广泛使用代替了原有的手工生产；同时，也导致社会阶级结构变动——新型工业的兴起和工业资产阶级的出现以及人口众多的无产阶级随之出现。社会人口迅速增长，社会财富急剧增加，城市快速繁荣发展。在繁荣发展的背后，隐藏的社会问题不断显露，工业阶级和无工业阶级的矛盾尖锐，议会被迫改革成为英国激烈的政治改革运动的起点。在社会道德方面，以威尔士亲王和王妃卡罗琳为代表的英国皇家贵族的社会道德和行为准则降至最低点。国王和王妃的行为有失检点，其他皇家贵族成员的行为同样为世人诟病，整个社会道德水准低下，上层社会在伦理道德方面无法对社会进行积极的引导。威尔士亲王眼中无父、贪图享乐，面对父亲健康状况的恶化，竟然采取庆祝的态度，举办豪华的舞会，在皇宫大院内大跳华尔兹舞。摄政王和王妃长期分居而住，把有奸情的王妃卡罗琳与从仆巴尔托洛米欧·帕加米送上审判法院，盼望早点和王妃离婚以早日娶其他女人。王室成员独断专横，豢养情妇，勾搭情夫，养育私生子，乱伦赌博，吸食鸦片等丑闻遍及国内外，声名狼藉。贵族朝臣丑闻不断，纨绔子弟日夜在外鬼混，无业流民成为犯罪分子，无助的妇女沦为妓女。这种伤风败俗的情况一直延续到维多利亚女王即位，在女王与阿尔伯特王子成婚后，阿尔伯特成为维护英国皇室道德的斗士。白金汉宫里混乱的私生活，道德的堕落，糜费污秽的氛围，令

[①] 阎照祥. 英国史[M]. 北京：人民出版社，2014：259.

他深恶痛绝,"他决意改革皇室内部的组织,这种改革已经延宕了许久了。"①采取一系列措施后,皇室成员的混乱和糜烂得到了改正,社会风尚也悄然好转。维多利亚女王与阿尔伯特相濡以沫,生育9个子女,让他们接受良好的教育,灌输严格的宗教意识和道德准则,维多利亚女王夫妇为世人树立了家庭美满幸福和睦的榜样。昔日的不良作风被荡涤出皇宫,整个社会的道德水平提高了。勤奋努力、严格家教是英国家庭教育的真实写照,夫妻恩爱、家庭和睦是英国人的美好愿景。

19世纪社会经济状况的改善,人民生活水平的提高,教育的革新,交通网络的建立,城镇发展、社会治安改善等都在潜移默化地改变着人们的心态,维多利亚时代成为一个充满信心的时代。社会面貌的改变,为英国人民提供了良好的社会生活环境,改变了人们的社会地位以及对社会环境的看法,改变了妇女的生活内容和个人经历。资本主义的繁荣发展,为有冒险精神和远见意识的人们提供了发家致富的机会,他们可以去实现远大的抱负,因此也带来社会环境新的变化。工业资本化带来的集中生产力、提高生产效率的需要以及中产阶级对家庭隐私的重视,使家庭从公共领域中分离出来。男人和女人分成两个领域:"外面商业和政治的公众世界属于男人,家庭的私人世界属于女人;男人负责赚钱养家糊口,女人是依赖者,管理家庭,是甜蜜的'家庭天使'。"②整个社会推崇贤妻良母,营造温馨的家庭氛围、温和的家庭亲子关系。维多利亚绅士眼中的家是安静有序、温馨舒适的,妻子能够掌管好繁杂的家庭事务,每次回家都能得到妻子和子女的热切欢迎:备好暖烘烘的火炉、干净可口的饭菜供他使用。他们希望每天自己都能置身于琐碎的家庭事务之外,这些全权交由妻子处理,实在有必要时也要等他休息好了再打扰他。在丈夫回家时,妻子应该如天使般温柔漂亮、纯洁优雅、体贴、顺从。一个理想中的好妻子应像圣母玛利亚一样诚实纯洁,行为举止优雅、恭敬谦逊,对丈夫顺从,有爱心、不骄傲、不炫耀、没有情欲,坏妻子则是骄傲放纵、任性、坏脾气,对丈夫的事业没有帮助。在维多利亚时代家的意义是:妻子是温柔顺从、贞洁、奉献的代表,是丈夫的好伴侣,是管理家庭事务的能手,是抚养教育孩子的榜样,

---

① [英]里敦·斯特莱切. 维多利亚女王传[M]. 卞之琳译. 北京:商务印书馆,2013:99.
② 李宝芳. 维多利亚时期英国中产阶级婚姻家庭生活研究[M]. 北京:社会科学文献出版社,2015:14.

是亲切温和的女主人,是家庭道德的模范。家庭氛围是温馨宽松和睦美好的,家犹如天堂般安静、舒适、愉悦、明亮。

维多利亚时代的妻子们也乐于接受丈夫的忠告、示爱和其他要求,男人是有力量的、崇高的,能在他心中占有重要地位是幸福的。正如维多利亚女王所表达的:"现在我多么好,我从亲爱的丈夫那里得到了确实的快乐,没有政治,没有俗务能推翻的,感谢上帝!为我也为别人,这已经变了,现在我知道真正的幸福是什么了。"①

维多利亚女王真正的快乐和幸福是阿尔伯特在她身边。丈夫对妻子的家庭事务管理能力也是放心的,他不必要多操心。"维多利亚时代的淑女最重要的职责是,不论家庭收入高低多寡,都能安排有序,略有节余,以供一家之长能有富余部分供其特殊需要支用,维持家中殷实景象。"②夏洛蒂·勃朗特丈夫尼尔科斯和勃朗特姐妹在谈到关于女人的言论时指出:"女人在实施她们生来要做的所有这些女性职责时最擅长,并且做得很优秀:那就是管理家庭,充当贤内助妻子、尽职尽责的女儿和体贴入微的母亲时。一个女人的长处是温柔、体贴和优雅。女人就是应该沉默不语,因为亚当是第一个被塑造的,然后才是夏娃。"③

贞洁、谦逊、尊严、美德是维多利亚时代对淑女的美好期待和严格要求。男性的社会地位远高于女性,女性应该做的就是服从男性统治。女性的人生意义在于管理家庭,充当丈夫得力的助手,成为"家庭天使"是她们的人生归宿。

在婚前,维多利亚时代的淑女,纯洁、天真无邪,关于男女之情及知识她们几乎是一片空白,家中有姐妹的也绝对不会互相谈论婚姻生活的。夏洛蒂·勃朗特在结婚前夕和好友爱伦谈到这一话题时,爱伦表示"妈妈说这是每一个已婚妇女都必须亲身经历的一个转变仪式,我已婚的姐妹们仍然什么都不告诉我"④。夏洛蒂则是羞红了脸,38岁的她对性知识的了

---

① [英]里敦·斯特莱切. 维多利亚女王传[M]. 卞之琳译. 北京:商务印书馆,2013:95.
② 张光明,侍中编译. 淑女的历史[M]. 上海:文汇出版社,2007:11.
③ [美]塞尔丽·詹姆斯. 夏洛蒂·勃朗特的秘密日记[M]. 陈俊群译. 北京:人民文学出版社,2014:33-34.
④ [美]塞尔丽·詹姆斯. 夏洛蒂·勃朗特的秘密日记[M]. 陈俊群译. 北京:人民文学出版社,2014:328.

解极其有限，没有人可以给她合适的建议，而且没有什么渠道可以得到关于这一主题的信息。在婚姻中，淑女的言行应比婚前更加文静和克制，更有尊严。在娱乐活动上，她们所能享受的仅限于室内活动：女红、刺绣、音乐、芭蕾舞，但是处理完繁重的家庭事务后，她们并没有多少时间去享受这些美好的事情。

在行为上，谦虚、尊严是维多利亚淑女最美丽的装饰，片刻都不能放松，松松垮垮是要受谴责的。在婚姻选择上，婚姻仍是淑女生存的重要途径，它决定淑女未来的生活方式、经济状况、人生角色、社会地位、职责。她们一生最荣耀的时刻是当她们成为一名新娘时，婚姻是她们一生的事业，是她们通向未来的钥匙。只有通过嫁人、相夫教子，她们的人生价值才能实现。在外工作是不体面的，不嫁人或嫁不出去的老处女在社会上是多余的存在，如同堕落的妓女。

在着装习惯上，维多利亚女王不刻意修饰、不喜繁杂的装扮，而是喜欢端庄简约。淑女们穿着厚厚的裙子取代轻柔细薄的棉布，粗实的花边和褶子取代精致的刺绣，在服饰上展示英国淑女的风貌。

在教育上，淑女们有更多的教育机会，展览、博物馆、讲座和报纸是淑女们了解外面的世界重要途径。家庭教师取代保姆，她们有机会学习一些基本知识和技能，诸如写字、阅读、数学、外语、女红等。公立学校、文法学校、寄宿学校越来越多，淑女办学同样被社会认可，10岁左右的女孩可能被送去学校接受较为全面的教育。教育环境的改善，不仅能为上层淑女提供良好的教育机会，贫困家庭淑女同样可以在学校接受相应的教育，淑女们也可以有机会学习更多的知识。由于教育途径的扩展，淑女们的教育程度有了一定提高，但是整体教育水平并没有迅速提高，大多数淑女毕业后资质平平。

在职业上，她们唯一合适的是家庭教师。由于她们自身水平有限，家庭教师又要承担繁重的任务，不仅要完成教学工作，还有大量的女红要做。她们地位处境十分尴尬，虽然比保姆高一些，但又要做着保姆的工作，往往被学生瞧不起，被雇主欺压。可见家庭教师这一职位并不能提高她们的地位和实现她们的价值。在18世纪30年代至40年代间，她们还不能完全胜任这样的职业，这种情况在19世纪40年后才因教育措施的改善得以好转。

纵观中世纪到19世纪的英国淑女，我们可以发现淑女是男性社会，男性意识下的产物。她们最大的人生目标是嫁人、管理好家庭，所接受的教育也主要是为实现这一目标而进行。淑女们为吸引男性的眼光，提高婚配成功率，必须表现出顺从、纯洁、善良、安静、谦恭有礼的品质。在各式各样的礼仪手册中都表明了谦虚内敛、百依百顺、谈话温柔不张扬、语调轻柔等都是淑女气质的表现。礼仪规范、内敛端庄、保持贞操是淑女赢得丈夫器重和炫耀的资本。不管具体行为如何，淑女的任务就是要服从丈夫，服从以男性为主导的社会。当然我们也要看到，英国淑女自我精神的丢失不只是由男性造就的，而是在社会发展中广大女性默认这一社会形态，服从男性社会对妇女的苛刻要求，并将其视为合理的规范和秩序，合乎社会道德的要求，从而遵照着社会需求实施淑女教育、培养淑女。

（五）文化批评视域下19世纪的英国女性文学

从严格角度来讲，1840年前并不存在真正意义上的女性文学。原因在于之前出现的女性作家的作品，无疑简·奥斯丁、勃朗特三姐妹和艾略特都是幸运的，能被主流评论界接受并引领了一个时代的女性文学创作，更成为当时女性作家们效仿的对象，但不能否认同时她们也遭到了敌视。而女作家本身的行为是否符合当时社会对女性的规范要求，也遭到质疑。这些都在她们的作品中得到反映。女性作家们为了塑造可以被读者接受的形象，在作品中会设计惩戒言行不合乎社会道德规范的女性。她们通过作品不自觉表现出女性自我牺牲、放弃自我认同、尊崇男性权威等反对女性主义的倾向，以达到换取对其作品的认可的目的。

简·奥斯汀作为19世纪女性意识觉醒的倡导者，一生共有6部主要作品：《理智与情感》又名《理性与感性》（Sense and Sensibility, 1811），《傲慢与偏见》（Pride and Prejudice, 1813），《曼斯菲尔德庄园》（Mansfield Park, 1814），《爱玛》（Emma, 1815），《诺桑觉寺》（Northanger Abbey, 1818, 死后出版），《劝导》（Persuasion, 1818, 死后出版）。但她的小说中明显存在着某种程度上忠于传统价值观的倾向。例如《理智与情感》中的玛丽安沉迷于浪漫，追求十全十美，任由自己的感情泛滥而不加控制，最后在爱情上受挫。《傲慢与偏见》中的伊丽莎白对达西的误解，也是由她自己的认识偏差造成的，自负险些让她失去珍贵的爱情。这些角色犯下的女性错误以及所带来的不良后果给读者带来警示。

到了维多利亚时代后期，女性作家不能再忍受社会文化中的这种拘禁，开始积极探索自身作为独立人的价值，抵制在文学作品创作中自我牺牲的价值取向，公开表达对男性文化的敌意，作品中甚至带有浓厚的"乌托邦分离主义色彩"。尽管19世纪的女性作家在追求独立的自我意识上并没有走很远，但那是她们所在社会赋予她们的局限性。她们的思想在潜意识上会受到社会属性的制约；而在主观意识上，很明显她们是反对男权社会和文化的。因为女性文学自受众人瞩目开始就是以与世抗辩的写作姿态而出现的一种文学形态。女性作家力图以鲜明的女性主体意识观表现女性生存真相，对主流文化、意识形态既介入又疏离，确立了批判的精神立场。女性作品从女性自身的视角出发构造出完整的女性经验世界，本质上是一种挑战当时社会的文学行为。19世纪以前，大部分男性作家只从男人的审美标准出发，通过自己的臆想，杜撰出一系列不是美女、淑女即妖妇的非真实女性形象。随着19世纪女权运动的发展，女性作家试图转变这种局面，她们希望通过自己的作品展现出真实的女性形象。

简·奥斯汀首先从她的作品《傲慢与偏见》中发出呐喊，从女性主义视角出发，塑造出一个颠覆传统观念的"反叛淑女"的形象——伊丽莎白。伊丽莎白拥有毫不起眼的外貌，且"一无家世，二无贵亲，三无财产"，可以说无任何"价值"。她的行为举止也不符合当时淑女的规范，不擅弹琴，不会画画，不顾体统地冒雨徒步去看姐姐，顶撞"尊贵"的凯瑟琳夫人。但达西却被她的身、心、灵俱迷倒。很明显，奥斯丁在自己的作品中开始建立自己评价女性价值的标准：优秀的女性应该是有头脑，坚强独立，有尊严的，是具有内在精神力量的；女性应凭借高贵的灵魂而不是美丽的外表来赢得自己的终生幸福。虽然由于所处时代的局限性，奥斯丁的女性解放意识未能像后来一些女性作家，特别是当代女权运动者那般激进，但她们奋力冲出由男性评定女性价值的重围，忠实于自身的感官世界和独特感受，以特有的方式进行反男权反封建的斗争是值得充分肯定的。

简·奥斯丁把女性文学推向了英国文坛的中心，之后的勃朗特姐妹则成为英国女性文学史上的里程碑，她们的作品体现了女性意识的真正觉醒。奥斯丁率先指出独立人格是需要建立在经济独立基础上的。这方面的代表作首推《简·爱》。虽然《傲慢与偏见》中的伊丽莎白身上的人格魅力令人着迷，但很多人对她能否在以后跟达西的婚姻生活中长久地维持人格魅力表示怀疑，因为她缺乏经济独立的稳定根基。而简的独立气质却具有实现价值的现实性和可能性。夏洛蒂·勃朗特之所以能创造出这个角色是跟她本人的生活经历有直接关系的。在19世纪的英国，受过教育的年轻女人除了生儿育女或当老处女，所能做的社会工作只有家庭教师。而夏洛蒂姐妹则想通过自我奋斗成立一所女子学校，虽然没有获得成功，但她们锲而不舍地通过做家庭教师和写作来实现经济上的独立。相对夏洛蒂姐妹，简·奥斯汀有足够的财产过悠闲自在的生活。因为她所接触的人大都是乡间的绅士淑女，所以写作主题也多是跟乡村有关的女性婚姻和生活。可见每个人都是受社会制约的，走不出自身的生活体验和当时社会所赋予的时代性。

二、女性主义叙事学视角下的家庭女教师形象

家庭女教师小说作为特定的文学类型，频繁出现于19世纪的文坛，并且发展成为一个具有时代特性的类型小说。《爱玛》《家庭女教师艾米丽》《艾格尼斯·格蕾》《禁戒》《卡洛林·莫当》《简·爱》等作品都属于这一类型小说。而在英国文学中享有盛誉的三姐妹之一的夏洛特·勃朗特更是对家庭女教师小说情有独钟，在她的大多数作品中，女主角都有过做家庭女教师的经历。家庭女教师小说为何在19世纪如此风靡，这一类型小说采用了哪些叙事策略，反映了女性作家怎样的心路历程及女性意识，这些都是非常值得探究的问题。因此，本书在此以几部19世纪家庭女教师小说的文本为依托，以叙述介入、叙述视角、叙述声音、叙述话语模式等叙事策略入手，以女性意识为切入点，重点、深入地探讨家庭女教师小说如何通过选择特定的叙事策略建构女性意识问题，展现家庭女教师形象。

（一）叙述介入与女性意识

1. 叙述介入

叙述介入又可被称作叙述干预。在文本作品的形式构成中，叙述介入可以反映出叙事作品在意识形态层面的意义和内涵。作为一种一般意义上的意识形态，叙述介入在政治、哲学、道德、宗教、文学艺术等方面都有具体的表现。人们对世界的看法就是通过意识形态的流露表达出来，这也包括人的见解或者评价。而文学叙事中的叙述介入，就与上面提到的意识形态有一定的关联。这种意识形态表现为对所述故事的人物以及事件叙述

者所给出的评价、见解与看法。而女性文学中的这种意识形态又表现为女性意识。

人们的意识形态决定着他们如何看待周围的人和事，意识形态的立场不同，做出的判断和评价也会有区别，因为无论何种见解或评价都是从一个特定的预设角度出发而得出的结论。同样，文学作品中的叙述者也不可能做到完全中立或者公正，而不受到自身意识形态的影响。对于其置身的世界，叙述者也会受到来自各方的干预。对于故事本身，或者作品中的人物，叙述者也不可能与之毫无关联而做出完全毫无个人观念和立场的评判。也就是说，叙述者必然或明或暗地对叙事作品本身进行干预，无论这个叙述者是隐蔽的，抑或是处于故事之外的，又或是自称中立且公正的。这些隐蔽的或者明显的介入，都是受到意识形态控制而做出的评价或者陈述。

叙述介入一般都会偏离于所讲述的故事而暂时割裂故事的内部构建并插入叙述者的评价，而这种评价必然承载了叙述者自身的意识形态功能。有些时候，为了能引起读者最直接的反应，叙述者更有可能不由自主地抛开故事的进程，直接诉诸读者。叙述介入能够超越对叙事作品里成分的界定和事件的描述。叙述者通过说明叙事成分的作用，开展价值判断，进而涉及超越人物活动范围的世界和对他或她自身的叙述进行评论。评论有单纯装饰性的，也有以修辞为目的的，还有可以作为叙述文本戏剧性结构的基本部分而起作用。

2. 现实与虚构：《家庭女教师艾米丽》的叙述介入与女性意识

《家庭女教师艾米丽》是女性作家朱莉亚·巴克利的小说。小说的女主人公艾米丽出身于富裕家庭，但是她的父亲由于赌博而输光了家中的所有财产，而自己也随即病逝，连他们的房子也被卖掉。家庭的变故使她被迫独立谋生，成为一名家庭女教师，她虽然难以接受这突如其来的变故，但仍要坚强地面对生活。艾米丽所要面临的不仅是贫穷，还有他父亲的行为带给她的耻辱以及高傲、虚伪的雇主阿什伯里夫人的刁难。即便如此，她仍然坚强、勇敢地面对生活，在生活的点点滴滴中寻找属于她自己的快乐与满足。她的开朗、乐观赢得了阿什伯里夫人长子的青睐，但是阿什伯里夫人却百般阻挠，最终艾米丽嫁给了曾经给予她们母女极大帮助的汉萨德夫人的儿子——小汉萨德先生，从此过上幸福的生活。通过刻画艾米丽一生多舛的命运，作者引导中产阶级读者体认阶级地位的临时性与脆弱性，只有依靠自身的坚韧性格和对他者的真正同情,才能实现自我成长。巴克利相信,如果中产阶级或者统治阶级能够向穷人表现出同情的姿态,那么穷人将会从中受益。从她的作品中,我们可以清晰地看出她对穷人生活困境的深切关注。为凸显虚构作品在改造社会方面的功用,巴克利在这部小说中使用了大量的叙述介入,尤其是吸引型叙事介入,这体现了她试图解构故事内和故事外的叙事区分,把小说的内部世界(虚构)和外部世界(现实)联系起来的意愿,使读者最大限度地感同身受,而非仅仅在读一部虚构的小说而已。巴克利在小说中,经常使用"我"来指称真实作者,并偶尔使用"你"来指称真实读者。现实与文本的结合在巴克利的小说中体现在三个方面:第一,巴克利的写作带有一定的社会目的,作为一种手段,小说弥合了她在现实生活中的缺失和困苦;第二,她在前言中已经表明,小说带有激发读者对穷困人生活同情的目的;第三,小说的叙述者依赖于吸引型叙述介入。从这些方面,可以看出,巴克利的这部小说试图在现实世界和虚构小说之间架起一座桥梁——一座同情的桥梁,能让她的读者们在阅读了小说之后能够把这种同情产生的影响带入到故事外的真实生活中,实现小说的施动功能。具体而言,巴克利在该小说中主要运用两种介入策略:一是对话语的介入,二是对故事的介入,旨在通过叙述介入来产生施动效果,进而发挥小说在社会改良方面的潜力。

(二)叙述视角与女性意识

1. 叙述视角

女性主义叙述学认为叙述视角具有意识形态性,也就是说作者的意识形态立场对作品视角的选择具有重要的影响。乌斯宾斯基(B.A.Usbinski)在《结构诗学》这本书中对小说意识形态的视角进行论述时提到,作者、叙述者以及主人公作为小说意识形态的载体构成了整部作品的意识形态系统。而一部小说中往往会存在一个具有主导性的总视角,这个主导性的视角对小说中的其他视角具有一个统摄与指导的作用,也就是说这些视角都存在于一个视角的系统之中,它们都受到主导性视角的支配与制约。即意识形态立场可以通过作者、叙述者以及主人公的视角展现出来,而这些视角都是由意识形态决定的。

苏珊·兰瑟在《虚构的权威》中表示,女作者采用何种形式的叙述视角能够表现出社会的权力关系状况，不管是叙述视角还是叙述声音，意识形态对其都具有一定的约束与影响，也就是它们都逃脱不了意识形态的制约。马可·柯里（Marco Curry）等理论家也意识到视角不仅仅关乎形式，他在布斯修辞学的基础上指出视角是一种兼具情感与道德力量的修辞技巧。而这一点布斯（W.C.Booth）也十分赞同，认为形式与思想以及情感相互之间是不可孤立的。胡亚敏也认为视角不是一个纯粹的形式要素，她把视角分为感知性视角与认知性视角，从小说人物以及叙述者的身体感知器官出发感受到的信息传递属于感知视角范畴，人的意识活动属于认知视角范畴，比如对人物或事件所表现出的立场或态度等。[①] 热奈特（G.Genette）也很早就提出过这样的观点：谁感知更准确一些，谁看的意义内涵相对比较而言，比较狭义。[②] 如果赋予"看"以感受与认知的意义，那么"看"的意义内涵就会更加深入与广泛，"看"没有了形式上的限制，同时又加入了观察者的思想意识，同时这种意识观念也会在被观察的对象身上有所体现。比如在人物的内视角中，被观察的客体即便是同一客体，也会出现由于观察主体的不同而存在不尽相同的评判与情感立场。甚至即使是相同观察主体的情况下，也会出现由于时间或者情绪抑或是环境不同而造成观察主体对同一客体产生不同评判的情况。因为视角是由作者选择并控制，所以在视角的操作过程中必然饱含着作者的价值观念与情感立场，不同的作者会选择各不相同的叙述视角，而具体选择何种叙述视角就由作者或者主人公的价值体系与情感立场来决定。比如内视角带有鲜明地主观性特点，因为其能够体现人物的特殊体验，而外视角则以客观性为特点，零视角则能全面性的展现视角，这些都与作者所要表达的意识形态息息相关。我国学者申丹认为："人物视角可反映出人物的心情、价值观、认识事物的特定方式等等，但一般不会改变所视之物，产生新的事实。"[③] 申丹的意思是叙述视角是带有主观性的判断，是受人物意识形态影响而产生的，它不具有绝对的客观性特征。叙述视角不是单纯"看"的眼光，其因为包含价值评价与道德评判等意义而具有一定的意识形态性。

---

① 胡亚敏. 叙事学[M]. 武汉：华中师范大学出版社，2008：23.
② [法]热拉尔·热奈特. 叙事话语·新叙事话语[M]. 王文融译. 北京：中国社会科学出版社，1990：228.
③ 申丹. 叙述学与小说文体学研究[M]. 北京：北京大学出版社，2004：32.

叙述视角不仅能够体现作者评价系统，透露作者的意识形态，同时也能表现出叙述者以及主人公或者人物的道德判断与情感立场，从而体现他们的意识形态意义。叙述视角的运用属于女性主义叙事学家们关注的重点问题。把叙述视角与性别政治联系起来，探讨其中的关联，是女性主义叙事学的研究方法。在关注叙述视角所体现的性别政治的同时，也注意考察聚焦者的眼光与故事中人物的眼光之间互为加强或对照的关系。叙述视角由于具有了性别特征而对文学作品产生一定的影响，叙述者的"眼光"和"凝视点"都受到叙述视角的影响，也就说明"看"谁和在什么位置"看"都由叙述视角决定。

"若聚焦者为女性，批评家则通常着眼于其观察过程如何体现女性经验和重申女性主体意识，或如何体现出父权制社会的影响。"[①] 女性从自身的性别身份出发，来解构男性的话语，重构女性的话语。所以，女性由被凝视的客体变成了主动观察的主体，于是她们在文本中的地位得以提高。作为凝视的主体，女性叙述者统领着叙事行为，通过叙述话语传达自己的女性观点与意识形态，使得叙述的主动权有力地提升，话语的权威得以确立。这样，传统的男性叙述视角被女性叙述视角取代，"看"和"被看"的对象互换了角色，女性不再认同于传统对她的定位，女性的独立自主意识得到彰显，争取性别权威的意识得到加强，女性的主体叙事地位得以确立。

2. 分离与重合：《爱玛》的叙述视角与女性意识

乌斯宾斯基在其著作《结构诗学》中提出，意识形态视点可能的载体包括作者、讲述者和主人公。意即意识形态具体表现在作者、叙述者或者主人公的视角中。《爱玛》作为一部女性主义的作品，它的意识形态是女性的，也就是作者、叙述者或者主人公的视角中所承载的是女性意识。作为女性意识载体的作者、叙述者与主人公的视角在《爱玛》中是怎样的，这部小说是如何通过作者、叙述者与主人公的视角来建构女性权威与女性意识的呢？

（1）女性意识载体作者与叙述者的视角——女性权威的建构

基于意识形态的评判是相对于小说而言，一种外在的、游离于文本的外部做出的评价，也可以从小说中所给定的人物的所在地点出发，做出评判。在文学作品中，这两种情况都有可能，无论是一个位置，还是几个位置，

---

① 申丹，韩加明等. 英美小说叙事理论研究 [M]. 北京：北京大学出版社，2005：301.

它们的存在都有可能。也有这种可能性，就是特定人物的视角与作者视角交替出现的情况。

作为19世纪初期的英国女性作家，简·奥斯丁在《爱玛》这部小说中使用的叙述视角具有以下三个特点：第一，小说的前半部分使用的是叙述者视角，而后半部分逐渐加入女主人公视角。第二，叙述者视角呈现模糊性别的状态，并且随着小说的进行越来越趋向于女性化。第三，叙述者视角与作者视角由分离到重合。《爱玛》采用的是零视角，也就是全知叙述。叙述者居高临下地讲述故事，评论人物，全方位地统筹故事中的人物和情节。然而，奥斯丁的小说又不是传统意义上的零视角，因为小说的前半部分，一直是叙述者的视角掌控着全局，到了小说的后半部分，小说的视角发生了改变，增加了以小说中某一人物，也就是女主人公爱玛的视角进行叙述的内视角模式。作者采用这种特殊的视角模式是基于一种特殊的考虑，因为当时是男权社会，女性作家并不容易被社会所接受，所以为了让自己的作品在社会上占有一席之地又不受男权的排斥，简·奥斯丁就采取了迂回叙事策略：先采用传统的全知叙述来建构自己的叙述权威，等读者对叙述者完全信任后，再让女主人公的视角发挥作用，以达到表达女性意识的目的。事实上，在小说的前半部分，叙述者的视角到底是女性的还是男性的，并不十分明显，有时显现出男性的客观与理性。也就是说叙述者的视角呈现出模糊性别的状态，但是随着小说情节的一步步发展，这种模糊性别的叙述视角逐渐趋于女性化。而鉴于简·奥斯丁的女性作家身份，作者的视角却始终是女性的。所以在这部小说中，视角处于一种变化的状态，这体现了视角间的权力争夺。女主人公视角的加入，叙述视角的趋于女性化，叙述视角与女性作者视角的逐步重合都反映了这种视角的权力争夺，而且结果是女性的视角最终争得了权威。也就是说，在这场聚焦的争夺中，女性获得了最终的胜利。这不仅是一场从谁的视角出发的争夺，更是一场权力之争，最终还是女性的权力和女性意识获得了全胜。

（2）女性意识载体女主人公的视角——女性意识的建构

"当作品中的评价由某一个具体人称（它正是在这部作品中被提供出来，亦即中心人物）的视点出发被给出时，在这种情况下，这一人称在作品中可以作为主人公（中心人物），或者作为次要人物，甚至是插曲人物出现。"① 在《爱玛》中，除了如果说作品的评价由某一个具体人称的视点出发被给出，那么显然这些评价是由女主人公爱玛的视点出发的。

《爱玛》中的女主人公作为意识形态的载体出现，整个行动是通过该人物的接受或评价被现实地给出。这部小说有时候是由作者或者叙述者的视点出发来建构，而有时候也是从主人公爱玛的视点出发来建构，而且爱玛作为女主人公参与了行动，所以她阐明评价时运用的方式，就如同作者一样。

在《爱玛》这部小说中，视角的权力争夺不仅存在于叙述者与女主人公之间，而且女主人公和小说中的男性人物也存在视角权力的争夺。在这部女性作品中，偶尔也会出现男性人物的视角，男性人物的视角显现出完全屈从于叙述者视角的状态，而且与女主人公的视角相比，比例相差很大。也就是说，女性人物的视角的运用要远远多于男性人物视角的运用。使用数量上的巨大差距，让女性人物视角与男性人物视角间的权力之争不那么引人注目，简·奥斯丁这样做也是为了让作品更容易被接受，而不受到男权社会的抵制，以达到自己建构话语权威和表达女性意识的目的。

总之，在这部小说中视角的权力争夺主要体现在以下几个方面：第一，模糊性别（前面具有男性特征，后来逐渐女性化）的叙述者与女主人公视角间的权力争夺。第二，模糊性别的叙述者与作者女性视角间的权力争夺。第三，女性人物与男性人物视角间的权力争夺。总的说来，所有这些争夺实质上都是女性与男性视角间的权力争夺。而模糊性别的叙述者自身逐渐女性化的过程也表明一种性别间的权力争夺。或者说这个模糊性别叙述者是在与女主人公以及女性作者进行视角间的权力争夺的过程中，逐渐被女主人公以及女性作者所影响，从而逐步变得女性化的。简·奥斯丁在《爱玛》这部小说中，巧妙灵活地运用意识形态的载体——作者、叙述者与人物的视角来表达自己的女性意识，通过视角的权力争夺不但建立了叙述权威更让自己的女性意识得到很好的展现，在爱玛的成长过程中，读者自身也得到洗礼和提升。

（三）叙述声音与女性意识

1. 叙述声音

"叙述声音"是结构主义叙事学的一个重要范畴。热奈特提出的"叙

---

① [俄] 乌斯宾斯基. 结构诗学 [M]. 彭甄译. 北京：中国青年出版社，2004：12.

述声音"概念借用了英语中"声音"（voice）一词。所谓"叙述声音"，即小说中叙述者发出的声音，它既可以来自虚构世界以外的全知叙述者，也可以来自作为故事内人物的限知叙述者。

在女性主义话语中，"声音"与身份和权力密切相关，女性发出的声音代表其个人的思想和行为，是女性获得性别解放和人格独立的关键指标，因此具有强烈的政治意味。在女性主义者看来，能够有效地发出自己的"声音"，就意味着获得了某种被认可的社会身份。女性拥有自己的声音，就能够男权主导的社会里争取到一点话语权，对男性霸权是一种冲击。可以说，"声音"成了一种隐喻，它喻指存在。女性能够发出"声音"，就意味着女性在社会中的存在，并且与作为话语霸权的男性"声音"相抗衡。在初始阶段，女性的"声音"无论多微弱，都足以威胁男性的语音中心主义，在渐渐形成的众声喧哗中，达到与男性话语平等的地位。

在后经典叙事学领域，研究者们把女性主义理论纳入对"叙述声音"的研究，旨在利用独特的"叙事声音"方法来研究出自女性作家之手的小说。这样的研究路径有助于缓解对传统叙事学中形式主义与反形式主义之间的对立。作为女性主义叙事学的代表人物，兰瑟在她的著作《虚构的权威》把"叙述声音"看作一种形式，将其安置在社会政治和文学实践的交汇处，阐释作品通过女性"声音"抵抗话语霸权的具体策略，并结合女性书写背后的物质条件，建构独具特色的女性主义"叙述声音"理论。兰瑟在该书中将叙述声音分为三种类型，分别是作者型"叙述声音"、个人型"叙述声音"以及集体型"叙述声音"。第一种作者型"叙述声音"的叙事状态是异故事的，也就是说作者型叙述者游离于小说文本之外，并且以虚构的形式存在。由于作者型叙述者具有评判、解释、总结的空间，所以很容易获得读者的信赖，并能让小说更加真实，也就能拥有更强的叙事权威。值得注意的是这种"叙述声音"还具有潜在地自我指称意义。在个人型"叙述声音"中，是由叙述者按照自己的意志来讲述发生在自己身上的故事。由于个人型"叙述声音"的叙述者是通过自我讲述来塑造自身的形象，所以更容易受到来自社会外界的质疑与抵制，这样就会让女性的个人型"叙述声音"的叙述权威受到抑制。集体型"叙述声音"赋予一些特定群体以叙事权威，在这种"叙述声音"是多方位且可以交互赋权的。集体型"叙述声音"让长期受压制的女性群体能够有机会获得女性的叙事权威。与经典叙事学对"叙述声音"

的分类方法不同，兰瑟没有从叙述者与故事的位置层次来考量，而是另辟蹊径地从叙述者与所讲述内容的关系来对"叙述声音"做出区分。兰瑟的分类方式更有利于将形式的研究与意识形态的研究相结合，让作为形式的"叙述声音"被赋予意识形态的意义。

"叙述声音"在叙事学研究中属于较为基础的一个概念，但却能够有效形成对文学意识形态研究和文本形式研究的综合。从意识形态意义的角度，"叙述声音"往往代表了被压抑、被漠视的群体的话语，与身份和权力密切相关。置身于男权社会的家庭女教师小说的女性作家，她们作为"第二性"就不得不考虑读者对女性作家和作品的态度，这就使得这些女作家在进行文本创作的时候也要考虑到叙述形式的选择问题，基于不同的考虑这些女性作者对"叙述声音"形式的选择也有所不同。而且反过来，"叙述声音"的形式本身也对女性作家的创作过程和形式选择产生了一定的压力。

2. 静默与喧嚣：《家庭女教师》的作者型叙述声音与女性意识

作者型"叙述声音"采用第三人称的方式进行叙述，这种疏离的叙述方式与第一人称叙述不同，势必会在叙述者与人物之间拉开距离，同时也使读者难以判断作者的性别。作者型叙述者的身份是不可知的，性别更是模糊的，读者就很难从作品的话语形式中形成作者的形象。叙述者叙述别人的故事比叙述"我"的故事更容易忽视作者的存在。隐含作者就成为一个隐形的操纵者，很难被读者注意到，也就更不容易被读者质疑，读者就会自然而然地接受文本中的内容，同时接受文本中的女性意识，这样女性作者的意识就得到了自然地表达，也在无形中建立了一定的叙述权威。

在家庭女教师小说中，作者型"叙述声音"很少被使用。布莱星顿伯爵夫人的小说《家庭女教师》是笔者找到的唯一一部讲述家庭女教师生活并运用作者型"叙述声音"的小说。这部小说的作者在小说中描绘了一个极其特殊的家庭女教师形象，而且小说的情节跌宕起伏。仆人的胆大、傲慢无礼；雇主的残忍、暴力；女主人的猜疑、妒忌；恋人的无法伪装的迫害；死而复生；被控告抢劫，等等，这些不同于寻常家庭女教师的经历都增加了读者对小说的兴趣以及对主人公的同情。

在布莱星顿伯爵夫人的小说《家庭女教师》中，女主角超脱了以往小说中传统女性的气质，呈现在读者面前的是一个拥有着崭新气质的女主角。女主角克拉拉是一个商人的女儿，她的父亲由于投资失败导致自杀，把克拉拉留给她的姑母抚养。克拉拉作为小说的女主人公,她没有被家庭的灾难所击垮,而是坚强勇敢地面对一切,为了不成为姑母的负担,她毅然决然成为一名家庭女教师,寻求经济上的自立,依靠自己的能力生活。与传统的女性气质所不同,她不柔弱自卑,不依附于男性,而是聪明勇敢,美丽坚强,品德局尚并多才多艺。

这部小说以一种外在隐含型的作者型"叙述声音"对女性气质进行了全新的定义和权威表达,女主角以一种崭新的女子气质站在读者面前。作者型"叙述声音"采用第三人称进行异故事的叙述,也就是说叙述者本身处于故事之外,是一个外在的叙述者。而这部小说中的这个外在的叙述者又显示出了一种隐含型的特性,在整个故事的表述过程中叙述者几乎不会做出任何评价或者判断,只是显示出一种客观叙事的状态。读者在表层文本中很难感觉到这个叙述者的存在,叙述者好像有意把自己隐藏起来,让读者自己对故事中的人物做出评价。布莱星顿伯爵夫人作为一个男权社会的女作家,在社会压抑女性声音的情况下不得不采取这种间接、迂回的方式进行女性的表达。这部小说的作者并没有隐姓埋名或者像某些女性作家那样用男性的笔名,她在保留自己真实的女性作者身份的情况下就采用了这种外在的隐含型的叙述者讲述的方式来进行表述,并以此来建构一种与男性作者笔下迥异的新型女子气质。表面上看起来是对男权社会的一种妥协,而事实上却是以退为进,让这个隐含型的叙述者在边缘地带瓦解了男性叙事的霸权,突破传统男性定义的女性气质,对女性的气质进行全新的建构的同时也为女性意识的表达争取了一席女性的发声之地。

在整部小说中,没有透露任何关于叙述者的个人信息,由于其具有性别模糊的特性,所以读者不会因为叙述者所具有的性别属性而质疑他(她)所叙述的内容。读者会自然而然地接受叙述者所讲述的一切,包括深层文本内容所蕴含的价值体系与道德判断。这就让作者型"叙述声音"所包含的女性意识潜移默化地被读者所接受与认可。正是通过这样的作者型"叙述声音",表现了作者意图建构新型的女性气质与积极的女性形象,欣赏真实、正义、自强、自爱的女性,希望女性不再服从于男性话语所构建的传统女性气质定义,而是追求表现真我的女性意识。

在这部作品中作者用作者型"叙述声音"构建出了一种新型的女性气质,这是与传统女性完全不同的气质。在男性作品中的女性往往被描绘成屈从于男性的附属品，或者是男性同情与施舍的对象。而在这部小说中，女性却被建构成了另外一种崭新的气质形象，或者说作者重新建构了与以往女性截然不同的女性气质。克拉拉作为一名女性，可谓历经坎坷，人生经历之丰富让许多男性都望尘莫及。她面对过暴力、猜疑与嫉妒，遭受过迫害，经历过生死，还曾被诬陷为抢劫犯。而这些都没能打倒这个坚强的女孩，她始终积极、勇敢、乐观地面对这一切，从未退缩，而最终获得了属于自己的幸福。她说话大胆直接，不像传统女性气质中的唯唯诺诺。她生活自立，靠自己的劳动养活自己而非社会定义的"家庭天使"。克拉拉的这些品质与男权文化规约下的女性气质形成鲜明对比，她作为女主角是坚强而不是软弱，是自立而不愿依附于他人。作为女性，她不但自强自立，更让男性成为被同情的对象，对于男性的丑恶也敢于表现出厌恶与不满。这是对在男权统治下男性给予女性的理想气质的一种颠覆与重构。而这也表明了女性不甘于屈从于男性所定义的女性气质，而是要为自己重新建构真实女性的自信、独立、坚强的全新女性气质的女性意识。

（四）叙述话语模式与女性意识

1. 叙述话语模式

叙事过程中的话语模式旨在研究叙述和人物所使用的语言之间的关系问题，换句话讲就是研究人物用什么样的语言来表达的。人物语言既包括小说中人物的表达也包括叙述者转述人物所说的内容，甚至是想法中的话语。直接引语、自由直接引语、间接引语、自由间接引语等都属于小说中的叙述话语模式。叙述者在叙述过程中使用何种话语模式必然会透露出不同的意图、甚至可以反映出不同的性别意识。

人物话语是小说的重要组成部分。随着文体学与叙述学的发展，批评界也越来越关注表达人物话语的不同方式，也就是话语模式。叙述学家们十分关注不同话语模式所体现的不同叙述距离，认为话语模式是调节叙述距离的重要工具。文体学家们则对不同话语模式的语言选择本身十分感兴趣。"表达人物话语的方式与人物话语之间的关系是形式与内容的关系，同样的人物话语采用不用的表达方式会产生不同的效果这些效果是'形式'赋予'内容'的新的意义。因此，变化人物话语的表达方式成为小说家用以控制叙述角度和叙述距离，变换感情色彩及语气的有效工具。"①

在话语模式中，"自由间接引语"（自由间接言语与自由间接思想）是19世纪至今西方文学界相对重要的引语形式。"自由间接引语是一种以第三人称从人物的视角叙述人物的语言、感受、思想的话语模式。它呈现的是客观叙述的形式，表现为叙述者的叙述，但在读者心中唤起的是人物的声音、动作和心境。"②换言之，自由间接引语（自由间接言语与思想）建立起了叙述、叙述者和读者之间独特的关系，创造出一种独特的阅读感受。"自由间接引语"是介于"直接引语"与"间接引语"中间的一种特殊的引语形式，由于"自由间接引语"与"间接引语"在人称上和时态上保持一致，也就是叙述者可以根据自己的时间和空间的位置来转换人物话语中的人称和时态。那么没有引导句的束缚，叙述语语境的压力就减退，于是"自由间接引语"（自由间接言语与思想）就可以保留体现人物主体意识的语言要素，就像直接引语那样。"自由间接引语"（自由间接言语与思想）使用起来非常灵活和生动，因为读者可以"同时听到人物的声音和叙述者的声音"③。"自由间接引语"（自由间接言语与思想）使叙事者的声音和小说人物的声音融为一体或者相得益彰，互相映衬或者起到反讽的效果。通过"自由间接引语"（自由间接言语与思想），叙事者可以表达对小说人物的同情或者是反讽，以便更好地表达作者的意识形态或立场。

女性主义叙事学家凯西·梅奇（K.Mech）认为，自由间接引语构成作者、叙述者和聚焦人物以及固定和变动的性别角色之间文本斗争的场所。"自由间接引语"（自由间接言语与自由间接思想）可以为女性作家所用，作为表现女性意识的工具。同时，"从自由间接引语"（自由间接言语与思想）的应用中，也可看到性别的斗争与权威的争取。所以作为叙事策略，自由间接引语与性别政治息息相关，是女性主义叙事学值得探讨的话题。

2.解构与建构：《爱玛》的话语模式与女性意识

作为英国历史上著名的女性作家，简·奥斯丁具有强烈的女性意识，但她在其作品中的表达却是隐忍与含蓄的。这与她的作品曾经因为过于直

---

① 申丹. 叙述学与小说文体学研究 [M]. 北京：北京大学出版社，2004：288.
② 胡亚敏. 叙事学 [M]. 武汉：华中师范大学出版社，2004：97.
③ 申丹. "话语"结构与性别政治——女性主义叙事学"话语"研究评介 [J]. 国外文学，2004（02）：9

白的女性叙述而被出版社拒绝有关,在当时男权占有绝对优势的情况下,这种直接的女性表述会与男性声音发生较强烈冲突而不容易被接受。所以简·奥斯丁在其作品中,频繁地使用"自由间接言语与思想",把真实的自己隐藏在后面,迂回婉转地表达着作为女性的声音和意识形态,因为只有这样,她的声音和意识才能被男权社会所接受和承认。

《爱玛》创作于1815年,是简·奥斯丁生前最后一部与读者见面的小说,也是其艺术上思想上最成熟的一部作品。在这部小说中,"自由间接言语与思想"这两种特殊的话语模式被大量使用。叙述者根据自己的意愿来整合人物的表述,于是"自由间接言语或思想"就被赋予一定的权力,而这也是直接言语或思想所不能匹敌的。叙述者可以通过灵活运用"自由间接言语与思想",直接地披露男性的内心世界和心理活动,在重现男性话语的同时,也将作者的评论和批判表达出来。这样形成了男性内心与表层话语的反讽效果,使得男性的权威得到威胁与解构。

泰勒小姐与威斯顿先生结婚后,作者对伍德豪斯先生的描写就运用了自由间接言语:

她每次离去,伍德豪斯先生总免不了要轻叹一声,并且说:"唉,可怜的泰勒小姐!她真巴不得在这待下去啊。"要泰勒小姐回来是不可能的了——要不再怜悯她,也是不大可能;而过了几个星期,伍德豪斯先生的痛苦就减轻了一些。[1]

这里自由间接言语的运用就很好地表达了伍德豪斯先生的心理,并夹杂着叙述者的评判:"要泰勒小姐回来是不可能的了——要不再怜悯她,也是不大可能"[2]。显然这是伍德豪斯先生的想法,他知道要泰勒小姐回来是不可能的了,而且他也知道自己会一直对她产生一种怜悯的情绪。如果读者再仔细地体会这段描述,就会发现叙述者声音的影子,而且能够体会到叙述者对伍德豪斯先生的反讽意味。叙述者话里的意思透露着伍德豪斯先生想让泰勒小姐回来是不可能的了,而想让他不再怜悯泰勒小姐,也是不太可能的,因为伍德豪斯先生就是这样的人:"他心地善良,脾气温和,

---

[1] [英]简·奥斯丁. 爱玛[M]. 祝庆英,祝文光,译. 上海:上海译文出版社,2015:16.
[2] [英]简·奥斯丁. 爱玛[M]. 祝庆英,祝文光,译. 上海:上海译文出版社,2015:16.

所以到处受人喜爱,但是他的才智却从来没有使人觉得可取。"[①]泰勒小姐结了婚,丈夫"威斯顿先生品行端正,家境优越,年龄适中,举止谦和"[②]。他们生活得非常幸福,所以伍德豪斯先生对泰勒小姐怜悯是完全没必要的。他的这种想法只是自己的一厢情愿,所以在这里通过自由间接言语的运用,叙述者一方面展现了男性人物的心理活动,而另一方面这种叙述是"示性"的,能够看到女性叙述者的态度,从而在男性人物内心和表层叙述话语层面产生张力,这种张力挑战了男性叙述的霸权,同时也消解了这种叙述的权威,从而让读者注意到并去了解女性意识和心理。

"自由间接言语"属于一种双重声音,它包含着叙述者的声音以及人物的声音。当叙述者的意识形态立场与人物存在不同之处的时候,叙述者的话语就会对人物表现出反讽的意味,也就是说叙述者以"自由间接言语"的形式对小说人物的话语进行了具有讽刺意味的转述。产生的效果就是人物的权威被减弱而叙述者的权威得到增强。

《爱玛》这部小说叙述者是一个故事之外的作者型叙述者,与故事中的人物处于不同的文本层面。叙述者的声音是异故事的,叙述者直接表述的评判也就必将带有异故事性。但是"自由间接言语"与思想却能让叙述者的声音进入故事层和人物的声音同时存在。"自由间接言语"与思想在解构男性话语权威的同时,也让女性的声音得以彰显。叙述者在小说的开头部分表述的具有讽刺意味的话语让女主角沦为被男性凝视的客体,而在小说的后半部分,女主角爱玛就摆脱了叙述者的控制,成为真正说话的主体,获得了女性的主体地位和自主性。女主角从女性的生命体验出发,抒发女性的情感,表达女性的价值判断。不但有效地表达了女性主体意识,建构了女性主体,同时男性的表达被削弱,男性的个性被压制。

爱玛敢于说出自己和她者的声音,这样的人物可能在叙述者的控制下变得沉默不语,也可能会通过"自由间接言语"或思想的使用而让自己的声音得到彰显从而颠覆他者的声音。所以爱玛的声音有时也会挑战叙述者的声音。梅奇和霍夫认为简·奥斯丁作为女性作家,她作品中的第三人称叙述者的性别却在男性和女性这两种社会性别之间摇摆不定。笔者认为,

---

① [英]简·奥斯丁. 爱玛[M]. 祝庆英,祝文光,译. 上海:上海译文出版社,2015:5.
② [英]简·奥斯丁. 爱玛[M]. 祝庆英,祝文光,译. 上海:上海译文出版社,2015:4.

奥斯丁在《爱玛》中叙述者有时确实是披着男性话语的外衣，而她的内在却始终是女性的，她这样做的目的其实是为了随后把男性的外衣脱掉，回归女性主体的本真，以此来实现对男性话语和男性权威的解构。所以，作为女性作者的奥斯丁实际上利用了第三人称叙述者性别的不确定性。与第一人称叙述者相比，处于故事之外的第三人称叙述者与作者在文本作品中的结构位置与功能上有相似之处，然而假如深入探究叙述者的意识形态，那么从某个特定的角度来看，有时候这个叙述者和作者的意识形态立场是可以作出区分的，而这也正是作者的安排。

第二章 简·爱

19世纪，在英国北部一个偏僻的牧师住宅里，生活着一位刚强的女性，虽然她一生充满了痛苦，孤独是她生活中唯一永久的伙伴，但她没有被孤独、痛苦所压服，而是拿起笔，书写一个女性对生活的追求和向往，她就是活跃在19世纪中期英国文坛上的夏洛蒂·勃朗特。夏洛蒂·勃朗特（Charlotte Bronte，1816—1855）是19世纪英国维多利亚时代最著名的女作家，她被马克思称赞为现代英国杰出的小说家，其长篇小说《简·爱》是世界文学宝库中的不朽杰作，在英国文学史上占据重要地位。

夏洛蒂·勃朗特的小说中最突出的主题是表达女性独立自主的愿望。早在14岁的时候，她就已经写了很多小说、诗歌和剧本。完成于1847年秋天的长篇小说《简·爱》，以柯勒·贝尔的笔名首次出版并轰动文坛。小说主人公简·爱在磨难中追求自由、尊严和真爱并最终获得幸福；她与罗切斯特两次不同的爱情经历表明：她所追求的爱情基于相互尊重和理解而非金钱。爱情的神圣无暇和返朴归真赢得了千万读者，也为小说家本人赢得了不少同行的赞誉，小说家萨克雷称《简·爱》是一位伟大天才的杰作，小说家乔治·艾略特则称被《简·爱》陶醉了。《简·爱》是夏洛蒂·勃朗特自身诗意的生平写照，她把自己的经历和性格都倾注到了女主人公简·爱身上，在小说中流露出了她与那个时代不相符的独特思想和女性意识。

一、形象概述

《简·爱》作为夏洛蒂广为人知的一部作品，其中的女性人物简·爱充满了力量与热情。对于男性社会加之于女性的种种束缚和不公平的待遇，她进行了强烈而坚决的反抗。同弗朗西丝、甚至之后的卡罗琳、露西、阿密耐尔不同，简·爱的反抗是激烈的。作者拿掉了男性叙述者，转而让女性自己说话,这种叙述方式更便于女性发出自己的声音。简·爱发展了弗朗西丝·亨利的形象,将她在男性背后没有表述出的声音大声讲出来。她拒绝沉默,大声抗诉,为自己辩护;她拒绝男性话语,力图创造属于自己的世界。简·爱以一种响亮的声音,一个坚强、奋进而积极的姿态追求女性作为一个独立的社会人应当享有的平等权利,也同时表现出了对男性权威对女性生活和思想进行束缚压制的反抗。

(一)拒绝沉默

在《圣经》中,谈到女性形象或者有关女性地位之时,常会表达出类似的意义:上帝在伊甸园先创造了亚当。为不让亚当独居,上帝从他的身上取下一根肋骨,创造了夏娃。[1]由此可见,女性只是男性的一个附属品,女人的存在是为了陪伴和帮助男人。女人不能有独立的存在,她应当保持沉静驯服。人们不允许女人讲道,不允许她管辖男人,而只要沉静。克里斯蒂娃(Julia Kristeva)认为:"圣经文本完成了一个壮举,它使这个母亲的强大力量服从于象征秩序。"[2]在中世纪,女性较少有机会学习知识和语言,这在很大程度上使女性的言说能力受到极大限制;同时,在当时以男性为主导的社会环境下,权威神授的作者观驱使下,女性写作被视为挑战宗教秩序的异端行为而受到否定和仇视,并被列为禁止的行为。如果女性希望获得言说的权利,那也必须以一种隐蔽迂回的方式进行表现。在宗教、社会等多种环境的作用下,中世纪女性书写出现了大片的空白。由此可见,欧洲文化和历史的发展在很大程度上只代表了男性,"只是男性力比多机制的投射,妇女在父权制中是缺席和缄默的"[3],女性一直都在从属地位扮演一个沉默者的角色:安静驯服,自制克己,相夫教子。没有自己的声音,没有自己的要求,没有自己的想法,也没有自己的生活,像很多男性作家笔下描绘的家中"天使"——美丽和顺,沉默驯服。这种女性沉默的传统不只存在于中世纪,它由来已久并不断延伸。18世纪、19世纪甚至当今,都存在这种女性的压抑和沉默。在夏洛蒂生活的19世纪维多利亚时代,女

---

[1] 邱永旭. 《圣经》文学研究[M]. 成都:四川出版集团巴蜀书社,2008:214.

[2] [法]朱丽娅·克里斯蒂娃. 恐怖的权利——论卑贱[M]. 张新木译. 生活·读书·新知三联书店,2001:177.

[3] 张京媛. 当代女性主义文学批评[M]. 北京:北京大学出版社,1992:3.

性意识已经开始觉醒,在世界文学史上一些伟大的女性作家都出现在这一时期,例如勃朗特三姐妹、盖斯凯尔夫人、艾略特等。但女性的地位在当时较男性依旧卑微,这些女性作家在创作中思考了女性的权利和地位并作出呼吁和反抗,但同时也在字里行间体现出了对主流话语的模仿和依赖。她们反抗却并不激烈,批判总伴着温和的语调。① 夏洛蒂的《简·爱》在这种环境下塑造的一个敢于大声言说、激烈反抗和争取平等自由的形象可谓是女性在争取自身权利道路上的一个里程碑。

作品的同名主人公简·爱自小就是一个拒绝沉默的形象。她的一生主要经历了盖兹海德府、劳沃德学校、桑菲尔德和泽庄四个阶段。几乎在每一阶段简·爱都对自己认为所受到的压迫和不公正对待都进行了反抗,她似乎天生就是一个不沉默的女人。在作为家庭的盖兹海德府,对于约翰·里德的任意打骂,简·爱大声回敬:"你这男孩真是又恶毒又残酷!你像个杀人犯——你像个虐待奴隶的人——你像罗马的皇帝!"② 对于冷酷的里德太太,简·爱感到:"我必须说话:我一直受到残酷的践踏,如今非反抗不可了。"③ 她指责里德太太:"我一想起你就恶心,你对我残酷到了可耻的地步。"④ "不管谁问我,我都要把这个千真万确的故事告诉他。别人以为你是个好女人,可是你坏,你狠心。你才会骗人呢!"⑤ 对待里德家的人,简·爱的反抗是强烈的,大声的——"不公平,不公平啊!"⑥ 她的冲动会突然而起,像"一块石楠丛生的荒地着了火、活跃、闪亮、肆虐"⑦。在受教育的劳沃德学校,当布洛克尔赫斯特校长当众宣称简·爱是一个撒谎者时,她感到受到了侮辱。在谭波儿小姐的鼓励下,在海伦的影响下,她用一种平静的、加入较少怨恨和苦恼的话语开口为自己辩护。在桑菲尔德,面对自己的婚姻,在那段与罗切斯特著名的对白中,简·爱大声表明了她作为

---

① 夏文静. 英国维多利亚时期女性小说文学伦理学批评——以三位代表作家为例[D]. 长春:吉林大学,2013:39.
② [英]夏洛蒂·勃朗特. 简·爱[M]. 祝庆英译. 上海:上海译文出版社,2006:5.
③ [英]夏洛蒂·勃朗特. 简·爱[M]. 祝庆英译. 上海:上海译文出版社,2006:30.
④ [英]夏洛蒂·勃朗特. 简·爱[M]. 祝庆英译. 上海:上海译文出版社,2006:30.
⑤ [英]夏洛蒂·勃朗特. 简·爱[M]. 祝庆英译. 上海:上海译文出版社,2006:30.
⑥ [英]夏洛蒂·勃朗特. 简·爱[M]. 祝庆英译. 上海:上海译文出版社,2006:9.
⑦ [英]夏洛蒂·勃朗特. 简·爱[M]. 祝庆英译. 上海:上海译文出版社,2006:31.

一个独立的个人对平等的追求。表明了她不愿做附庸，不愿做一个沉默的情人。她有自己的心、自己的爱、自己的追求。"我现在跟你说话，并不是通过习俗、惯例，甚至不是通过凡人的肉体——而是我的精神在同你的精神说话；就像两个都经过了坟墓，我们站在上帝脚跟前，是平等的——因为我们是平等的。"[1] 在泽庄，面对宗教和信仰，以及在家庭中自己男性亲人的压制下，当圣约翰要求简·爱作为他的妻子一起去印度传教，在经历了长久的思考与痛苦，简·爱一样开始反抗，开始言说："我瞧不起你奉献的这种不真实的感情；是的，圣约翰，你把它奉献出来的时候，我蔑视你！"[2] "要是我嫁给了你，你会害死我。你现在就在害死我！"[3]

  长久以来，女性屈居男性之下，对所受到的压迫忍气吞声，保持沉默，甚至内化为"这些是女人应该承受的"。与这些心理和传统不同，简·爱作为一个女性，对于压迫选择言说、辩护和反抗，她拒绝沉默。作品中，在简·爱一生中的很多阶段，她都受到来自不同人和不同领域的压制，有作为个人生活的家庭和婚姻，像里德太太、罗切斯特和疯女人，也有来自社会的教育和宗教，比如劳沃德学校和圣约翰的奉献要求。在简·爱身边，代表女性沉默的例子也比比皆是，盖兹海德府的白茜和阿尔葆特小姐不止一次警告简："你得低声下气，顺着他们。""你该学的有用一些，学的乖巧一些。"[4] 劳沃德的海伦·彭斯，对于以让人感到羞的方式被当众惩罚从不反抗，对教师的误会和训斥从不解释。她那一套忍受哲学让简怎么也想不通："她怎么那么安静，那么坚强的忍受下来？"[5] 简·爱与她们形成了鲜明的对比，她不是没有受到压制，而是在长期压抑和痛苦下，虽然环境压制她，朋友规劝她，但她一样要说话，要辩护。她很少在沉默中一味地忍受痛苦，做毫无意义的坚强。除此之外，简·爱作为一个拒绝沉默的女性形象，她的发出声音还体现在一种寻根究底的询问上。对于发生在自己周围的事情，她并不是漠不关心，一无所知以致无话可说，无法参与而被迫沉默。在劳沃德对海伦的询问让耐心的海伦感到不耐烦："你问的问

---

[1] [英]夏洛蒂·勃朗特. 简·爱[M]. 祝庆英译. 上海：上海译文出版社，2006：239.
[2] [英]夏洛蒂·勃朗特. 简·爱[M]. 祝庆英译. 上海：上海译文出版社，2006：391.
[3] [英]夏洛蒂·勃朗特. 简·爱[M]. 祝庆英译. 上海：上海译文出版社，2006：395.
[4] [英]夏洛蒂·勃朗特. 简·爱[M]. 祝庆英译. 上海：上海译文出版社，2006：7.
[5] [英]夏洛蒂·勃朗特. 简·爱[M]. 祝庆英译. 上海：上海译文出版社，2006：45.

题未免也太多了。"① 在桑菲尔德对关于罗切斯特先生的种种询问让菲尔费克斯太太感到惊异。"我想对他有一个更加明确的概念,这显然使她感到惊异。"② 在花园里,她对罗切斯特的问题让他感到恐慌:"别渴望毒药——别变成缠住我的地地道道的夏娃!"③

　　这是一个拒绝沉默的女性,在她发出自己声音的同时,夏洛蒂也向我们展示了言说和辩护对女性生活的意义。幼年简·爱的言说、反抗和为自己的辩护让她最终得以离开给她带来痛苦的盖兹海德,让她在劳沃德洗清自身,摆脱了被称为撒谎者的耻辱。成年后在桑菲尔德,开口说话让简·爱明确了罗切斯特的爱,也让她在泽庄寻得亲人,同时阻止了圣约翰以宗教和上帝的名义强加给自己的在精神上的重负。"这个孩子同时也懂得了开口说话的重要性,这也是他需要知道的重要性:拒绝沉默亦即拒绝死亡。"④ 似乎一切都在开口说话之后变得顺利。女性的要求和愿望在被表达出来之后,以各种不同的方式得到了满足,处境得以改善。而女性对男性的寻根究底的询问,也让男性暴露出自身对女性的隐瞒、虚伪和由此而来的恐慌。在简·爱的询问下为什么罗切斯特会紧张?不仅因为他隐瞒了疯女人的事实,很大程度上还在于他在欺骗女人。或许罗切斯特作为一个男性已经看到,一旦女人意识到男性的欺骗和自己受到的不公正待遇,她就会离开他,就像之后简·爱毅然在谎言揭穿的第二天离开了桑菲尔德那样。在父权制的社会中,沉默带给女性的伤害会是巨大的,如果简·爱面对种种压迫没有大声辩护,那么她会怎样?在盖兹海德府做一个始终受到虐待的"撒谎者",还是在桑菲尔德做罗切斯特的情人,和伯莎共用一个丈夫,又或者是跟着圣约翰去印度,为上帝的事业奉献生命?女性应该说话,应该为自己应有的生活进行抗争,沉默的结果只会让女性自身的生活环境愈加窘迫和尴尬。男性主导的社会已经导致了女性的被压迫和被边缘化,作为女性自身,便要努力排除一些限制,为自身争取生存和发展的机会。

---

① [英]夏洛蒂·勃朗特. 简·爱[M]. 祝庆英译. 上海: 上海译文出版社, 2006: 44.
② [英]夏洛蒂·勃朗特. 简·爱[M]. 祝庆英译. 上海: 上海译文出版社, 2006: 96.
③ [英]夏洛蒂·勃朗特. 简·爱[M]. 祝庆英译. 上海: 上海译文出版社, 2006: 248.
④ [美]苏珊·S. 兰瑟. 虚构的权威[M]. 黄必康译. 北京: 北京大学出版社, 2002: 213.

（二）拒绝男性话语

在西方女性主义理论中，人们认为根据索绪尔和弗洛伊德的理论，从语言学和心理学上分析，压制女性最有效的办法是使用和发扬男权社会的表意手段，即语言。女性主义者们认为，在社会中并不存在共通而普遍的语言，现在我们所使用的语言几乎完全受到男性的控制，形成一种男性权威。凯瑟琳·贝尔西（Catherine Bellsy）曾指出：对权利以及社会的主宰是男性的代名词，而女性和男性之间的不同，正是在于男性凭借语言优势提高自身地位，赋予自己特权。而在这个过程中，总以牺牲女性为代价。语言表达的是男性的意愿和体验，它的功用是以男性的需求为出发点，这便形成了一种男性话语。女性在这个话语系统中是缺席和沉默的，它会使女性失去独立的意识，逐渐向从属地位滑落，更甚者，将这种父权制的秩序慢慢渗透进女性内心，内化为一种畸形的女性追求，致使女性不能"发声"或者陷于困境，最终只能以死亡作为解脱的方式。比如哈代（Thomas Hardy）的《德伯家的苔丝》——抗争的女性在男权社会中作为罪人被审判，最终处决。

在《简·爱》中，夏洛蒂塑造的女性主人公在拒绝沉默之后，对这种男性话语也进行了自身的反抗和拒绝。在外貌上，男权社会认为女性只是男性的附属品，从男性的欲望和审美出发，一个完美的女性应该身材高挑、容貌艳丽、皮肤细腻、性格柔顺，如同圣母一般。布兰奇·英格拉姆的美貌被众多男士追捧，乔琪安娜·里德也因美丽的容貌而被年轻的贵族不断追求。罗切斯特在遇到简·爱之前的三个情妇，无论是法国舞女塞莉纳·瓦朗还是后来的意大利人佳辛达和德国人克莱拉，"都被认为是漂亮的出奇"[1]。就连伯莎·梅森，最初之所以能迷住罗切斯特并举行了婚礼，也同样是因为美丽的外表。但这些美人不过是男性自我理想的一种表现，事实上，这种圣母般的天使形象只是一个"独一无二的女人幻影，她将真正的妇女放逐到了边缘地带。而且她和众多贵妇一样，不过是'一种想象的装饰物'，'男人欲望的焦点'"[2]。简·爱则是一个反圣母、反天使的形象。约翰·里德称她为"阴郁小姐""耗子"，白茜说她是个"大家闺秀""我原先预

---

[1] [英]夏洛蒂·勃朗特. 简·爱[M]. 祝庆英译. 上海：上海译文出版社，2006：298.
[2] 罗婷. 克里斯蒂娃的诗学研究[M]. 北京：中国社会科学出版社，2004：114.

料的也不过是这样。你小时候可不是个美人啊"①。罗切斯特称简·爱为"惹人恼火的木偶""恶毒的小精灵""小妖精""小丑八怪",在圣约翰的眼中,简·爱又是一个"驯服、刻苦、精力和坚韧"的人,是一个"温顺、勤奋、无私、忠实、坚贞、勇敢,非常文雅,又非常英勇"②的人。在简·爱自己的眼中,她是"那么矮小、那么苍白,五官那么不端正"③,她只是一个"孤苦无依,相貌平凡的家庭女教师"④。无论哪一种评价,称赞的、贬斥的、他人的、自己的,都和美貌高挑又和顺的父权制圣母般的理想形象无法契合。这样一个个头矮小、其貌不扬、不美不富有的女性简·爱,驳斥了在父权制的写作环境下长久以来被程式化了的女性形象,即完美的女性一定是美丽的,温柔的贵族小姐,如圣母般谦恭,这不仅是在男性的意愿下塑造出来的,也在长久的社会环境下,一定程度内化为女性自身追求的标准。

如同女性笔下的男性"不是虔诚、无欲得难以置信,就是游手好闲、性欲过剩的难以置信"⑤,这些笨拙、软弱的或者是夸夸其谈男主人公多少都带有女性自身在思想、认识等某些层面的投射,如同在男批评家的眼中显得可笑而充满缺点一样,在男性笔下的女性也是不尽真实的。以男权思想做指引塑造出的"圣母",不会有利于女性发现自身的价值,发掘精神的力量,也不会促使女性意识到自我,进而要求知识与发展,追求独立与平等。简·爱对罗切斯特说:"你以为我会留下来,成为你觉得无足轻重的人吗?你以为我是一架自动机器?一架没有感情的机器吗?你以为,因为我穷、低微、不美、矮小,我就没有灵魂没有心吗?你想错了!——我的灵魂跟你一样,我的心也跟你一样!要是上帝赐予我一点美和一点财富,我就要让你感到难以离开我,就像现在我难以离开你一样。我现在跟你说话,并不是通过习俗、惯例,甚至不是通过凡人的肉体——而是我的精神在同你的精神说话;就像两个都经过了坟墓,我们站在上帝脚跟前,是平等的——

---

① [英]夏洛蒂·勃朗特. 简·爱[M]. 祝庆英译. 上海:上海译文出版社,2006:83.
② [英]夏洛蒂·勃朗特. 简·爱[M]. 祝庆英译. 上海:上海译文出版社,2006:386.
③ [英]夏洛蒂·勃朗特. 简·爱[M]. 祝庆英译. 上海:上海译文出版社,2006:90.
④ [英]夏洛蒂·勃朗特. 简·爱[M]. 祝庆英译. 上海:上海译文出版社,2006:51.
⑤ [美]伊莱恩·肖瓦尔特. 她们自己的文学[M]. 韩敏中译. 杭州:浙江大学出版社,2012:124.

因为我们是平等的！"[①]在一个拒绝了男性在外貌上对女性指手画脚、更贴近女性真实的形象身上，我们可以看到她比那些家中"天使"和天上的圣母更具有生命力和力量。在父权制的社会下，以圣母般的理想形式存在的女性大都不是修女便是殉道者，比如海伦·彭斯。女性应该如简·爱这样，应该这样活着，不是每个人都美丽娇艳，出身富贵，但即便不美不富，女人还有心灵的力量，可以是一个独立的个体，和人类社会上的所有人一样，彼此是平等的，不存在屈居也不是附庸。在简·爱的奋斗史中，在她每一个进步、每一点收获上，都折射出女人没有用美丽的外表取悦男人，不依靠男人而成为附庸，也一样可以获得幸福而活得有价值，以此证明女性也是一个完整的个体。在文章结尾，圣约翰回到了上帝的所在，获得永恒的幸福，而这圣洁而幸福的光芒也照耀着每一个奋斗而努力的人，简·爱这个不美不富却独立坚强，以反圣母形象存在的女性，也靠自己的双手获得幸福。

在生活方式上，简·爱同样表现出了对男性话语的拒绝。在笔者看来，简·爱选择的是一种反圣徒式的生活方式。圣徒是指圣人的门徒或者圣人思想忠实的追随者。他们生活的目标就是尽己所能追随圣人的脚步，理解并发扬圣人的思想。"在俄罗斯人的意识中，圣徒是走基督之路，坚定地承受苦难，甘愿牺牲的完美化身。"[②]作品中的圣约翰·里弗斯在笔者看来就是将终身奉献给神圣上帝的圣徒。对待工作，圣约翰全身心的投入，他的布道和走访从不因天气恶劣、时间早晚而受到阻挡。对待爱情，他克制感情，即便深爱着罗莎蒙德，也依旧为自己在上帝面前的事业而驱走爱情。对待亲人，他满怀爱却严肃冷淡；对待自己，他愿意为了神圣的上帝而远赴印度传教，直至献出自己的生命。这是一个充满力量、满怀仁爱之心却又对现实无情冷酷的人，他的爱都献给了上帝，而尘世的爱情和亲情，在这个圣徒看来，只是苦难和赎罪。他认为简的坚强意志适合投身于和他一样的圣徒式生活中，要求简作为妻子和他一起去印度传教。虽然是一种广博无边的爱，但从圣约翰身上所表现出的上帝的宗教却又是那么一个冰冷的世界。他的人，乃至他的事业，让人感到崇高却不温暖，这"并不使人

---

① [英]夏洛蒂·勃朗特. 简·爱[M]. 祝庆英译. 上海：上海译文出版社，2006：239.
② 谢春燕. 俄罗斯文学中的圣徒式女性形象[D]. 哈尔滨：黑龙江大学，2006：33.

觉得他有多温柔、和顺、敏感或者恬静的性格",反之,"我感觉得到在表示出内心的不安、严厉和渴望的成分"①。戴安娜说她的哥哥"像死神一样无情"②,这并没有夸大。简·爱感到在圣约翰的身边,她失去了自由。简拒绝圣约翰,她以激烈的方式声称:"要是我嫁给了你,你会害死我的,你现在就在害死我。"③当圣约翰讽刺她不愿投身于上帝的事业是因为在为自己担忧时,简发出质疑:"是啊,上帝给我生命,并不是让我抛弃他;我开始认为,按照你希望的那样做,等于自杀。"④面对男性世界那个冰冷的上帝,简·爱说出了对自己生命的珍视,她敬仰上帝却并不代表要使自己陷入那无休止的苦修中去。简·爱这种反圣徒式的生活方式仅仅指对男性权威下冷酷宗教的不赞成,那里的人们大都让人感到冰冷而毫无感情,女人们更要在无助谦卑的跪拜中不断忏悔,如同劳沃德的海伦·彭斯——她谦卑,坚忍,沉默,相信天堂和来世的存在与美好;虽然她聪明,富有见识,看法独特,但男性世界中的宗教将她的一切都抹杀了,现世中她只剩下服从和可怜的忏悔。简·爱曾怀疑地问海伦:真的有上帝吗,他在哪?真的有天堂吗,它在哪?她怀疑并反抗这让女人软弱的宗教。简·爱要追求的是自己的宗教,自己的信仰,或者说那是一种女性的宗教。在这里,女性没有必要放弃自己的理想和思想上的独立,她们可以用更为欢快,也更为亲切的宗教观来代替那冷酷而不近人情的男性话语下的宗教。休厄尔曾经在她的日记中谴责一个主张"站着进行礼拜仪式"的副牧师:"我倒是想把他变成身体不那么健壮的女人,看看他究竟有多喜欢这传统。"⑤她们珍视自己的现世生命,颂扬温馨明朗的天堂。她们将上帝赐予的生命和智慧发挥到极致,对现世、也对自己负责。

夏洛蒂在塑造简·爱这种激进热情,不断拒绝男性话语的女性形象中,也表现出了自身对男性话语一定的妥协性。她将简·爱的形象分裂为两个人物,一个是充满正能量的简·爱本身,大声诉说女性的要求,反抗男性

---

① [英]夏洛蒂·勃朗特. 简·爱[M]. 祝庆英译. 上海:上海译文出版社,2006:336.
② [英]夏洛蒂·勃朗特. 简·爱[M]. 祝庆英译. 上海:上海译文出版社,2006:349.
③ [英]夏洛蒂·勃朗特. 简·爱[M]. 祝庆英译. 上海:上海译文出版社,2006:395.
④ [英]夏洛蒂·勃朗特. 简·爱[M]. 祝庆英译. 上海:上海译文出版社,2006:239.
⑤ [美]伊莱恩·肖瓦尔特. 她们自己的文学[M]. 韩敏中译. 杭州:浙江大学出版社,2012:136.

权威的压制,引导女性的觉醒。另一方面,作者将简·爱身上火一般的热情所产生的极端思想,放置到伯莎·梅森身上,将她塑造为一个关在阁楼上的疯女人形象。简·爱是理性的,伯莎是疯狂的,她们完全不同,但却有着相互之间的共通。伯莎是一个被压迫被损害的人物,男性权威的代言人罗切斯特占有了她的财产,让她远离可以作为中心、拥有主动权的故乡,来到一个自身被边缘化的世界。伯莎·梅森和简·爱一样是孤独的。对自身所处环境的反抗让伯莎憎恨男性,但对罗切斯特、梅森先生复仇似的反抗行为又使得她被作为一个疯女人锁在阁楼之上。简·爱也具有反抗精神,作为女性的她对男权进行了大声的斥责和抵制,但这种行为的极端化也许就会让简·爱成为伯莎。伯莎是简·爱激情的发泄者,她作为一个反面角色代替简·爱实施报复行为。但这种疯狂的举动只能发生在伯莎身上,伯莎·梅森是简·爱性格的延伸,但作者又将她从简·爱的身体中分离出来,正是在以伯莎的疯狂来柔和简·爱的棱角,以求得简·爱在男性主导的文学下可以立足,强化其自身的存在,正如苏珊·兰瑟站在叙述学的角度所分析的,正因为有了伯莎,"才使得简·爱那种敢于犯上的语言显得不那么出格并正常化"[①]。而伯莎·梅森,则以符合男性要求的审判标准被作为疯女人禁闭在阁楼上,最终在疯狂的反抗中死去。在伯莎的衬托下,激进热情、大声反抗的简·爱或许更容易被读者,尤其是男性读者接受。这是作者在男性权威下对主流话语的妥协,这样虽然确立了简·爱的地位,但同时也削弱了简·爱自身的反抗性。

二、形象分析

简是夏洛蒂感受人生和批判社会的艺术替身,她具有强烈的个性和叛逆精神,还具有一定的民主和自由思想,是19世纪小资产阶级知识分子的典型代表。小说充满了浪漫主义激情,尤其是环境描写极具象征意义,充分发挥了女性作家的想象能力和观察细腻的特质。夏洛蒂在《简·爱》中,饱含深情地表达了下层女性内心反抗的声音,揭示了社会现实的不公正和黑暗面,如性别歧视、阶层歧视和慈善教育的腐败、宗教的残忍和虚伪等。但她对社会的批判比较温文尔雅,理性地表达了自己的思想,使得她的浪

---

① [美]苏珊·S. 兰瑟. 虚构的权威[M]. 黄必康译. 北京:北京大学出版社,2002:218.

漫主义不那么激情四射、现实主义也不那么苍白无力，形成现实主义与浪漫主义的悖论书写，温婉地表达女性自我。面对维多利亚时代的保守而强大的社会传统，夏洛蒂在揭示社会问题时仍坚持道德的纠正作用和宗教的感化力量，表现了自己的温和的女性主义小说悖论艺术。

（一）简·爱的性格特征及婚恋观

1.性格特征

（1）坚强背后的柔弱与自卑

简·爱是一位性格坚强、情感热烈、富有激情的女性，她渴望得到自由和平等，自幼就具有强烈的反抗精神，这种反抗精神贯穿了小说始终，也影响了她的一生。作为一个追求独立平等和纯真爱情的知识女性，简·爱的人生是不断超越自我、追求卓越的人生。简·爱的成长和生活经历可以分为三个时期，一是在里德舅妈家的生活，二是在寄宿学校的生活，三是在桑菲尔德庄园的生活。三个时期的生活充满了磨难，曲折和艰辛，但正是因为这些生活的磨砺造就了简·爱与其他女性不同的性格和品质——她表面上看起来很坚强，内心却是柔弱和自卑的。

简·爱在孩提时代就表现出坚强的性格与反抗精神。简·爱出身悲苦，父亲是个贫穷的教区牧师，母亲不顾家人反对嫁给父亲。后来他们却因为染了伤寒在简·爱不到两岁时就双双去世了，没有留下任何遗产。幼小的简·爱被送到盖茨海德庄园舅舅家，舅舅里德先生生前嘱咐里德太太好好照顾简·爱，但随着舅舅的离世，迎接简·爱的是十年的痛苦经历，十年的虐待和轻视，仿佛庄园里的每个人都是她的对头。每当简·爱遭遇无由的毒打和莫名的暴力侵袭时，幼小的简·爱表现出的都是坚强勇敢的一面，而不是顺从或者是放弃。她认为她的舅妈和表哥对她不够公正，尚且年幼的简·爱理直气壮，不畏强暴地与虚伪、自私、狠毒的舅妈及蛮横而粗暴的表哥抗衡。诚如小说中这样描述的：

我感到他揪住了我的头发，抓住了我的肩膀，我已经在跟一个无法无天的亡命之徒肉搏了。这些感觉一时压倒了我的恐惧，我发疯似的和他对打起来："你这个狠毒的坏孩子！你像个杀人犯……你是个管奴隶的监工……你像那帮罗马暴君！" [1]

---

[1] [英]夏洛蒂·勃朗特. 简·爱[M]. 祝庆英译. 上海：上海译文出版社，2006：16.

第二章 简·爱

小说一开始，骄横残暴的表哥就对幼小的简·爱无故打骂。甚至把表妹简·爱看作任他欺负的奴隶，但是这并没有吓倒简·爱，也没有使她屈服和顺从，反而促使幼小的简·爱萌发出强烈的反抗意识。简·爱不惧强暴，怒斥这个迫害她的小魔王，勇敢地和他对打起来。"把她拖到红房子里关起来。""立刻就有四只手抓住了我，把我拖上楼去。"①结果显而易见，在这个家里，吃亏的永远是幼小的简·爱，没有人帮助她，没有人同情、关爱她。在肉体上、精神上对一个年仅十岁的孩子如此惨无人道的折磨，这是多么残忍的事情，多么让人难以承受！但简·爱却在这场强弱悬殊的战争中选择坚强，最终她顽强地生存了下来，甚至还发出了"不公平！——不公平啊！"②这样的呐喊。这些丑恶、卑劣、残酷的言行并没有破坏简·爱的心灵成长，反而使她内心更加坚韧强大，意志力更加顽强。

在洛伍德学校之前里德太太在布洛克尔赫斯特面前这样污蔑简·爱："让学监和老师对简·爱严加看管，她是一个喜欢骗人的坏孩子，你们要格外当心。"③简·爱胸中一股怒气直视里德太太，她穿过整个房间径直走到里德太太的面前，她要为她自己遭到的无情虐待进行反击：

"我不会骗人，假如我会骗人的话，我就会说我爱你了，可是我就要说，我不爱你。除了约翰，在这个世界上，我最恨的人就是你了……幸好你不是我的亲人，我永远不会喊你一声舅妈，我要告诉身边的人，一想起你就恶心，你待我残酷到极点……，你坏透了，心肠毒得很，你才是个骗子。"④

简·爱酣畅淋漓地怒斥眼前这个女人，心中升起了前所未有的自由感和胜利感，她对舅妈待她的不公，给予坚决彻底的反抗和有力的回击。对于一个十岁的孩子来讲，有如此的言行，内心该是多么强大啊！

洛伍德寄宿学校环境恶劣，伙食极差，在这里简·爱冬天遭受寒冷，忍受饥饿，并且还要遭受布洛克尔赫斯特的歧视和毁谤。在去洛伍德学校之前里德太太无耻地在布洛克尔赫斯特面前污蔑简·爱，布洛克尔赫斯特并没有查明里德太太所说情况的真实性，就让她当着全班同学的面站在桌子上，说她种种不好的品质和行为："请大家小心地提防着她，不要跟她

---

① [英]夏洛蒂·勃朗特. 简·爱[M]. 祝庆英译. 上海：上海译文出版社，2006：17.
② [英]夏洛蒂·勃朗特. 简·爱[M]. 祝庆英译. 上海：上海译文出版社，2006：19.
③ [英]夏洛蒂·勃朗特. 简·爱[M]. 祝庆英译. 上海：上海译文出版社，2006：26.
④ [英]夏洛蒂·勃朗特. 简·爱[M]. 祝庆英译. 上海：上海译文出版社，2006：28.

交朋友，不允许她跟大家一起玩，说话……大家要盯住她，注意她的言行，要惩罚她的肉体，以拯救她的灵魂……这个女孩爱撒谎。"① 这些刺耳的语言让简·爱的自尊心受到了深深的伤害，挑战了简·爱的心里极限。她毕竟只是个十岁的孩子，她是那么伤心、无助，那么孤单、委屈。可她很快就从同学海伦·彭斯的微笑中受到鼓舞，找回力量和勇气："这是怎样的一笑啊！直到今天，我还记得清清楚楚。我懂得，这是大智大勇的流露。"② 让我们看到简·爱是如此坚强、聪明、智慧、乐观和正直。这还表现在与学监谭波儿小姐的对话中："我从心底下定决心，这次我一定要说得恰如其分，尽量做到准确无误。我考虑了一会儿，理清了思路后对她说了我所有的童年经历。"③ 在以后的日子里简·爱坚强充实地度过每一天，这种顽强的精神陪伴她走过了很多艰辛的岁月。后来，许多孩子的性命被一场具有传染性的伤寒病夺去了，其中包括她的好朋友海伦，但备受磨难的简·爱却顽强地活了下来。可以说简·爱少年时期是在坎坷中成长和不断历练的，苦难的生活锻造了简·爱坚强的意志力，而正是这种坚强的意志力才使简·爱有毅力度过人生的每一个难关。

　　后来，简·爱以家庭教师的身份来到了桑菲尔德庄园，并与男主人罗彻斯特真诚相爱，她们的爱是纯粹、真挚而热烈的。然而，当他们即将举行婚礼时，罗彻斯特的妻子伯莎出现了。简·爱被欺骗了，明白真相的她果断选择了离开。在简·爱的眼中，爱情是纯洁、美好的，是建立在平等尊重的基础上。简·爱不愿做被罗彻斯特供养的女人，也不愿做被他用漂亮衣服装扮成的贵族姑娘，罗彻斯特隐瞒了他已婚的事实，这是简·爱无论如何都不能接受的，坚强的简·爱决然离去。眼前发生的这一切事情使她的信念更加坚定，虽然无亲无故，一无所依，但更要自己依靠自己，更要自己在乎自己，后来的生活尽管很艰辛，可简·爱依然顽强地面对生活，依然信念坚定。

　　简·爱性格鲜明，虽然坚强勇敢，可在坚强的背后却流露出一丝柔弱和自卑。一个人缺少什么就会追求什么，特别是在幼小的时候缺少爱和安

---

① [英]夏洛蒂·勃朗特. 简·爱[M]. 祝庆英译. 上海：上海译文出版社，2006：43.
② [英]夏洛蒂·勃朗特. 简·爱[M]. 祝庆英译. 上海：上海译文出版社，2006：44.
③ [英]夏洛蒂·勃朗特. 简·爱[M]. 祝庆英译. 上海：上海译文出版社，2006：48.

全感，长大后表现尤为明显，缺少一分，长大后用十倍甚至是百倍的爱都无法弥补。所以，简·爱一直追求平等自由，表现出极强的自尊，自爱，那是因为她内心深处缺少这些爱、尊重、安全感。身处的环境和身边的人在她幼年时候没有给她足够的平等、尊重、自由和充分的爱。当舅妈把简·爱关进红屋子时，她感到深深的自卑："我想，假如我是一个漂亮、聪明、活泼可爱、无忧无虑又嘴甜的孩子，哪怕我仍然要靠人养活，依然没有朋友，舅妈见到我一定会高兴一些，她的孩子们也一定对我真诚一些。"[1]那么小的孩子就因为长相平平而觉得"低人一等"，可见从小寄人篱下，饱受不公平待遇的简·爱的性格受到了极大的影响，自卑心理已经在她内心生根发芽了。"往常的自卑心情，自我怀疑，无可奈何的沮丧，像冰一样浇在我的怒火上。"[2]从这里可以看出，简·爱外表看起来的坚强和平静恰恰是对她内心脆弱自卑的一种掩饰。

在情感方面，简·爱内心流露出的脆弱和自卑更为深刻。尽管简·爱一直强调、追求平等自由，但是她表现出的强烈的自尊和自强恰恰反映了简·爱内心深处浓浓的自卑心理，这种生来不平等的境况导致了她自卑性格的形成。自古以来，漂亮、美丽总是女性骄傲和炫耀的资本，红粉女子也会备受男人的宠爱。对于瘦小纤弱、相貌平平、五官不匀称的简·爱，自卑心理自然会在她心中萌芽、生长。再加上出身贫寒低微，无依无靠，十年寄人篱下，饱受虐待的不幸生活经历，使简·爱的性格异常敏感，表面看起来刚强，事实上简·爱内心深处的自卑感则是达到了极致，尤其是在感情方面。诚如文中所描述的那样：

"你"，我说，"罗切斯特先生真的喜欢你吗？你有什么值得他喜欢的？去你的吧！你愚蠢得让我恶心。人家偶尔有点喜爱的表示，你怎么可以这样想？你这个可怜的傻瓜！你考虑一下自身的利益吧，难道这都不能使你变聪明一点吗？……捂住脸去害羞吧！人家也就是说了几句赞美你眼睛的话语，自负的傻瓜！睁大你的双眼，瞧瞧你那该死的糊涂心眼吧！"[3]

如泣如诉的内心道白，简·爱那热烈渴望爱情的心情跃然纸上，但却

---

[1] [英]夏洛蒂·勃朗特. 简·爱[M]. 祝庆英译. 上海：上海译文出版社，2006：18.
[2] [英]简·奥尼尔. 勃朗特姐妹的世界——她们的生平、时代与作品[M]. 叶婉华译. 海口：海南出版社，三环出版社，2004：56.
[3] [英]夏洛蒂·勃朗特. 简·爱[M]. 祝庆英译. 上海：上海译文出版社，2006：93.

又因为内心的自卑而深深地折磨着自己。再看简·爱的另一段爱情画面,在面对帅气高大的圣约翰追求时,自卑的简·爱最大的担心竟然是这位男子外在的优越:"他的五官是那么的匀称美丽……看看他那相貌堂堂的威武身材。我心里想,做他的妻子是永远不可能的事情。"① 于是,简·爱把这件事情交给了万能的上帝:"如果是上帝要我嫁给你,我就立刻发誓嫁给你,无论以后怎么样!"② 自此,简·爱的自卑意识可见一斑。

(2)女性意识觉醒背景下的内心挣扎

伴随简·爱一生的是她的反抗精神。《简·爱》是一部复杂的小说,小说有着曲折动人的情节,详细描述了女主人公女性意识觉醒过程中的复杂心路历程。作者在书中运用了大量的内心独白、自说自诉、心理剖析以及超越现实的梦幻和心灵感应等意识活动,展示出了主人公内心的挣扎。我们在看到简·爱现实世界的时候,也走进了简·爱的内心世界,她那自尊自爱、自立自强,具有高度尊严和坚强性格的形象也就更加丰满。

简·爱的反抗更多地表现在言语、行动等外在形式上,让读者直观形象地看到她坚强不屈的性格,勇于抗争的叛逆精神以及对自由平等和独立人格的追求。"因为挨了打,又曾跌倒在地,我的头非常疼痛,伤口还在流血。约翰粗暴地打了我,没有人责备他,而我为了让他以后不再干这种没有理性的暴行,却受到众人的责难。不公平!不公平啊!""哦,舅妈,可怜可怜我,饶了我吧!我受不了啦——用别的办法惩罚我吧!这会要了我的命,要是……"③ 当简·爱被关进红房子的时候,她内心在进行着激烈的挣扎,一方面要反抗,一方面又要承受着惩罚的痛苦。

当简·爱即将被送到洛伍德学校时,她向舅妈里德太太进行了控诉:"我很高兴,幸好你不是我的亲人。我这一辈子绝不会再叫你一声舅妈,我长大后也绝不会来看你。要是有人问我喜不喜欢你,问我你待我怎么样,我就说,我一想起你就觉得恶心,你待我残酷到极点。""我怎么敢,里德太太?我怎么敢?因为这是事实。别人都以为你是个好女人,其实你坏透了,心肠毒得很。你才骗人哩!"④ 当简·爱把这些想说的话说完后,她的心里

---

① [英]夏洛蒂·勃朗特. 简·爱[M]. 祝庆英译. 上海:上海译文出版社,2006:252.
② [英]夏洛蒂·勃朗特. 简·爱[M]. 祝庆英译. 上海:上海译文出版社,2006:252.
③ [英]夏洛蒂·勃朗特. 简·爱[M]. 祝庆英译. 上海:上海译文出版社,2006:19.
④ [英]夏洛蒂·勃朗特. 简·爱[M]. 祝庆英译. 上海:上海译文出版社,2006:28.

越来越舒畅，越来越欢腾，有宣泄、复仇的快感，有无比快乐的自由感和胜利感，好像挣脱了无形的枷锁，挣扎着进入了一个自由的梦想境界。

在洛伍德寄宿学校学习时，简·爱和学校里的孩子们遭受了种种人格和心灵的践踏，她的反抗意识和维护自尊的意识也得到发展。简·爱的小伙伴海伦因为胆小懦弱，时常被斯卡查德小姐无理由野蛮地打骂，她愤怒地对海伦说："假如我是你，我会厌恶她，我会反抗。如果她敢用那根木棍打我，我就会从她手中抢过来，当面把它折断。"① 海伦说："如果无法避免，那你就必须忍受，假如命中注定你要忍受，自己不能忍受那就是软弱，就是犯傻。"②

海伦是作者笔下传统英国女性形象的典型代表，她没有自我意识，屈服于不合理的社会和宗教，屈服于传统的伦理，逆来顺受，不敢抗争，无论面对多少不公的境况，总是奉行忍耐的信条；然而简·爱从不赞同海伦的说辞，坚决反对这些有关"忍受"的信条。因为简·爱的人生观念里没有逆来顺受，而是极正当地争取自己做人的尊严。正因为如此，面对同样平白无故和随意任性的打骂，两人的态度总是截然相反，海伦的懦弱与屈服和简·爱为追求平等与自尊而进行的反抗形成了鲜明对比。

2. 婚恋观

（1）追求相互尊重、独立平等的心灵伴侣

《简·爱》是一部具有浓郁抒情特色的浪漫主义小说，主人公简·爱的爱情流光溢彩、熠熠生辉，是这部小说的灵魂。她始终保持人格独立，注重追求相互尊重、自由平等的恋爱关系，她渴望的是精神共鸣而非物质享受的爱情，这种婚姻观即使历经了一百多年，仍为现代社会的痴情男女讴歌、借鉴。

关于"爱"的定义，耶鲁大学社会心理学家罗伯特·斯滕伯格（R.J.Stenberg）认为，爱由亲密、激情与承诺三个成分组成，亲密就是相互结合亲近的感觉，激情指把双方引向浪漫爱情的驱力，承诺就是愿意为这段关系贴上恋爱标签来维持。③ 罗伯特·斯滕伯格还认为，有亲密感、有激情、有

---

① [英]夏洛蒂·勃朗特. 简·爱[M]. 祝庆英译. 上海：上海译文出版社，2006：38.
② [英]夏洛蒂·勃朗特. 简·爱[M]. 祝庆英译. 上海：上海译文出版社，2006：39.
③ 转引自李莉. 内隐知识[M]. 北京：科学出版社，2013：24.

承诺才是完整的爱情。[①]因此，爱情的建立首先是情感上的共鸣，应该是思想独立、自由平等的，只有这样心灵上才能相互慰藉，精神上产生共鸣，才会有亲密、有激情、有承诺，才会牵手、相守到白头。简·爱自尊自爱、自立自强，在爱情理想上，她自始至终保持精神的独立，无时无刻不在追求思想和经济上的自由平等。在她的意识里，人格自由、双方平等是爱情的根基，社会地位高低、容貌丑俊、财富多寡只是婚姻的装饰，而这些和爱情能否持久并无太大关系。只要两人彼此心灵互依，就是真爱。为此，在追求个人幸福时，简·爱表现出的是对爱自然本真的追求。

简·爱追求思想独立、情感共鸣的爱情。她曾说过："我需要的是与我同类型的人，和我没有共同语言、格格不入的外人，我们在一起得不到感情上的完全共鸣！"[②]简·爱是一个穷苦牧师的女儿，她出身卑微、地位低下，没有婀娜的身姿、漂亮的脸蛋；相反，她身材矮小、一点都不美丽。然而，就是这样一位弱女子，却义无反顾、热烈奔放地爱上了大她二十岁的罗切斯特，愿意向他献上少女纯洁的爱情。她敢于爱，因为她觉得她和罗切斯特在情感上能产生共鸣。在桑菲尔德府，罗切斯特虽然是主人，但他们俩能平起平坐，推心置腹地交谈。她不是放低身段、摇尾乞怜地爱，更不是故意谄媚、利用心机去诱惑和勾引，而是将自己放在与罗切斯特平等的地位。年龄的差距、地位的悬殊、颜值的高低，甚至财富的多寡，都不能让她向爱情屈膝！她对罗彻斯特的爱是纯真的、不卑不亢的、不容玷污的！同样，罗彻斯特对简·爱也有"知音"的感觉，他觉得她是那么的可亲，那么的脱俗。她独特的气质令他着迷，她强大的内在精神力量令他折服，他深深地爱上了这个美丽的独一无二的姑娘。

简·爱追求的是彼此平等、互相尊重的心灵伴侣。在简·爱看来，他们的爱情是自由的、平等的。他们二人唯一不同的是，罗切斯特是桑菲尔德府的主人、英俊非凡；而她只是地位低下的家庭女教师、其貌不扬。一个灰姑娘斗胆爱上一个上流社会的绅士，这是一个"王子和灰姑娘"的故事，灰姑娘终于穿上了水晶鞋，成了罗切斯特的未婚妻。而这还意味着她可以共享他的所有财产，但简·爱拒绝接受未婚夫的奢侈品。当罗切斯特要送

[①] 转引自李莉. 内隐知识[M]. 北京：科学出版社，2013：24.
[②] [英]夏洛蒂·勃朗特. 简·爱[M]. 祝庆英译. 上海：上海译文出版社，2006：216.

她珠宝，承诺像娶贵族的女儿一样娶她时。她说："哦，先生！——别提什么珠宝了！我不愿听到提起那些东西。给简·爱珠宝，这听起来就不自然，也挺不自在。我宁愿不要那些玩意儿。"① 当罗切斯特说要求她放弃家庭教师这个苦活时，简·爱立即反驳道："不！对不起，先生，我绝不会放弃，我要像往常那样继续干下去，我还要像我习惯的那样，整天都避开你。"② 她依然坚持履行家庭教师的职责，她根本不把罗切斯特的财产放在眼里，她之所以深爱着他，就是因为他把她视作平等交流与对话的朋友，他能与她坦诚相见、毫无芥蒂，她的爱情是纯洁高尚的。对罗切斯特来说，简·爱的自由、自尊、自爱，就是一股清新的风，使他精神为之一振。

当然，他们的相爱并非一帆风顺，也有矛盾和冲突。在简·爱觉得人格受到挑战，爱情受到欺骗时，她敢于斥责、反抗，敢于维护女性尊严，时刻保持着自己精神上的独立，向上而昂扬。面对罗彻斯特的挽留，她言辞犀利、咄咄逼人：

"你以为我会留下来，成为一个对你来讲无关紧要的人吗？你以为我只是一架没有感情的机器吗？你以为我能忍受别人把我的面包抢走，把我的一滴水从杯子里倒掉吗？你以为我贫穷、个子矮小、长相平平、默默无闻、就没有灵魂和心了吗？——你想错了！——我跟你一样有灵魂，跟你一样充实！如果上帝赐予我充足的财富和美貌，我会让你像我现在难以离开你一样，感到难以离开我。我现在不是凭着肉体凡胎与你说话，而是我的灵魂跟你的灵魂在对话，就像我们两人穿过坟墓，一同平等地站在上帝面前——因为我们本来就是平等的！"③

这番话，形象、鲜活、酣畅淋漓地表现了简·爱对爱情中自由平等的执着追求，简·爱自尊、自爱、自主的女性意识得以淋漓尽致的体现。也使得罗彻斯特不得不直面他们之间的平等。"我的新娘在这儿，因为与我相配，跟我相似的人在这儿。简，你愿意嫁给我吗？"④

至此，一种由独立人格、自由意识和真实感情支配的、平等的爱情关系将要建立起来了。然而故事并没有就此画上圆满句号，时光在继续。前

---

① [英]夏洛蒂·勃朗特. 简·爱[M]. 祝庆英译. 上海：上海译文出版社，2006：153.
② [英]夏洛蒂·勃朗特. 简·爱[M]. 祝庆英译. 上海：上海译文出版社，2006：156.
③ [英]夏洛蒂·勃朗特. 简·爱[M]. 祝庆英译. 上海：上海译文出版社，2006：147.
④ [英]夏洛蒂·勃朗特. 简·爱[M]. 祝庆英译. 上海：上海译文出版社，2006：148.

一刻,与罗切斯特共浴爱河的简·爱还梦想着和她的新郎准备一场盛大的婚礼。后一刻,却出现了新郎合法的妻子。这突如其来的变化,让她毫无思想准备,陷入到了极度的心灵矛盾之中。她没有别的选择,要么违心地做他的情妇,要么远远地离开他再不相见。在爱人面前,她从没有因为家庭、地位、容貌感觉到自卑;在精神上,她觉得和爱人平等。离去,必须离去,罗切斯特的眼泪软化不了她的决心,对罗切斯特的千丝万缕的牵挂,也留不住她匆匆而去的背影,简·爱选择了勇敢出走。可离开桑菲尔德府,离开她爱的人,她漫无目的,无处可去。

故事的结局发生了反转变化。一场大火,烧毁了罗切斯特的庄园,他不幸成了双目失明的残疾人;这时简·爱却拥有了一大笔遗产,成了一个富有的人。可简·爱毅然回到失明的罗切斯特身边,这种爱不附加任何外在条件,不考虑任何利害得失,这种爱建立在独立平等、心灵互依的基础上,这种忠贞的爱情终成正果。简·爱在重新团聚的场景中由于经济独立而感到幸福,显示出她对婚姻中男女平等的一种渴望。

(2)女性意识成熟背景下的独立抉择和不屈抗争

简·爱是作家夏洛蒂塑造的维多利亚男权时代的呐喊者,性格很坚强,面对不公命运和困境时,不屈服、不退缩、敢于反抗;追求人格的独立,为不公命运积极抗争,对美好爱情和婚姻充满向往,也为之做出了独立抉择和不屈抗争。

①追求思想和经济上的独立

无论东方还是西方,传统观念中女人都是男人的附庸,没有独立的人格。在维多利亚时代的英国,男权统治天下,女性需要在出嫁前做好打算,备好嫁妆,寻求能给他足够财产的爱人。在近代中国,女性处于从属地位,她们的命运一直被男性所主宰。她们在经济上都依赖于自己的丈夫,并因此而没有地位、没有话语权和尊严。因此,东西方女性都清醒地认识到只有在经济与思想上双重解放,才能摆脱压迫,真正获得自由。

夏洛蒂出生在英国维多利亚时代,虽然当时女性还不具备同男性平等的地位和权利,但她的作品中却出现了追求独立和平等的影子。简·爱对爱情和婚姻的态度也是夏洛蒂所主张和倡导的理想爱情婚姻观的体现,夏洛蒂认为人格独立、自由平等、相互尊重是追求美好爱情的首要条件。爱情中,女性不仅要保持精神上的独立,还要保持经济上的独立。简·爱和罗切斯特的交往，是在精神平等基础上产生的心灵共鸣。她不爱罗切斯特的财富和地位，也没有因为罗切斯特的穷困残疾而抛弃他。在和罗彻斯特恋爱期间，简·爱没有心安理得地接受他的馈赠，听从他的摆布。她追求内心的安宁，而不是应接不暇的恩惠带来的重重压力。她说："我不会做你英国的塞莉纳·瓦伦，我会继续当阿黛勒的家庭教师，挣得我的食宿，以及三十镑的年薪，我会用这笔钱购置自己的衣装，你什么都不必给我，除了你的尊重。而我也报之以我的尊重，这样这笔债就两清了。"[1]

② 为不公平的命运而努力抗争

西方女性意识在工业革命中觉醒，受资产阶级启蒙思想影响较大，科学、文明、真理是她们抗争的口号，她们在生活中会更加积极地面对人生。她们追求男女平等，要求享有与男性同等的权利。为此，她们敢于向传统、守旧势力和观念挑战，敢于同不公平的命运抗争。简·爱所处的时代属于男权中心主义社会，女性没有地位，没有话语权，受到过很多不公平的待遇，她不屈服于现实和命运的安排，勇敢地抗争，并通过自己的智慧和努力最终追求到了幸福。在舅妈家，简·爱这样对里德太太说："我的里德舅舅在天上，你做的一切和想的一切，他都看得见，我爸爸妈妈也都看得见；他们知道你整天把我关起来，还巴不得我死掉。"[2] 即使"挨了打，跌了跤，头依然疼痛，依然流着血"，年幼的简·爱也没有不反抗，"不公平啊，不公平啊！"的理智一直在呼喊着她，给了她勇气去争取应得到的人的权利，并且敢于蔑视等级制度，直斥里德太太的残忍和冷酷。在洛伍德学校，她劝说海伦："要是无缘无故地挨打，那么我们就要狠狠地回击，教训打我们的人，让他永远再也不敢这样打人。"[3] 这是简·爱在言语上对虐待孩子们行为的人的有力回击，表明她虽然弱小，处于弱势地位，但她不畏强势，敢于与欺负她的人抗争，有自我保护意识，敢于捍卫自己和朋友的尊严与权利，同时这些也体现了她女性意识的觉醒。当她的爱情受到欺骗时，她敢于直面罗切斯特："如果上帝赐予我美貌和财产，我会让你感到也离不开我，就像我离不开你一样。"[4] 简·爱内心很清楚，外貌和出身都是无法

---

[1] [英]夏洛蒂·勃朗特. 简·爱[M]. 祝庆英译. 上海：上海译文出版社，2006：82.
[2] [英]夏洛蒂·勃朗特. 简·爱[M]. 祝庆英译. 上海：上海译文出版社，2006：25.
[3] [英]夏洛蒂·勃朗特. 简·爱[M]. 祝庆英译. 上海：上海译文出版社，2006：38.
[4] [英]夏洛蒂·勃朗特. 简·爱[M]. 祝庆英译. 上海：上海译文出版社，2006：102.

选择的，然而对于这些她并不在乎也不抱怨，而是在此基础上，自信、勇敢、努力地去追求更美好的生活。

细看简·爱的成长历程，她是个弱小、平庸、自卑的"丑小鸭"和"灰姑娘"。诸多的力量都压迫她，扼杀她的成长，但简·爱的心志却因艰苦生活而得到锤炼，她的意志变得更加坚定和顽强。她内柔外刚，独立自主，彰显出自立自强的光辉人格。

③渴望美好的婚恋生活

虽然每个人追求的爱情可能不同，但对幸福爱情的向往却是相同的。夏洛蒂生活的时代，女性已经开始重视自身能力和自我价值的实现，希望通过不断改变和提升自己，去获取在家庭、社会中的平等地位，追求愉悦、自由平等的爱情和婚姻。

夏洛蒂的《简·爱》问世时，英国正处在工业盛行的维多利亚时期，女性有了更多的就业和出走机会，她们的地位开始提高。夏洛蒂正是从男女的感情婚姻入手，激励女性自谋职业，保持人格和经济的独立。简·爱和罗切斯特的爱情与财产门第无关，婚前罗切斯特问她还需要什么时，简·爱表示"我只求这个：别叫人送珍宝来"[①]。简·爱需要的是爱人的尊重，她没有贪图罗切斯特的富有，更没有嫌弃他的贫穷。当罗切斯特富有时，简·爱谨慎地与他保持距离，当罗切斯特贫穷失明时，简·爱却坚定地选择和他走进婚姻。简·爱用行动践行着他们之间爱的纯粹与伟大。这些都充分说明了简·爱追求的是精神相通、相互尊重的平等爱情，而不是爱情以外的物质和财富。

总之，夏洛蒂的小说是一场进行在社会思想领域的无声革命，简·爱靠人格的力量弥补了自身的不足，实现了自我的人生价值，她的作品是女性积极追求平等基础之上的爱情的奋斗史，充满了女性对时代变换、人生命运的思考。

（二）悖论艺术视域下的简·爱人物形象

夏洛蒂在《简·爱》中主要关注了"女性的两难抉择"（female dilemma）：一个女人如何做到拥有家庭、激情和亲情，又能保持女性的独立和自主。简的成长正是来自她对周围人群的认知和反思，通过交往，简

---

① [英]夏洛蒂·勃朗特. 简·爱[M]. 祝庆英译. 上海：上海译文出版社，2006：153.

的思想意识逐渐成熟，奠定了人物形象丰满的基础。夏洛蒂把简·爱身上激情与压抑的冲突体现在成对的人物形象上，其中女性人物以海伦·彭斯和伯莎·梅森为代表，男性人物以罗切斯特和圣约翰为代表，使得小说意义上充满张力，回味无穷。但这些悖论式人物在自我寻求的道路上是矛盾的，主要表现为身份和性格上的悖论。身份是社会角色的一种定位，也是一种文化建构，在等级制和性别差异的社会中，身份悖论越发明显；性格是个性的表现，面对社会压力和内心焦虑时，性格悖论越发突出。

1. 身份悖论

身份常与社会地位联系在一起，是自我认同的标志。在等级制度明显和性别歧视严重的社会，社会身份和性别身份是弱势群体——如女性、儿童和少数族裔群体等——无法回避的苦痛和艰难的选择。鲍恩斯坦（K. Bornstein）认为：" 我喜欢没有身份的状态，我可以获得更多的空间来玩耍；但是身份总是让我晕眩，因为没有地方可以挂我的帽子。当我对没有身份感到厌倦时，我就挑选一个：挑选哪一个并不重要，只要能认出来就行。我可以是作家、情人、知己、妻子、杰出人士，或是一名妇女。"[1] 身份往往成了累赘，没有身份似乎更加自由。身份不是天生具有的，也不是固定不变的，是一种动态的选择，如同挑选一顶帽子，不同的帽子象征着不同的身份，意味着别人对自我本身，实际上是对"我的帽子"的不同评价。身份的"相对性"正体现了身份的悖论性，呈现为社会学角度的自相矛盾式的身份："哺育了年轻女性的母亲之歌又悖论地成为政治、经济、社会和个人的工具，成为永久地压迫哺育她们源泉的力量。"[2] 正是因为身份的悖论性，小说文本着力表现这种悖论才能深刻地揭示人物的特性。与人物悖论相适应，人物形象的谱系表征也具有鲜明的特点，"身份悖论是精神层面和血缘层面的双重建构"[3]。

---

[1] Bornstein Kate. My Gender Workbook: How to Become a Real Man, a Real Woman, the Real You, Or Something Else Entirely[M]. London: Routledge, 1994: 39.

[2] Lwanda John. "Mother's Songs: Male Appreciation of Women's Music in Malawi and Southern Africa."[J]. Journal of African Cultural Studies 16.2（2003）: 125-137.

[3] 廖昌胤. 当代英美文学批评视角中的悖论诗学[M]. 北京: 知识产权出版社，2011: 76.

（1）精神层面的身份悖论

《简·爱》叙述了一个女性从社会边缘地位爬升到绅士阶层的经历[1]，在她阶层流动过程中，她扮演着不同的身份。在身份建构和切换的过程中，她一直在寻找精神上的伴侣，希望得到别人的认同，因为精神盟友是自己身份的镜子，然而她矛盾的身份时时让她陷入两难困境。

小说一开始描述了年幼的简·爱不能外出的境况，部分是由于雪和寒冷，部分是由于被排挤而远离温暖的炉火和家庭的温馨。小说为读者塑造了一个无依无靠的孤女形象，孤独、寒冷和饥饿是小说的主要意象。在盖茨海德，简·爱被排挤在里德家人之外，孤独的简只得在书本中寻找朋友。"事实上，夏洛蒂在小说中充分展示了书和阅读在简择友中的意义。《简·爱》是一部通过阅读寻找自我、朋友和现实中的位置，通过选择书和阅读习惯来表明个性的小说。"[2]在红房子里，她选了本《英国鸟类史》阅读，一方面让细心的读者洞察其内心的孤独，另一方面，书中的插图为她提供了"具有创意性想象的食粮"[3]。简在阅读书本的想象中找到了朋友，虚构了自己的身份，然而她真实的身份是从女仆那儿听到的："你受了里德太太的恩惠，是她养着你的。要是她不收留你，你就得进贫民院了。""你不能因为太太好心将你同里德小姐和少爷一块抚养，就以为自己与他们平等了。"[4]这是简记忆中最早关于个人身份的暗示，她是介于里德家仆人和亲属之间的尴尬地位，而且自己的身份是由他人定义的。

关于身份的定义在劳渥德学校有所改变，简开始自己寻找身份认同："我看到一位姑娘坐在近处的石凳上，正低头聚精会神地读一本书。从我站着的地方可以看到，这本书的书名是《拉塞拉斯》。这名字听来有些陌生，

---

[1] See Sally Shuttleworth. "Jane Eyre: Lurid Hieroglyphics", in Harold Bloom, Charlotte Brontë's Jane Eyre[M]. New York: Chelsea House, 2007, p.7.

[2] Norrick Corinna. "'Reader, I Married Him': 19th Century Reading Practices, Reading and Readers in Charlotte Bronte's Jane Eyre." [J]. The International Journal of the Book 8.1 (2011): 73-74.

[3] See Antonia Losano, "Reading Women/ Reading Pictures: Textual and Visual Reading in Charlotte Bronte's Fiction and Nineteenth Century Painting", in Janet Badia and Jannifer Phegley, Reading Women, Literary Figures and Cultural Icons from the Victorian Age to Present, [M]. Toronto: University Press of Toronto, 2005: 27

[4] [英]夏洛蒂·勃朗特. 简·爱[M]. 祝庆英译. 上海：上海译文出版社，2006：10.

因而也就吸引了我。……因为我也喜欢读书，尽管是浅薄幼稚的一类。"①基于共同的兴趣爱好——爱读书，简·爱结识了自己的精神挚友和心灵导师海伦·彭斯，彭斯借福音主义教义的力量感化了简心中的怨恨，但不幸的是疾病匆忙夺走了彭斯的生命；简还遇到了慈母般的坦普尔小姐，她帮助简澄清了真相，使简·爱重新获得大家的尊重，但是婚姻悄然带走了坦普尔。在劳渥德学校，简·爱失去了两位精神盟友，但是"在它的围墙内，生活了八年，当了六年的学生，两年的老师，在双重身份上成了它的价值和重要性的见证人"②。在劳渥德学校的生活经历是简一生中的重要体验，她感触到身份的定义和转变的代价。在地狱般的场所，她遇到了知音，但很快便失去了精神支柱，得失间她感悟到命运多舛。由于双重身份禁锢了她的自由，她要寻找新朋友，为自己的身份重新定位。

在桑菲尔德庄园，十八岁的简被雇为家庭教师，一个既不是仆人，又不是家人的尴尬地位。听了费尔法克斯太太的介绍后，她觉得自己与这位善良和蔼的老妇人具有一样身份的人，是"寄生者。她和我之间的平等是实实在在的，不是她屈尊附就的结果。这样倒更好，我的处境就更自由了"③。简有意提升自己与老管家等同的身份，内心获得了自尊感，这还是她第一次为自己定义身份。在与男主人罗切斯特先生的交谈中，她找到了挚友："他对我友好坦诚，既得体又热情，使我更加靠近他。有时我觉得他不是我的主人，而是我的亲戚。"④简又一次在精神层面上提升了自己，她把男主人视为亲人，再一次虚构了自己的高贵身份。后来，简·爱因为爱情，她冲破了阶层传统的束缚，接受了罗切斯特的求婚，差一点成为罗切斯特夫人。然而现实给梦想上了一课，简重又回到了从前的孤独，"我没有亲人，只有万物之母——大自然。我会投向她的怀抱，寻求安息。"⑤简在桑菲尔德做家庭教师，使她无法跨越阶层的界限，尽管在想象中实现身份的逾越，但是现实无情地将她打回原形。

---

① [英]夏洛蒂·勃朗特. 简·爱[M]. 祝庆英译. 上海：上海译文出版社，2006：46.
② [英]夏洛蒂·勃朗特. 简·爱[M]. 祝庆英译. 上海：上海译文出版社，2006：82.
③ [英]夏洛蒂·勃朗特. 简·爱[M]. 祝庆英译. 上海：上海译文出版社，2006：99.
④ [英]夏洛蒂·勃朗特. 简·爱[M]. 祝庆英译. 上海：上海译文出版社，2006：146.
⑤ [英]夏洛蒂·勃朗特. 简·爱[M]. 祝庆英译. 上海：上海译文出版社，2006：325.

简·爱在成长过程中一直通过阅读和交谈在寻找自己的精神盟友，尝试打破形影孤单的僵局，努力为自己的身份寻找代言人；然而现实社会中，她社会地位的低下和严重的性别歧视，让她很难为自己的身份恰当地定位，因为"简从一开始就面临无解的悖论（irresolvable paradoxes）：在同一国度内，既有包容，也有放逐；既有认同，也有排挤"[①]。女主人公现在处于一种非常尴尬的社会位置，人们对待她的矛盾态度反映了她悖论的身份。简的身份悖论表明了女作家夏洛蒂自己的身份焦虑：作为艺术家或女人，二者选其一；要么是作为艺术家和女人，二者兼选。肖瓦尔特（E.Showalter）指出："女性作家在努力周旋于顺从与抵抗，性与职业的矛盾时，她们发现还要面对否认自己的女性气质和自己对艺术的评判标准。"[②] 当她们面对男性批评家的评判标准和社会习俗的压力时，她们不得不互相寻求精神盟友，为自己的身份而斗争，在顺从与抵抗、女人与女作家间进行身份悖论的书写。

（2）血缘层面的身份悖论

简的身份悖论不仅表现在挑选精神挚友上，还表现在血缘关系的认同上。寄养在舅妈家，简饱受表兄的欺凌和舅妈的鄙视，她一点也感觉不到亲人间的温情，不得不忍受表兄的欺侮，表姐的高冷，舅母的厌弃，仆人们的偏心，那感觉就"像一口混沌的水井中涌出黑色的沉淀物，一股脑儿泛起在我烦恼不安的心头"[③]。共同的血缘关系在贫富差距面前显得那么脆弱无力，简·爱意识到自己就是一个局外人，处处受排挤，得不到身份的真正认同。后来，她流浪到沼泽居，偶遇圣约翰家人，也是通过辨认阅读习惯获得精神层面的身份认同："两人（里弗斯姐妹）都在低头看书，显得若有所思，甚至还有些严肃。她们之间的架子上放着二根蜡烛和两大卷书，两人不时地翻阅着，似乎还不时地与手中的小书作比较，像是在查字典，翻译什么一样。这一幕静得仿佛所有人都成了影子，生了火的房间活像一幅画。"[④]

---

① Hope Trevor. Revisiting the Imperial Archive: Jane Eyre, Wide Sargasso Sea and the Decomposition of Englishness[J]. College Literature 39. 39（2012）：54.
② Showalter Elaine. A Literature of Their Own: British Women Novelists from Brontë to Lessing. [M]. Beijing: Foreign Language Teaching and Research Press，2004：72.
③ [英]夏洛蒂·勃朗特. 简·爱[M]. 祝庆英译. 上海：上海译文出版社，2006：12.
④ [英]夏洛蒂·勃朗特. 简·爱[M]. 祝庆英译. 上海：上海译文出版社，2006：334.

第二章 简·爱

　　这一场景与简在劳渥德学校见到的海伦·彭斯读书的样子很像，她马上被这温馨的画面所吸引。里弗斯姐妹专注地看书拉近了简的距离，生了火的房间让她感受到了家人的亲近和温暖。细心的读者会发现《简·爱》中的读书人可粗略分为好几类：其中有作为精神慰藉的孤独阅读者，如海伦·彭斯，读书可以安慰她孤僻的受伤的心灵；有表达愤怒的看书者，如简·爱，读书给了她反抗强权的力量。十岁的简曾阅读过戈德斯密斯的书，将约翰·里德的残忍粗暴比作"杀人犯，奴隶监工，罗马暴君"[①]；还有分享阅读经验者，如坦普尔小姐，里弗斯姐妹等，她们慷慨地将阅读体验分享给好友。这些人物的阅读习惯表明了19世纪英国人典型的阅读实践[②]，当时阅读不仅是一种风尚，也是区别身份的一种标志。小说中简的表兄约翰·里德不爱读书，两个表姐与书本无缘——伊莉莎沉迷于宗教事务和乔治亚娜忙于应酬婚事；英格拉姆小姐"缺乏教养，没有独创性，惯于重复书本中的大话，从来没有自己的见解"[③]。简有意将自己与这些人区分开来，表明身份上的差异。她爱读书、勤思考、有主见，这些是自己的优点，足以弥补她外貌的缺陷和经济上的不足，并借以提升自己作为知识女性的身份，从教养上增加自己身份的含金量。

　　机缘巧合的是叔父的一笔两万英镑遗产及时送到，实现了简身份的跃升。更重要的是遗产将她与圣约翰兄妹阶层联系在一起，她发现自己与圣约翰·里弗斯家人竟然具有同一血统，这不禁让她欣喜万分：

　　"我似乎找到了一个哥哥，一个值得我骄傲的人，一个我可以爱的人。还有两个姐姐，她们的品质在即使是陌路人的时候，也激起我的真情和羡慕……对孤苦伶仃的可怜人来说，这是个何等重大的发现！这是一种幸福……我的脉搏急速跳动着，我的血管震颤了。"[④]

　　简的这段心理独白生动地表明了血统层面的身份认同在19世纪的英国社会是多么的重要，她觉得自己有一个牧师兄长和两个有教养的姐姐，胜过两万英镑的珍贵，更远远胜过庸俗不堪的里德家人。有评论家指出："小

---

① [英]夏洛蒂·勃朗特. 简·爱[M]. 祝庆英译. 上海：上海译文出版社，2006：7.
② Norrick Corinna. "Reader, I Married Him"：19th Century Reading Practices, Reading and Readers in Charlotte Bronte's Jane Eyre. [J].The International Journal of the Book 8.1（2011）：68.
③ [英]夏洛蒂·勃朗特. 简·爱[M]. 祝庆英译. 上海：上海译文出版社，2006：187.
④ [英]夏洛蒂·勃朗特. 简·爱[M]. 祝庆英译. 上海：上海译文出版社，2006：388-389.

说具有'结构上的对称',它以引以为傲的宽宏的圣约翰替代暴虐的兄长人物约翰·里德,修复了简破碎的家庭圈。"① 然而简的血统身份并没有真正改变她的命运,里弗斯家族只给她名义上的认同,没有给她多少真正的家族荣光。不久,圣约翰远走印度,两个表姐也远嫁外地,对简来说,这仍然是一个破碎的家庭圈;而且小说的结尾是挥不去的圣约翰殉道者形象,表明"简的幸福是一种痛苦的象征"②。

简·爱的血缘身份悖论也是夏洛蒂自己身份悖论的一种反映。夏洛蒂具有爱尔兰血统,并不具有英格兰背景。父亲帕特里克·勃朗特来自一个贫困的爱尔兰农民家庭,在剑桥大学毕业后来到英格兰北部的哈沃斯,成为一名乡村国教牧师。出身于英格兰牧师家庭的夏洛蒂接受的是正统的英国文化教育,爱尔兰血统虽不能影响她的身份,但是她叛逆的个性又体现了爱尔兰血统的因子。当时的爱尔兰虽是英帝国的一部分,但是贫困是爱尔兰的象征,尤其是19世纪40年代的爱尔兰饥荒加剧了民族矛盾;而且维多利亚主流社会习惯将爱尔兰人与女人联系在一起,都被视作"天真"的外族人——多情感而少理性。

夏洛蒂借简·爱的身份悖论表明,血缘和财富都不能代表身份,身份是社会和文化的一种构建符号。夏洛蒂的身份悖论观间接调解了民族矛盾的对立,也给维多利亚社会传统对爱尔兰人和女性的偏见以侧面的回击,彰显了一种温和的女性主义小说悖论艺术。

2. 性格悖论

悖论的人物形象不仅在于其身份的相对性,而且在于其性格的矛盾性。小说不仅要揭示大的不可调和的外部社会冲突,还要揭示小的细微的个人思想感情方面的斗争。个性化人物的思想感情充满着冲突和矛盾,是悖论人格的集中表现。"具有悖论人格的形象,是最软弱和最霸道的统一体。"③ 这样的人格既有霸权式的支配他者的欲望,又有臣服于一个高贵的主体,

---

① Haigwood Laura. Jane Eyre, Eros and Evangelicalism [J]. The Victorian Newsletter 104(2003): 12.

② Eagleton Terry. Myths of Power: A Marxist Study of the Brontës[M]. Hampshire & London: Macmillan, 1988: 24.

③ 廖昌胤. 悖论叙事:乔治·艾略特后期三部小说中的政治现代化悖论 [M]. 北京:中国社会科学出版社,2007:209.

甘愿被他者支配的欲望。

（1）充满矛盾的个性

夏洛蒂的《简·爱》表现了一个卑微、孤独的女性在现实中的痛苦挣扎，塑造了一个个性极强却内心很矛盾的女性人物形象。小说的一开始就展现了一位具有叛逆个性的愤怒女孩形象——十岁的她破天荒地第一次反抗表兄约翰·里德的欺凌，被关进阴森可怕的"红房子"；面对舅妈里德太太的虚假指控，她毫无惧色地发起了反击："我不骗人，要是我骗，我会说我爱你，但我声明，我不爱你……这本写说谎者的书，你尽可能送给你的女儿乔治亚娜，因为说谎的是她，不是我。"[①]

这是一个处于社会下层的弱女孩反抗男性强权和家长制的宣言，她的语言尖刻，态度坚决，貌似一个彻底的革命者。但是激情过后，她顿感失落：她不由得为自己的疯狂行为和遭人嫉恨的处境感到悲凉，内心的惶恐压抑着她幼小的心灵。

简的个性从另一侧面折射出夏洛蒂自己的矛盾个性和内心困惑：小说《简·爱》表现了作者对家长制和男性霸权的攻击态势，势必会引发社会传统的报复，因此她感到忧虑不安。而且小说写于宪章运动期间，当时政治革命的风暴将席卷欧洲，夏洛蒂在1847至1848年的书信中也屡次提及宪章运动式的政治反叛，但她的态度比较含混："（宪章运动是）不明智的运动……集体的政治行动应该被'相互仁爱'和'个人品行的公正评价'所取代。"[②] 为此，她非常担心工人阶级的政治抗议会酿成社会的动荡，因为抗议运动就像潜伏在女性身体内的激情，正积蓄力量，一旦爆发，社会规范就会失控，后果将不堪设想，如同大火烧过的荒地，留下的会是一片焦土；而且夏洛蒂的《简·爱》出版后不久曾被指具有"亲宪章派"和"道德雅各宾派"[③] 的思想，女作家的政治立场受到了保守派的质疑，因此夏洛蒂必须有效地控制简·爱的激进话语，收敛她张扬的个性，努力契合维多利亚社会正统的声音。

在劳渥德学校，简·爱开启了受教育的历程，也是她个性改造的开始。

[①] [英]夏洛蒂·勃朗特. 简·爱[M]. 祝庆英译. 上海：上海译文出版社，2006：34.

[②] Smith Margret, ed. The Selected Letters of Charlotte Brontë[M].Oxford：Oxford University Press，2007：203.

[③] Allot Miriam. The Brontes：The Critical Heritage[M]. London：Routledge，1974：90–110.

尽管劳渥德学校不是穷人的避难所，而仅是个暂留地，但对简而言，这里是她人生的转折点。慈爱的坦普尔小姐补充了她缺失的母爱和信心，还教导她趋向理性：

"更为和谐的思想和更为克制的感情，已经在我的头脑里生根。我决意忠于职守，服从命令。我很文静，相信自己十分满足。在别人的眼中，甚至在自己看来，我似乎是一位懂规矩守本分的人。"①

善良的海伦·彭斯成了她的精神伴侣，帮助她平抑了易怒的情绪，成为她走上宗教信仰道路的引路人。但是坦普尔小姐的教诲和彭斯的说教并不能彻底抑制简的叛逆个性，在后来的爱情选择上，她依然听从了自己的内心，只不过思想上不再那么激进。有批评家指出，简从一开始作为一个愤怒的叙述者，后来她学会了压制愤怒，情感中逐渐少了份怨恨，表明她已"从抗议被边缘化到平静地融入社会，从表现自我到压抑自我的转变"②。但这种转变只是作者对简·爱内心矛盾一种微妙化的处理，对简·爱的激情做一种巧妙的掩饰，是人物简·爱自己对个性的一种强制性压抑。我们不由得想起简在沼泽居，面对圣约翰的步步紧逼时，呈现的那猥琐的一幕：罗切斯特灵魂的召唤，抑或是她内心的冲动，给了她拒绝的力量，把她从圣约翰的冷酷控制下解脱出来。但这种"脆弱的、不合常规的爱情故事并非指引女主人公通往独立的精神之旅"③。简的选择明显有悖于自己叛逆的个性，更是直接推翻了自己的爱情宣言，是一种内心虚弱的、自相矛盾的最明显的表现。然而女主人公矛盾的个性迎合了传统价值观对现实女性的期待：叛逆的个性应有效地得到束缚，并尽可能恢复到应有的柔顺状态，才符合社会对传统女性的期待。

（2）不可调和的欲望

夏洛蒂在《简·爱》中塑造了具有无法满足的欲望的自我。女主人公简·爱代表着女性强烈的欲望自我，在支配与被支配中挣扎；圣约翰·里弗斯代表着男性膨胀的欲望自我，在使命与欲望间做痛苦抉择。"简对爱情和婚姻的强烈追求，圣约翰的印度之行都可看成维多利亚早期英国人'不安分'

---

① [英]夏洛蒂·勃朗特. 简·爱[M]. 祝庆英译. 上海：上海译文出版社，2006：83.
② Politi Jina. Jane Eyre class-ified[J]. Literature and History 8（1982）：56.
③ Davis Mary Ann. "On the Extreme Brink" with Charlotte Bronte：Revisiting Jane Eyre's Erotics of Power[J]. Papers on Language and Literature 52.2（2016）：116.

（restlessness）的真实描述。"① 这种"不安分"既是个人内心欲望的作怪，也是社会现实的强力驱使，二者相互作用的结果。

简在成长过程中经历了三次就业，每次就业只给她带来有限的满足。在劳渥德学校做了两年的教师，并送走坦普尔小姐后，她开始不满足现状，内心的欲望开始躁动：

"现在我又恢复了我的天性，感到原有的情绪开始萌动了。……真正的世界无限广阔，一个充满希望与忧烦、刺激与兴奋的天地等待着那些有胆识的人，去冒各种风险，追求人生的真谛。"②

简·爱的思想变化反映了维多利亚时期的社会现实，代表了当时年轻人的共同心声，因为"走出去"冒险，做一个有胆识的人，已成为许多年轻人的人生箴言和那个时代的呼声。《简·爱》叙述了一个女性在帝国特定时期自我实现的历程。这是一个特殊的女性主义文本，巧妙地把女性自我的成功镶嵌到帝国的事业中，然而夏洛蒂将这种勃勃欲望归为人的天性或个人情绪，悄悄掩盖了文本的政治性。女主人公的欲望被眼前的现实逼得近乎疯狂，她在强烈祈求，祈求自己人生的变化，祈求外部世界的刺激。而这恳求似乎被风吹进了茫茫宇宙。她近乎绝望地乞求上苍："至少赐予我一种新的苦役吧！"③ 简把自己在劳渥德学校的八年看成是服苦役一样的折磨，尽管现在拥有了教职，但她不甘心固守在一个地方终老一生。在简看来，自己的欲望无论是设想为一种变化、寻刺激还是求苦役，都是一种合理的诉求。

简在桑菲尔德庄园做家庭教师，也是一直克制着心中的欲望。在与英格拉姆小姐暗暗争夺罗切斯特的爱情成果时，她心中禁不住默默诋毁英格拉姆：

她太低下了，激不起我那种感情。请原谅这表面的悖论，但我说的是真话。她好卖弄，但并不真诚。她风度很好，而又多才多艺，但头脑肤浅，心灵天生贫瘠；在那片土地上没有花朵会自动开放，没有哪种不需外力而自然结出的果实会喜欢这种新土。她缺乏教养，没有独创性……她鼓吹高

---

① Glen Heather. Charlotte Bronte: The Imagination in History[M]. New York: Oxford University Press, 2002: 131.
② [英]夏洛蒂·勃朗特. 简·爱[M]. 祝庆英译. 上海：上海译文出版社, 2006: 83.
③ [英]夏洛蒂·勃朗特. 简·爱[M]. 祝庆英译. 上海：上海译文出版社, 2006: 84.

尚的情操，但并不知道同情和怜悯，身上没有丝毫的温柔和真诚。"①

  这一段独白好似简的白日梦，是自己无法实现的欲望在假想中的满足。弗洛伊德认为："这些白日梦乃是满足野心或爱欲的愿望。它们是以思想的方式表现出来，其想象力无论如何生动，却绝没有幻觉的经验。"②现实中的简无论在美貌还是在门第上都敌不过英格拉姆，只得以悖论的语言来抵消自己的嫉妒之情，极力讽刺她精神的空虚和品行的低劣，来满足自己内心无法实现的欲望。简的这种欲望随着英格拉姆的接连败绩愈发浓烈，甚至于她"陷入了无尽的激动和无情的自制中"③。然而简此时的心情是矛盾的：她激动的是英格拉姆没法迷住罗切斯特，对她在情感上不断丢分而喜出望外，而自己的处境又迫使她不得不抑制这份窃喜。当她战胜了情敌，即将收获罗切斯特的爱情时，她又暗生悲情，爱情的丰收掩不住心中的惶恐，渴求财富的欲望变得更加强烈："如果我有那么一点儿独立，我想，说实在的我会心安理得的……如果我能期望有一天给罗切斯特先生带来一笔新增的财产，那我更好地忍受现在由他养起来了。"④

  简·爱始终在爱欲、财欲和自我之间不断斗争。她需要这份爱情提升地位，需要财富实现平等，可是爱情和财富不能损伤自己独立的个性和自尊，可现实就是那么的无情，除了空壳的爱情，自己无分毫财产，远在马德里的叔叔的遗产也只是她一个幻想而已。

  罗切斯特的婚姻秘密被揭发后，简被迫离开了自己的"爱情天堂"桑菲尔德。她失去了爱情和工作，差点死去，幸运的是她在沼泽居被里弗斯兄妹救起，随后她被安排在莫尔顿做乡村女教师，重归体面人的生活。可是一想到自己的未来，她不禁为自己不能满足的欲望而扪心自问，感到非常委屈而愤愤不平："难道自己快乐、安心、知足吗？为了不自欺欺人，我得回答：没有。我觉得有些孤寂。我感到自己真愚蠢，我感到有失身份。"⑤

  简为自己流落到乡村的窘境而叫屈不迭，她觉得自己从富有乡绅家的

---

① ［英］夏洛蒂·勃朗特. 简·爱 [M]. 祝庆英译. 上海：上海译文出版社，2006：186-187.
② ［奥地利］弗洛伊德. 弗洛伊德心理哲学 [M]. 杨韶刚，等，译. 北京：九州图书出版社，2003：334.
③ ［英］夏洛蒂·勃朗特. 简·爱 [M]. 祝庆英译. 上海：上海译文出版社，2006：187.
④ ［英］夏洛蒂·勃朗特. 简·爱 [M]. 祝庆英译. 上海：上海译文出版社，2006：268.
⑤ ［英］夏洛蒂·勃朗特. 简·爱 [M]. 祝庆英译. 上海：上海译文出版社，2006：361.

家庭教师沦落为穷乡僻壤的小学教师,这不仅是身份的降格,而且是现实对她自我欲望的残忍打击。后来,孜孜以求的遗产如愿以偿,她慷慨地在里弗斯兄妹之间均分遗产,满足了自己对家庭亲情的渴求,然而她的五千英镑遗产转瞬间变成了嫁妆,随自己主动投奔罗切斯特,可是残疾的罗切斯特近乎破产,早已风光不再。表面上简的支配欲得到满足,她已经牢牢地吸引了罗切斯特,但悖论的是她也死死地依赖于他,因为简已是"他的骨中之骨,肉中之肉了"[1]。

圣约翰·里弗斯是小说中仅次于简·爱和罗切斯特的重要人物:他救过简的命,成全了简的家庭渴望,他还差一点娶简·爱为妻,他的死讯还成为小说的尾声。圣约翰代表了宗教思想、情感和行为的激进追求,还是男性自我欲望膨胀的象征。伊格尔顿认为:"圣约翰属于精神资产阶级,渴望获得无尽的利益,一心想收买灵魂。"[2] 圣约翰是处于上升时期资产阶级的典型代表,为了利益可以抛开一切,包括爱情和亲情,在他心目中,宗教使命至高无上。"他不愿放弃进入天国的机会,也不愿为了爱情的一片乐土,而放弃踏进真正的、永久的天堂的希望。他无法把他的全部天性束缚于一种激情。"[3] 他也曾面对奥利佛小姐的爱情与自己的宗教事业的艰难选择,但是个人的野心还是占了上风,他宁愿抛下儿女私情。对于资产阶级传教士来说,天堂不在英国本土,而在东方殖民地,开拓和征服殖民地成为男性膨胀欲望的标志。

《简·爱》批判了圣约翰的传教士帝国主义:征服他者的欲望和宗教信仰的偏执[4]。这种男性征服的欲望指向的"他者"——不仅包括殖民地,还包括女性。小说中的女主人公简·爱始终处于圣约翰的凝视和监控之下,并直言不讳地表示简是勤劳、有条理、有干劲儿的女人的典范,完全符合他对女人的期待,并热切希望她加盟自己的宗教大业。简无意中成了被凝视的对象,而凝视者是带着居高临下的姿态,并无半点怜悯之心。凝视成

---

[1] [英]夏洛蒂·勃朗特. 简·爱[M]. 祝庆英译. 上海:上海译文出版社,2006:455.
[2] Eagleton Terry. Myths of Power: A Marxist Study of the Brontës[M]. Hampshire & London: Macmillan, 1988:22.
[3] [英]夏洛蒂·勃朗特. 简·爱[M]. 祝庆英译. 上海:上海译文出版社,2006:377.
[4] Williams Raymond. Culture and Society[M]. London: Chatto & Windus Ltd, 1958:578.

为男性权力的象征,"凝视具有性别或性的属性,表现为性征服或性欲望"①。为挑选一位适合自己传教事业的助手,他需要一个女人,她必须绝对服从上帝的代表——圣约翰的指挥,并能满足他的性欲望:"我要的是妻子,生活中我能施予有效影响的唯一伴侣,一直维持到死亡。"②传教士的妻子已经脱离了现实中女人的正常规范,完全成为奴化的对象和宗教的殉葬品。19世纪40年代的女性意识渐趋苏醒的大背景下,圣约翰的男性自我的欲望与现实的矛盾愈发明显,他的野心远远超出了简的预期,也与她的个性和欲望大相抵触,二者终究分道扬镳。

---

① Witt Amanda B. "I Read it in Your Eye": Spiritual Vision in Jane Eyre[J]. The Victorian Newsletter 85(Spring, 1994):29.
② [英]夏洛蒂·勃朗特. 简·爱[M]. 祝庆英译. 上海:上海译文出版社,2006:409.

第三章　阿格尼丝·格雷

安妮·勃朗特（Anne Brontë，1820—1849）是英国文坛上著名的勃朗特姐妹中最小的，19世纪坚定的现实主义作家。安妮·勃朗特仅仅活了29岁，在生命的最后10年，她主要忙于外出当家庭教师。枯燥忙碌的生活之余，安妮仍笔耕不辍，给这个世界留下了两部长篇小说《阿格妮丝·格雷》和《女房客》。

由于个性内敛、英年早逝，她自然不可能留给世人丰富的日记、信件等研究资料。她的小说叙述平淡、文风朴实，和夏洛蒂·勃朗特充满激情的宣泄、艾米丽·勃朗特丰富的神幻诡谲式想象截然不同。

安妮·勃朗特的代表作《阿格尼丝·格雷》，是一部以作者本人做家庭教师的经历为原形，用平静优美的笔调写成的散文体小说，记述了女主人公艾格尼丝·格雷一段艰辛的女家庭教师生活，和一份来之不易的、美满和睦的爱情。《阿格妮丝·格雷》情节简单明朗，讲述牧师的女儿格雷在两户上层社会家庭里当家庭教师的经历，虽然她在雇主家里受到了不公正待遇、忍受着无依无靠，最终却和心上人结婚，开办了寄宿学校。故事本身也是主人公格雷从自我家庭的保护中走向社会，看到了上层社会道德的腐化和社会物质化的加剧，但是格雷还是坚持自我的本性，最终和母亲合办寄宿学校并嫁给一位耿直的牧师建立起自己的家庭。英国学者关注到故事中涉及的五个英国家庭（商人罗布森家庭、贵族默里家庭、主人公格雷家、猎户家和寡妇南希家），体现了维多利亚时期不同社会阶层的价值观。

一、形象概述

《阿格尼丝·格雷》是一部描写家庭女教师遭遇的小说,它真实地还原了家庭女教师所忍受的一切。

安妮·勃朗特的写作风格和两位姐姐相比,更接近生活的原貌,甚至是再现生活。在她的小说中,没有过分夸张的描写,也没有把生活过度浪漫化或者情节化。她的风格朴素淡雅,自然真挚,很有分寸和节制。在《阿格尼丝·格雷》这部小说中,安妮·勃朗特秉承了自己一贯的写作风格。在小说中,她多次提醒读者这是真实的故事,这就是她的生活。事实上,《阿格尼丝·格雷》中的每个细节都十分贴近安妮·勃朗特个人的真实经历。同安妮一样,阿格尼丝·格雷也是出生在英格兰北部的一个牧师家庭,是家里最小的孩子。父亲有限的收入使得自己的女儿需要出外工作,她们都成了家庭女教师。小说中的环境、人物和事件等细节也都可以在作者自己的生活中找到相应的原型。安妮·勃朗特自己也坚持说,她的小说是自己的真实自传。在小说的开头部分,她就将之定义为一段"真实的历史"。真实性对于安妮·勃朗特的小说尤为关键,因为真实性和她写作的目的息息相关。就像她在自己的小说序言里写的那样,她写作的目的在于改革。通过客观地描写阿格尼丝·格雷的经历,作者旨在向与她同时代的人们还原真实的家庭女教师的悲惨境遇。

(一)自卑自制的性格

1847年与《简·爱》《呼啸山庄》一起出版的《阿格尼斯·格雷》是安妮·勃朗特的第一部小说。作者以自己的亲身经历为原型,讲述了年轻女子阿格尼丝两次出外谋生担任家庭教师的故事。故事的题材与《简·爱》有相似之处。阿格尼丝出身于清贫的牧师家庭,作为家中幼女的她受着全家人的宠爱。但由于父亲的投资失误,原本拮据的生活变得入不敷出,一家人陷入了经济困难中。作为家中最小的成员,她决定也要尽自己的一份力来补贴家用,于是她开始了担任女家庭教师的生涯。"女儿阿格尼丝·格雷18岁时就不得不去当家庭教师以贴补家庭开支。她是父权制的被害者。"[①]在真正从事这份工作前,阿格尼丝信心满满,极富热诚。她觉得这是一次增长见识,

---

① 田祥斌,张世梅. 论勃朗特三姐妹的女权观[J]. 三峡大学学报,2006(01):74.

施展自己才能的机会。她相信以自己的真诚和努力也会换来他人的尊重和肯定。然而事实远非如此，这些富裕的上流人士只是将格雷当作了高级女佣，对其冷淡、随意地使唤。这些父母对孩子也缺乏正确的、讲道德的教育。而他们对家庭教师的不尊敬，也深深地影响了年少的孩子。这些学生不服管教、自私狂妄、趾高气扬。阿格尼丝竭尽全力地教育孩子，但她行使教育的权利是受限的、连她自己的人生自由也同样受到雇主的监督和限制。在雇主家中的她是孤独的、不被人理解和肯定的。

在阿格尼丝身心俱疲时，她结识了副牧师韦斯顿。小说通过阿格尼丝的眼睛对他的外貌进行了一番描写。与《简·爱》中的罗切斯特一样，韦斯顿也并不英俊，但有着坚毅的下颚和深肤色，颇有男子汉气概。而更可贵的是，韦斯顿不同于作势、讲排场的主教，他真心实意地解答穷人的疑问、关心他们的疾苦，是一个善良而道德高尚的男性。阿格尼丝慢慢地爱上了他，但她对自己低微的身份和职业感到自卑，她不敢奢望能获得韦斯顿的爱情，只能将最隐秘的情绪记在自己的日记中。"在她所处的粗俗冷酷的环境里，对韦斯顿先生的暗恋是她生活中唯一的一线光明，但在当时的社会环境中，再加上阿格尼丝本人的性格因素，决定了她不可能主动表白，只有默默的等待。"[1]所以当她年轻貌美的女学生默里小姐对韦斯顿表现出征服的兴趣后，暗恋着他的阿格尼丝惶恐而痛苦。她深知默里小姐的不良居心，鄙视她心灵的丑恶，唯恐韦斯顿被引诱、受到欺骗。另一方面，她又深深地感到自卑，觉得自己无法与身份高贵、拥有财产的默里小姐相抗衡，进而躲避韦斯顿，最终和母亲远走他乡。要不是两人再一次的偶遇和韦斯顿主动的追求，很难说阿格尼丝会不会错过这次姻缘。阿格尼丝在婚恋中注重对方的人品和心地，同时她也希望双方能有相似的社会地位和经济状况，以及相同的宗教信仰（韦斯顿的牧师身份）。但是，阿格尼丝在爱情和婚姻上终究是自我克制和被动的。

（二）执着于淑女身份的苦痛

《阿格尼丝·格雷》发表于1847年，距离《爱玛》（1816）的发表虽三十载有余，家庭女教师的境遇却不但没有实质的改变，反而进一步恶化。如果说简·费尔法克斯从未涉足家庭教师的行业，对职业的恐惧主要基于

---

[1] 肖智立. 勃朗特姐妹小说创作异同研究[D]. 湘潭：湘潭大学，2005：4.

一种群体的想象,那么安妮·勃朗特根据亲身经历完成的《阿格尼丝·格雷》则真实地再现了相应时代家庭女教师的心理创伤和精神痛苦。

在勃朗特三姐妹里,安妮性情最温柔,当家庭教师的时间也最长,先后跟两个家庭相处达六年之久。由于生性拘谨,体质纤弱,又不受雇主的尊重,她的家教生活并不愉快,为帮家里减轻负担,才委曲求全,勉力坚持。这份难与人言的苦痛只有在小说里才得到了淋漓畅快的抒发。

小说的女主人公阿格尼丝跟现实中的小说家脾气很像,温顺内向,善于自我克制。她的父亲在一位商人朋友的劝诱下将家产变卖,投资贸易,结果损失惨重,使全家陷入困境。这样,阿格尼丝也和简·费尔法克斯一样,因为境遇的变故被命运推到了生活的风口浪尖上,但两人对于职业的理解和期待却极为不同。简始终抱着恐惧的心理,回避现实,不做任何主动的安排,连埃尔顿夫人提供的帮助她也爱理不理,把一切的希望都寄托在婚姻上。而阿格尼丝则是自己主动要求去当家庭教师的。她对这份职业不但不排斥,还怀着美好的憧憬:"当个家庭教师该多有意思!去见见世面,过一种崭新的生活,自己对自己负责,施展一下我那从未发挥的能力,试一试我那无人知晓的力量。自食其力,不仅免去父母和姐姐负担我伙食和衣着的麻烦,还能给予他们安慰和帮助。"①

跟简相比,阿格尼丝显然更勇敢主动,更有独立的愿望,对职业有了更积极的认识:可以多见世面,独来独往,减轻父母的压力,还可以施展自己的才华。然而,令我们略感遗憾的是,一些更实际的问题,比如从事这份工作会面临怎样的困难,付出怎样的代价,承受何种艰苦,应做何种准备,她压根儿没有考虑。当阿格尼丝提出想去当家庭教师时,她遭到了家人的全体反对。其中,姐姐的反应最激烈:"到一个全是陌生人的家里,没有我和妈妈为你说话、给你拿主意,你能做什么?除了照管自己,你还有一群孩子要照顾,又没有人给你忠告。你甚至会不知道该穿什么衣服"②。父母也反复劝阻,并且说家里的生活虽然艰苦,却还没有落魄到这一步。

家庭是社会的一面镜子。仔细揣摩这家人的态度,就会发现,它既流露出阿格尼丝习惯依赖的事实,也暗示了英国社会根深蒂固的等级观念。

---

① Anne Brontë. Agnes Grey[M]. Penguin Classics,1988:69.
② Anne Brontë. Agnes Grey[M]. Penguin Classics,1988:68.

第三章 阿格尼丝·格雷

这个时期的英国虽崇尚自由主义的贸易政策,却仍然固守严格的等级秩序。自由绝不意味着平等。女子一旦从业,一旦要依靠劳动谋生,就意味着从原来的等级上降了半截。阿格妮丝有直面现实的勇气,却因为年轻和不谙世事,缺乏把握现实的能力,或者说,她有独立的愿望,却还不具备独立的能力。家里人对她"百般疼爱,养成了软弱和依赖的习性,根本不适于应付生活的烦恼与忙乱"[1]。而且,当时的风气,是提倡女子恪守谦卑温驯的妇德,正如穆勒所言:"所有妇女从最年轻的岁月起就被灌输一种信念:她们最理想的性格与男人的截然相反:没有自我的意志,不是靠自我克制来管束,而是屈服和顺从于他人的控制。"[2]女性很难形成独立的思想和坚强的品格,管理自己尚不堪胜任,还要扮演老师的角色,建立有效的权威,就更勉为其难了。这种情状对于处境原本尴尬的家庭教师无异于雪上加霜。阿格尼丝缺乏坚强的个性和果断的作风,面对桀骜不驯、不服管教的孩子,只能束手无策,听任他们摆布:"我发现,他们根本没有跟从我的概念;而是不管他们愿意上哪儿去,我都得跟着他们。不论跑、走或站,完全要投他们所好。我觉得这是本末倒置。"[3]她很快发现,家庭教师这个称呼用在她身上简直是个讽刺。

事实上,阿格尼丝的东家也没有把她当教师看待,与其说当她是老师,不如说是一位高级仆人。其时雇主要求女家庭教师的工作相当繁杂,通常既要做幼儿的保育员,又要做大一点孩子的教员,教授语言、音乐、手工、针线等,除了脑力劳动之外,更多的是体力活,正像安妮的姐姐夏洛蒂所形容的那样——需要"巨大的耐心、自制力和无休无止的体力"[4]。在第一个家庭,阿格尼丝除了负责孩子的初等教育,还要照料女孩的起居、梳洗、穿戴,陪他们玩耍。东家暗示她对孩子不能直呼其名,要称他们为少爷、小姐——哪怕他们只有四、五岁!表面是恪守礼仪,实则是尊卑关系的确立。正因为有严格的尊卑之分,温顺谦卑就成为雇主挑选家庭教师时格外看重的品质。阿格尼丝的第二位雇主明确表示:"最重要的必备条件是温柔开

---

[1] Anne Brontë. Agnes Grey[M]. Penguin Classics, 1988: 62.
[2] John Stuart Mill. The Spirit of the Age, On Liberty, The Subjection of Women[M]. New York: W. W. Norton & Company, 1997: 144.
[3] Anne Brontë. Agnes Grey[M]. Penguin Classics, 1988: 81.
[4] 夏洛蒂·勃朗特书信[M]. 杨静远译. 北京:生活·读书·新知三联书店,1986: 158.

朗的脾气和乐于施惠的品格"①，学识尚在其次。东家太太反复叮咛她对孩子"不要急躁，要自始至终保持温柔和耐心"②。阿格妮丝的温顺性格其实也是她痛苦的一个根由，"女子的美德反而害了她们。她们天性中一切良善的、体谅他人的心意，竟成为她们受奴役和苦难的手段。"③

阿格妮丝找第二份工作时，特意挑选了一个绅士家庭，希望这个家庭的人有良好教养，"会给予家庭教师应有的尊重，将她视为一位可敬的、有涵养的女士，视为孩子们的教师和引导者，而不仅仅是一个高级仆人"④，可结果这位会教钢琴、唱歌、绘画、法语、拉丁语和德语的女子体会不到丝毫的师道尊严。孩子们任性惯了，上课从不考虑老师的意见和方便，他们想在早饭前把讨厌的功课全部做完，就会在清晨五点半钟派女仆把她叫起来，毫无顾忌，也不做任何解释；而家长"十分在意孩子们的舒适和快乐，对她的舒适和快乐却绝口不提"⑤雇主的傲慢和孩子的胡闹；甚至影响到仆人的态度：他们看到父母和孩子对家庭教师这么不尊重，也都相继效法："有时，我觉得这种生活降低了我的身份，而且也耻于忍受这么多的羞辱。"⑥可见，在阿格妮丝的内心深处，依然执着于淑女的身份。假如她预料到了身份的变化，相信等级论有它庸俗势利的一面而努力不去介怀，或者认识到这是为求独立而不得不付出的代价，也就不至于过分地痛苦了。某种意义上，她的苦痛跟这份执著不无关联。

二、形象分析

（一）安妮·勃朗特的气质和她笔下的女性形象

勃朗特三姊妹中的小妹安妮相较于两个姐姐显得更为温和文静。她幼年的生活不同于勃朗特家的其他孩子，她一直和前来照顾她们的姑妈相处一室，两人形同母女。她受到了信奉加尔文教的姑妈的预定论和上帝选民

---

① Anne Brontë. Agnes Grey[M]. Penguin Classics，1988：113.
② Anne Brontë. Agnes Grey[M]. Penguin Classics，1988：120.
③ Simone de Beauvoir. The Second Sex[M].New York：Vintage Books，1974：128。
④ Anne Brontë. Agnes Grey[M]. Penguin Classics，1988：113-114.
⑤ Anne Brontë. Agnes Grey[M]. Penguin Classics，1988：121.
⑥ Anne Brontë. Agnes Grey[M]. Penguin Classics，1988：128.

的宗教观点的影响，推崇锐意进取的精神和世俗禁欲主义。她忍耐克制，尊奉善行，不像两个姐姐那么善感，较能忍受生活中的不公正的待遇和处境，尽职尽责地生活与工作。如她为了补贴家用，坚持做了四年家庭教师的工作，其从事这份艰辛工作的时间远远多于勃朗特家中其他的孩子。虽然这份工作使她的内心不时地承受着孤独、压抑和无助的折磨，也使她的健康受到了很大的摧残。但也使作者将这一段真实经历和心理细致地赋予了艾格尼丝这一女性形象，成就了自己的文学梦想。安妮·勃朗特有着极强的道德自律感，这也体现在她的作品中的女性形象上，如《怀尔德菲尔山庄的房客》中海伦对于自己和周围人有着极高的道德要求。而从安妮两部相隔不久的作品中女性形象的对比可以看出，她笔下的人物也和作者一样地成长、成熟，她笔下的正面女性也都是正直而光明磊落的。

安妮·勃朗特善良而温和，作品中也不会出现堕落的、无可救药的女性，而是有性格弱点的、具有真实感的人物。而安妮强调作品的教诲意义和她本人的正义感，使得她为文中的女性们安排了具有奖惩意味的结局，如《阿格尼斯·格雷》中的女主人公拥有了自己的事业和爱情，而傲慢无情的默里小姐则陷入了无爱的婚姻囚笼；《怀尔德菲尔山庄的房客》中海伦继承了遗产并与深爱自己的乡绅结婚，而没有道德感的安娜贝拉被休弃。安妮诚实、真挚，她强调作品的真实性，即便是当时言辞苛刻的《旁观者》杂志也仍旧承认《怀尔德菲尔山庄的房客》的真实性："它无疑是一种自然真实，但却是一种普普通通的自然真实。"[1] 虽然安妮短暂的一生和艾米利一样也没有来得及经历爱情，但她对美好的感情和婚姻充满了憧憬，所以她的作品中女性们虽然遭受痛苦、经历磨难，最终都能苦尽甘来，获得幸福。

（二）阿格尼丝·格雷的性格特征

1. 正直、善良、自信的内在美

从亨利到格雷到简·爱到露西，勃朗特姐妹笔下的四位女教师为我们展现了女作家与当时主流价值观相悖的、特立独行的女性意识。这四位女性无一例外，外貌特征都不符合当时男性的审美标准，她们矮小的个子，瘦弱的身材，苍白的面颊，她们从事的低微的职业，被当时那个认为"婚姻"是一个可敬职业的时代所淘汰、排斥。即便如此，她们矮小的个子里却承

---

[1] 杨静远. 勃朗特姊妹研究[M]. 北京：中国社会科学出版社，1983：130.

载着伟大的人格，瘦弱的身躯里迸发出丰满的生活理想，苍白的面颊中孕育出耀眼的光芒。

《阿格尼斯·格雷》中的格雷是这样描写自己的外貌的："我从那显著的脸部特征，凹陷而苍白的面颊，平平淡淡的深棕色头发里实在发现不出有什么美。"① 如此不出众的外貌，吸引到韦斯顿的注意，全凭借她善良而又高贵的心灵。

格雷小姐对待不把她放在眼里的顽劣学生自始至终都保持正直负责任的态度，充满奉献精神的努力以及矢志不渝的真挚关怀，对待贫穷的村民们更是竭尽所能、耐心帮助他们。韦斯顿第一次见到她时，她也正在贫苦农妇南希家里帮南希做着活计，与那空虚、自私又轻浮，只会拿贫苦的村民取乐，并称他们为老傻瓜、木头脑袋的贵小姐形成鲜明的对比。她们整天只会考虑服饰是否华美，头发是否精致，在舞会社交场合能征服多少人的心，然后以拒绝他们为乐，正如《女权辩护》中所论述的那样："妇女的邪恶和愚蠢行为的有害根源一直是对于美——容貌美的色情崇拜。"② 有时她们也去访问村民，但也是因为没有其他惬意的事情可做，想去听听他们的恭维和敬意。相貌平平的卑微女教师，在爱情面前，超越了社交界的宠儿罗莎莉小姐，被这样一位出身高贵、富有、相貌美丽且魅力十足的"天使"挑逗的副牧师韦斯顿依然选择了既不貌美也不富有的格雷小姐，可见在勃朗特姐妹的笔下，美貌与财富不再是女性价值唯一的评判标准，内在美才最重要。在同两位美丽的默里小姐一起走路时，相比较起来相貌平平的格雷却认为"我认为自己比起她们中间最优秀的人来也不逊色"③。我们知道，安静的格雷小姐一定在暗自发出自信的微笑。

与简·爱、露西、亨利一样，阿格尼斯·格雷，这四位女教师收获的爱情都是凭借自身高尚珍贵的意志品质，在这里勃朗特姐妹向我们展示了一种不同于世俗的看待女性的眼光——不停留于表面的现象，而是深入人物的精神面貌和人格品质，只有灵魂的高贵才是永恒的。这里面，勃朗特姐妹的女主人公们都是素面朝天、矮小贫穷的，但女作家正是要给予这样

---

① ［英］安妮·勃朗特. 阿格尼斯·格雷[M]. 薛鸿时译. 南京：译林出版社，1994：109.
② ［英］沃斯通克拉夫特，斯图尔特·穆勒. 妇女的屈从地位[M]. 王蓁，汪溪，译. 北京：商务印书馆，1995：58.
③ ［英］安妮·勃朗特. 阿格尼斯·格雷[M]. 薛鸿时译. 南京：译林出版社，1994：83.

的女性以凭靠自我人格、心灵在社会站稳脚跟的独特魅力，无疑是对传统审美观念的挑战，她们要向世人证明，一个女人的魅力、吸引力，最终取决于内在的心灵，而不是外在的美貌和财富。

2. 经济自主

提到女性的独立，如果不伴随以经济的自给自足，那么仍然是抽象的。勃朗特姐妹笔下的家庭教师虽然社会地位低下，但都是有着独立经济能力的女性，是完全可以不依附于任何人的独立自主的新型女性。

对于勃朗特姐妹笔下的女主人公来说，她们的职业发挥了重大的作用。她们的职业不仅影响了她们的处事方式，甚至改变了她们的命运，她们强烈的女性意识，不依附于男性的独特个性魅力，很大程度上取决于她们拥有可以安身立命的职业。女教师们可依靠自己微薄的薪资来养活自己，可以不依靠男人，有的甚至代替男人负起了养家的重担。

安妮的《阿格尼丝·格雷》中的格雷小姐，在家庭里愿意负担供养她，反对她出去工作的时候，还是同样对女性拥有职业抱有热切的渴望，"能当一名家庭教师该有多高兴！走出家门口见见世面，进入一种新的生活，独立自主的行动，发挥我从未施展过的才能，试练我未被认识的力量，不但免除家里对我的衣食负担，还能挣得自己的生活费，报慰和帮助我的父母和姐姐"[1]。反映了当时的时代背景下，下层女性知识分子是如何走出家庭，走进社会，用自己的能力摆脱父权制传统下女性的依附和从属地位。英国女作家弗吉尼亚·伍尔芙（Virginia Woolf）论述了当妇女出去工作后的影响，这种"自食其力的权利……几乎改变了字典上所有词的意义，包括'影响力'这个词"[2]。经济基础决定上层建筑，有了独立的经济能力，就意味着有了自己的独立的社会地位和自主权利。工作中的格雷，不趋炎附势，不因为怕得罪人而谨小慎微、察言观色、暗暗讨好。连雇主们都说"格雷小姐是个怪人，她从不恭维人，当她称赞别人时，总有很大的保留"[3]。正是她的正直坦率赢得了人们的肯定："只要她说别人的好话或肯定他们

---

[1] [英]安妮·勃朗特. 阿格尼斯·格雷[M]. 薛鸿时译. 南京：译林出版社，1994：7.

[2] [英]弗吉尼亚·伍尔芙. 伍尔芙随笔全集[M]. 黄梅译. 北京：中国社会科学出版社，2001：1037.

[3] [英]安妮·勃朗特. 阿格尼斯·格雷[M]. 薛鸿时译. 南京：译林出版社，1994：52.

的长处，那么，被她肯定的人完全可以相信，她的赞扬是真诚的。"① 最后，与母亲一起开办学校，不用再领着雇主的薪水受雇于人，而做到了真正的独立。格雷小姐事业的成功，不仅在于她良好的道德修养、严谨的治学态度，对教育事业的热忱，更是她女性意识中自信、独立的最好体现。

3. 人格独立

两性之间的真正结合，不仅在于经济地位上的平等，同样还要得益于精神上的相互独立。广大进步女性渴望并且追求着自身的幸福，但绝对不处于依附地位，做男人的从属，始终坚持做自己精神的主宰，坚守自己人格的独立。

安妮成功地塑造了一个具有自觉自主的人的意识，有着健康独立的女性意识的下层知识女性。在因父亲的投资失误而全家陷入贫困后，小格雷在心中暗下决心要去做家庭教师，即便是家里人的反对，她依旧坚持自己的信念不动摇——"不管别人说什么，反正我觉得我自己完全有能力担任这份工作"②，这样，一个有自己主见，独立坚强的小女子形象跃然纸上。

在从事家庭教师的工作中，学生汤姆折磨小动物的行为使身为教师的格雷小姐恼火，唯有自己先把鸟儿们痛快地杀死才可避免汤姆将对它们施以的暴行，当蛮横的汤姆嘲笑鄙视地认为作为一个家庭教师是不敢这样做的时候，格雷小姐坚定地告诉她的学生："只要我认为正确的事，我就会做，不用和任何人商量"③，虽然家长们对于孩子的游戏给予支持的态度，但是作为家庭教师的格雷小姐不会奴颜婢膝地屈从家长的意志，在心里暗下决心，只要有力量制止，就决不允许汤姆这样做。当时的英国社会，家庭教师社会地位极其低下，比家里的仆人好不了多少，仆人就意味着处处听命于他们的雇佣者即资产阶级，没有自己个人的意志，然而小格雷刚到府上便这样以自己崇高的价值尺度与人格标准与资产阶级上流社会截然对立。为此，格雷与太太有着一番近乎争吵的对话，也为此付出了代价，失去了家庭教师的职位，但依旧不卑不亢，保持着自己的人格和尊严。

上流社会的女主人要求家庭教师可以教会她的女儿改掉缺点，竟然要

---

① [英]安妮·勃朗特. 阿格尼斯·格雷[M]. 薛鸿时译. 南京：译林出版社，1994：52.
② [英]安妮·勃朗特. 阿格尼斯·格雷[M]. 薛鸿时译. 南京：译林出版社，1994：7.
③ [英]安妮·勃朗特. 阿格尼斯·格雷[M]. 薛鸿时译. 南京：译林出版社，1994：33.

第三章 阿格尼丝·格雷

求家庭教师运用一些讨好和谄媚奉承的媚态来诱使学生对学习目标引起注意以达到教育效果，这自然遭到了格雷小姐的果断拒绝。即便身处自食其力的小资产阶级劳动者阶层，奴颜婢膝地对待上层阶级虽然会换来好处，但在格雷小姐这里也绝对是不耻和不屑的，她虽然贫穷，但是依旧有知识分子的人格和尊严。每当与两个小姐步行出门时，格雷小姐都会显出一副毫不在意，完全无视她们存在的样子，装作正在聚精会神地想自己的心事，或者欣赏周围的风景，被鸟儿、昆虫或者树木花草吸引了注意力而落在后面，而不是因为阶级地位的差距而不敢与她们并排前行。虽然"阶级对立是建立在经济基础上的，是建立在迄今存在的物质生产方式和由这种方式所决定的交换关系上的"[1]。身为家庭教师，无财无势，在雇主家里不仅受到家长的监督、学生的无理，甚至仆人的怠慢，但是依然捍卫、坚守自己的品格和尊严，在格雷小姐言传身教的感化下，学生罗莎莉小姐已不那么盛气凌人了。在对待罗莎莉的婚姻问题上，罗莎莉因只看重财产和地位，不顾格雷的劝告嫁给了最为刻毒、邪恶的阿许比爵士。格雷小姐没有同其他人一样向她道喜："我现在还不能祝贺你，除非等我知道这个变化确实是一种好的变化，不过，我真诚地希望事情会这样。我希望你得到真正的幸福和最大的快乐。"[2]后来，罗莎莉的婚后生活很不幸福，空虚失意的她写信，诚挚热切地请求格雷小姐能去看望她。格雷小姐这次的来访和任家庭教师时的情景已大相径庭，罗莎莉非常亲切地接待她，而且为使其能在做客期间过得愉快，还费了些脑筋。面对阿许比庄园的宏伟壮观精美，格雷小姐一点也没有自惭形秽，对于给罗莎莉提出的意见如在自己的房间吃每顿饭这样的要求，罗莎莉虽然也是稍作反对，但又赶快同意了，或者是稍觉得对格雷小姐怠慢了，她会一再道歉，害怕惹怒格雷小姐。在这个金碧辉煌的大宅子里，格雷小姐仿佛是她唯一的精神寄托，是她灵魂的导师。

在爱情中，与牧师韦斯顿的相知相恋，都是建立在互相尊重，互相欣赏的基础上。相比较于简·爱斩钉截铁地宣布"你以为我是一架没有感情的机器"这样激烈的有关平等爱情的自白，阿格尼丝在默里小姐骄傲地炫耀她赢得了多少人的爱慕时，只是简单、温和地表达了自己的看法："我

---

[1] 中共中央马克思恩格斯列宁斯大林编译局编译. 马克思恩格斯全集（第5卷）[M]. 北京：人民出版社，1958：533.

[2] [英]安妮·勃朗特. 阿格尼丝·格雷 [M]. 薛鸿时译. 南京：译林出版社，1994：117.

认为只要征服一个人就够了，除非双方彼此倾心，要不然就连征服一个也嫌多。"① 格雷小姐追求的是男女双方真正的灵魂之爱，无论财产，无论外貌，在霍顿府邸担任教师期间，只有韦斯顿对其以礼相待，给予她身为一名女性及知识分子合适的尊重，并且愿意为格雷小姐效劳，摘花、撑伞，从来不因为她是一名家庭教师而像其他人那样无视、嘲笑。同时格雷小姐也为韦斯顿先生真诚朴素的布道，对待穷人的善良，对权贵不趋炎附势的态度所吸引，两个人的相爱是彼此平等，彼此尊敬，彼此爱慕的结合。澳大利亚作家亨利·理查森（H.Richardson）在《女人的声音》中也表达了男女双方彼此平等，彼此尊重的结合观点。她说："如果我真心爱一个男人，我会给他彻底的自由。我不会把一个我不爱的男人多束缚在我身边一天，也不会把我的爱献给一个根本不值得我爱的男人；抑或是我会发现一个更适合我爱的人。"② 安妮用朴素淡雅的文风在工作和爱情方面追求与男人同等的权利，而姐姐夏洛蒂引人注目的女性呐喊则表达了女性对于男权社会的反抗，无论是温和的还是激进的，可以说两姐妹都在以自己独特的声音赋予笔下的女性以初步的女性意识。

（三）《阿格尼丝·格雷》——福音主义的女性布道者

对于《阿格尼丝·格雷》，大多数的评论家认为这部小说情节简单、内容传统、主题保守。但是英国哲学家乔治·穆尔（G.Moore）认为安妮是三姐妹中最优秀的小说家，并且坚持这部小说是英国文学中最完美的散文叙事。而诸多的评论家心存疑虑，认为如果安妮不是夏绿蒂和艾米莉的妹妹，是否有读者会阅读她的作品。笔者认为《阿格尼丝·格雷》是一部思想活跃，主题富有争议性的小说。对比两位姐姐的作品，安妮的小说中更多的是传统宗教观点和视角，尤其重视和支持有组织的宗教派别。但令读者惊叹的是，在《阿格尼斯·格雷》中，安妮安排了一位能够解决道德和宗教事务的女性出现。身为女性的安妮，大胆地进入了传统宗教禁地——只有男性牧师才可以登上的圣坛，讨论基督教教义，而女主人公阿格尼丝·格雷则强烈地质疑了体制宗教下男性牧师的布道。当安妮创作这部小说之时，没有任何的宗教机构和传统力量，支持女性走上讲坛，布道讲解经文。因此，

---

① [英]安妮·勃朗特. 阿格尼斯·格雷[M]. 薛鸿时译. 南京：译林出版社，1994：58.
② [澳]亨利·理查森. 女人的声音[M]. 郭洪涛译. 桂林：广西师范大学出版社，2003：96.

安妮在小说中的暗示，显然蔑视和忤逆了传统基督教对于女性的限制。

在小说开篇处，安妮以一位女性牧师循循善诱的方式，布道传递了格雷的福音主义思想。安妮以牧师的口吻，告知读者在宗教道德的指引和个人的坚韧毅力下，最终会发现真理，这正是福音主义的教旨。之后，格雷在教育学生时，告知他们要努力奋斗，依靠个人力量发现问题的答案，不要倚靠父母，个人的权利是"对宗教问题进行独立思考、对《圣经》做出自己的解释并根据它来指导行动"①。在小说中，安妮以女性视角的布道来行文，一方面评判了体制宗教下的两位男性牧师的不同布道方式和对民众的影响；而另一方面，安妮以布道的形式，对于教区内的道德观念，发表了女性的个人宗教观点。

在此安妮还讨论了一位"值得人们尊敬"②的牧师——格雷的父亲，其性格和品质体现在随后出现的韦斯顿牧师身上。安妮通过比较韦斯顿和海特菲尔德的布道文，向读者呈现了何者为上佳的布道文，暗示了两人的人品。一篇上乘的布道文应该真诚、简洁和通俗易懂，选择听众关心的主题，密切联系《圣经》文本和大众生活。同时，布道还反映了牧师对于宗教的虔诚程度，韦斯顿牧师恰恰是这样一位男性，"他的训诲中真正合乎福音的真理和他那朴素、真诚的态度，清晰有力的语调确实使我欢喜"③。韦斯顿不止是在布道中宣扬真诚地帮助别人，同时言行一致、身体力行，在生活中帮助穷人和弱者。他热情地来到南希家中，以福音主义的教义安慰受困的南希，告知她："你希望别人怎样对待你，你就怎样对待别人。"④而作为教区长的海特菲尔德，他的宗教虔诚则备受质疑。尽管格雷认为他的布道选题枯燥，也并不同意他"把上帝描绘成一名可怕的工头"的观点，但是依然心存幻想，认为"他对自己所说的一切是真诚的……尽管他表情阴冷、严峻，但他还是虔诚的"。但是，他一走出教堂之时，"我的这些幻想往往就会烟消云散"⑤，海特菲尔德立刻趋炎附势，开始巴结富人，并且嘲弄自己的布道，这些使得格雷不断地质疑他在布道之时的虔诚，以及品性的

---

① [英]安妮·勃朗特. 阿格尼斯·格雷[M]. 薛鸿时译. 南京：译林出版社，1994：91.
② [英]安妮·勃朗特. 阿格尼斯·格雷[M]. 薛鸿时译. 南京：译林出版社，1994：77.
③ [英]安妮·勃朗特. 阿格尼斯·格雷[M]. 薛鸿时译. 南京：译林出版社，1994：77.
④ [英]安妮·勃朗特. 阿格尼斯·格雷[M]. 薛鸿时译. 南京：译林出版社，1994：90.
⑤ [英]安妮·勃朗特. 阿格尼斯·格雷[M]. 薛鸿时译. 南京：译林出版社，1994：78.

真诚。

在小说中安妮一直言传身教地传达宗教中真诚和仁慈的观点，希望"它对一些人会有益处，另一些人也会从中得到娱悦"[1]。格雷教育汤姆·布罗姆菲尔德少爷不要欺侮小鸟，其实早就知道徒劳，但是她依然苦口婆心地加以劝解，格雷对动物表示出关爱之心，这正是格雷内心的真诚、仁慈和耐心的表现。她的第二位学生玛蒂尔达·默里小姐，残酷地虐待自己的小狗，随后将它抛弃，是格雷"精心地把它从小养大"[2]。格雷正是这样一位拥有真诚、仁慈之心的虔诚基督徒。

安妮认为布道要真诚和恳切，而布道文中用词要简洁、朴实、深入浅出，才能打动教民心灵，因为布道的听众大多是教育程度较低的工人。有研究表明在19世纪的英国，为了走近工人阶层，教堂仪式从繁到简逐步简化。在小说中，牧师面对的是不同教育背景的教民。例如，有教育程度极低，难以理解复杂神学思想的南希，还有教育背景良好的教民，他们更容易理解海特菲尔德的布道。埃伦·纳西认为帕特里克·勃朗特的布道极其容易被下层阶级理解。韦斯顿的布道以为大众阶层为目标，赢得了安妮的赞赏和支持；而海特菲尔德的布道，则恰恰相反。他炫耀复杂难懂的个人学识。格雷认为海特菲尔德的布道"很难让你能安静地从头至尾听完，你免不了会稍稍流露出一丝不赞成或不耐烦的神情""过于书卷气""矫揉造作"[3]。这种类型的布道文对于南希而言，"像鸣的锣、响的钹一般，那些布道词我南希理解不了"[4]。而韦斯顿的布道以"清晰有力的语调"[5]，让格雷感受到："他的训诲中那真正合乎福音的真理和他那朴素、真诚的态度，清晰有力的语调确实使我欢喜。"[6]他来到南希家中，了解她的困惑，韦斯顿把这些"解释得像大白天一样亮堂，像是一道新的亮光射进了我的灵魂，我南希的心感到一片光明"[7]。同时，韦斯顿以简洁直接的语言，告知南希

---

[1] [英]安妮·勃朗特. 阿格尼斯·格雷[M]. 薛鸿时译. 南京：译林出版社，1994：1.
[2] [英]安妮·勃朗特. 阿格尼斯·格雷[M]. 薛鸿时译. 南京：译林出版社，1994：107.
[3] [英]安妮·勃朗特. 阿格尼斯·格雷[M]. 薛鸿时译. 南京：译林出版社，1994：77.
[4] [英]安妮·勃朗特. 阿格尼斯·格雷[M]. 薛鸿时译. 南京：译林出版社，1994：87.
[5] [英]安妮·勃朗特. 阿格尼斯·格雷[M]. 薛鸿时译. 南京：译林出版社，1994：77.
[6] [英]安妮·勃朗特. 阿格尼斯·格雷[M]. 薛鸿时译. 南京：译林出版社，1994：77.
[7] [英]安妮·勃朗特. 阿格尼斯·格雷[M]. 薛鸿时译. 南京：译林出版社，1994：91.

上帝的形象：他是你的父亲，你最好的朋友。"同时告知她"你希望别人怎样对待你，你就怎样对待别人"[①]的态度，让她结交了更多的邻居朋友。是韦斯顿而不是海特菲尔德，以通俗易懂、简洁有力的布道语言，和平易近人的态度，感动了更多的普通阶层的教民。

从海特菲尔德的布道选题和布道方式来看，他更加地重视教堂仪式，而并不是布道对于教民的道德指导意义。他在"宣讲中贯穿着从神父们的著作中引来的话，以支持他的箴言和告诫。他对神父们的认识似乎远远超过他对使徒和福音书作者的认识，同时他认为前者的重要性至少不亚于后者"[②]。在此，安妮批判了海特菲尔德对牛津运动中高派教会的拥护。他在布道之时，没有更多引用和教民日常生活相关的《圣经》经文，过度关注布道形式和教堂仪式。

安妮在小说中强调了对于布道经文的选择。威尼弗雷德·格里认为，威廉·维特曼的布道宣扬了福音书中的同情和仁爱，这正是帕特里克极为赞扬的布道方式。帕特里克认为维特曼的布道选题极佳，体现了《圣经》的经文本意，他宣扬上帝之爱，而不是恐怖地狱让教民顺从。在《阿格尼丝·格雷》中，海特菲尔德的布道内容和教民的内心需求完全脱节。他谈论上帝的愤怒，而并不是上帝的仁慈。

与之形成对比的则是韦斯顿的布道，他根据教民的内心需求，恰当选用《圣经》经文。韦斯顿和南希自由交谈，从交流中选择她们喜欢和关注的议题，作为周日的布道内容——《马太福音》十一章中"凡劳苦担重担的人可以到我这里来，我就使你们得安息"。在《马太福音》第十章和十一章中，耶稣讨论了犹太法学家和法利赛教派人士强加宗教律法的重担给劳苦人民，成为教民和上帝交流和亲近的阻碍。韦斯顿对于布道议题和经文的选择，正是他深思熟虑的结果，其目的是让经文和南希这样的普通教民联系更加密切，让上帝的爱活在了教民的内心中而绝非海特菲尔德，混乱模糊地阐述《圣经》，错误传达上帝的旨意。

在小说中，安妮也讽刺了那些自以为是的富贵阶级的人们，恣意妄为地滥用经文。两位上层阶级的女性，如布罗姆菲尔德府的老太太曾发布了

---

① [英]安妮·勃朗特. 阿格尼斯·格雷[M]. 薛鸿时译. 南京：译林出版社，1994：90.
② [英]安妮·勃朗特. 阿格尼斯·格雷[M]. 薛鸿时译. 南京：译林出版社，1994：77.

一篇类似布道的宣言,她以"顺从上帝的意志"为主题,"讲述了她对上帝的虔诚和顺从,说话时用的还是她习惯的那种夸张的语气和雄辩的态度,简直非笔墨所能形容"[①]。同时安妮还描述了这位老太太的举止,手和头都在大幅的晃动,"说话的特殊姿态非常滑稽可笑"[②]。她还飞扬跋扈地"引了几段《圣经》,有的经文引错了,有的文不对题"[③]。而默里夫人在谈论穿着和恬静的精神气质之时,错误地引用了一段圣马太的引言。与之对比则是格雷对于经文的选择。每一次,格雷对于经文的引用和阐释都与实际生活密切相关、丝丝入扣。在描绘海特菲尔德之时,作者从《马太福音》中引用了"他们把难担的重担,捆起来搁在人的肩上,但自己一个指头也不肯动"[④]。这段文字巧妙形象、恰如其分地说明了教区长的为人本性。在描述格雷的家庭女教师的地位时,安妮幽默地把她置身于《出埃及记》的故事中:"束好腰带,穿上鞋子,手里拿着教鞭准备着。"[⑤]这些描述幽默地展示出家庭教师时刻待命,听候传唤的状态。描述富人家庭的罗莎莉小姐的骄傲蛮横,对任何人都有控制欲望之时,格雷想到了《撒母耳下》中的"财富"暗喻——只有一只羊的穷人,真心实意地照顾着自己唯一的财产,但是"有成千只羊的富人"一旦看到穷人的这只羊,就贪婪地夺来占为己有"[⑥]。从安妮在小说中对《圣经》经文的选用可以看出,这些选取的经文恰当适宜,而且与现实生活密切相连。

在《阿格尼丝·格雷》中,安妮的写作正是从广大民众的需要出发。小说的主题是:抚慰女性家庭教师以及启示孩童的家长。这些问题正是英国19世纪社会中最为普遍的问题。她对于牧师布道的关注以及她以布道形式写作这部小说,正是她个人对于社会问题深切关注和深思熟虑的结果。安妮在小说中对比韦斯顿和海特菲尔德的布道,以及她对于故事事例和《圣经》经文的审慎选择,体现出安妮的用心良苦。

总之,安妮的《阿格尼丝·格雷》以布道来行文,以简洁和干练的文笔,

---

① [英]安妮·勃朗特. 阿格尼斯·格雷[M]. 薛鸿时译. 南京:译林出版社,1994:34.
② [英]安妮·勃朗特. 阿格尼斯·格雷[M]. 薛鸿时译. 南京:译林出版社,1994:34.
③ [英]安妮·勃朗特. 阿格尼斯·格雷[M]. 薛鸿时译. 南京:译林出版社,1994:34.
④ [英]安妮·勃朗特. 阿格尼斯·格雷[M]. 薛鸿时译. 南京:译林出版社,1994:78.
⑤ [英]安妮·勃朗特. 阿格尼斯·格雷[M]. 薛鸿时译. 南京:译林出版社,1994:96.
⑥ [英]安妮·勃朗特. 阿格尼斯·格雷[M]. 薛鸿时译. 南京:译林出版社,1994:126.

向读者传达了她的宗教信仰和道德理想。比较两位姐姐的作品,显然《阿格尼丝·格雷》在情节上稍显简单,缺乏对于社会的关注,文学深度自然浅显。但是这似乎也是安妮写作的初衷——忽视残酷的社会现实和浪漫的爱情细节,选择生活典型事件,传达宗教道德教育,小说中谦卑而不浮夸的文笔证明了这一点。

在小说中安妮以这种简洁、谦卑和朴实的行文,展示了个人的宗教思想。安妮对教派争斗持有进步的观点她大胆批评牛津运动中过于重视宗教形式和礼仪的高派教会称颂福音主义的朴实和深入人心的教义。同时,安妮冷眼旁观地观察男性的布道,讽刺了并批判了海特菲尔德的布道方式,赞赏了韦斯顿般的简洁、以事实为题材的深入人心的布道。小说中对于各种事务的评判也正是体现了安妮——作为女性挑战了男性布道缺陷的敏锐和大胆。而作为女性的安妮,同样有能力写出简洁、有力、深入人心的布道文,小说《阿格尼丝·格雷》正是最佳的例子。如上几点代表着安妮·勃朗特对传统男权的体制基督教的对抗和挑战。

将《阿格尼丝·格雷》当作布道文来阅读,也可以深刻地体会出其中的宗教教导,在小说中体现着作者自己对于宗教和人性的理解。小说以宗教布道形式的行文,体现着安妮·勃朗特对于男权宗教的挑战而且读者更应该明晰,维多利亚时期的小说中始终贯穿着宗教教义的元素。安妮·勃朗特在小说中告知读者,得到教会支持的正统体制宗教,是和韦斯顿和格雷个人理解的宗教相对立的。体制宗教和个人宗教,在传播福音主义,抚慰人类的心灵,给予人类爱和希望的宗教观念上,有着巨大的差异。因此,《阿格尼丝·格雷》作为一部反映宗教道德的小说,安妮·勃朗特以细腻的文笔记录了正统体制宗教和个人宗教的冲突以及教会和个人宗教生活的细节,这些详细地反映了维多利亚时期的宗教状况。

(四)运用自然书写刻画人物形象

安妮·勃朗特在小说创作中巧妙运用植物和动物,提高了小说的整体艺术感染力,从一定意义上来说,这已经构成了安妮小说的重要的艺术特色,而不是简简单单的点缀,它们烘托了人物的心情和感情变化过程,同时又起到了丰富和凸显人物形象,衬托人物性格,推动故事走向高潮的作用。

1. 烘托人物心情

安妮·勃朗特的小说经常营造一个简单自足的情绪世界,而这和她巧妙运用动物和自然景物来表现人物和烘托故事氛围是分不开的。

当时虽然正是初秋时节，密布的阴云和强劲的北风，却使天气显得特别的寒冷和阴沉，旅途似乎非常漫长。①

一月三十日是一个昏昏沉沉的风雪天。北风大作，阵阵风雪时而拍打着地面，时而在成中旋转。②

这是艾格妮丝乘坐马车两次离开家时望见的景色：天空乌云密布、北风呼啸、大雪飘飘，与其说这是客观环境的真实描写，不如说是她离开家时忧伤情绪的投影。因为她是在突遭家庭经济破产的变故之后，为了不成为家庭的负担，才决定去陌生人家里当家庭教师，因此离家之时的难过之情溢于言表，心情难以平静，就如翻滚的云层，呼啸的狂风。

自然景物的描写不仅可以衬托人物悲伤的心情，而且往往更多地渲染了人物愉悦的心情。

安妮·勃朗特善于表现大自然给予人朴素的喜悦。同样在这部小说里，三月末的一个晴朗下午，艾格尼丝的学生——默里家的小姐忙于施展自己的魅力，和某上尉、某中尉（军队中的两个花花公子）结伴步行，无暇享受明媚的阳光和温馨的空气，而给她留下短暂的独处时间。

我很快就落在他们后边，沿着绿油油的草坡和一片嫩绿的树篱走去，采集一些花草和捕捉几只昆虫……在这和煦、清新的空气和温暖的阳光下，我的厌世情绪渐渐消融了，可是代之而来的是对童年悲伤的回忆、对失去的欢乐和光明一些的未来的向往。我的目光掠过一片生长着绿叶青葱的树丛和嫩绿的树篱的草坡，迫切希望能在某种熟悉的花朵，可以使我回忆起家乡树木茂密的山谷和绿色的山坡——要想找到什么能令人想起褐色的荒野，那当然是不可能的。要是能发现这样的花朵，无疑会使我热泪盈眶，可是，在当时，这将是我最大的享受。我终于在高处一株盘根错节的大树的树根间发现了三朵可爱的樱花草，正婀娜多姿地从它们借以隐身的地方向外探望。③

在这里，樱花草之于艾格尼丝的意义，很容易让人联想起小玛德莱娜于普鲁斯特的意义，独在异乡为异客的艾格尼丝惊喜地发现了家乡常见的

---

① [英]安妮·勃朗特. 艾格尼丝·格雷[M]. 裘因译. 上海：上海译文出版社，1991：13.
② [英]安妮·勃朗特. 艾格尼丝·格雷[M]. 裘因译. 上海：上海译文出版社，1991：55.
③ [英]安妮·勃朗特. 艾格尼丝·格雷[M]. 裘因译. 上海：上海译文出版社，1991：106–107.

植物樱花草,这让过去家园中快乐的时光重现,让她思乡之情得到满足,她也如愿以偿地获得了"最大的享受"。

同时,大海也在安妮·勃朗特小说中起到了重要作用。实际上,对海边的美景的描写贯穿了安妮·勃朗特的两部小说,它们推动小说发展走向高潮,成为男女主人公甜蜜爱情的见证者。

在《艾格尼丝·格雷》中,安妮不惜浓墨重彩,极其细致地描写了海边的美景。

我走出市镇,踏上沙滩,朝着晶莹而宽阔的海湾望去,那情景真是妙不可言:天空和海水是蓝盈盈的,那么深邃,那么清澈;清晨明媚的阳光照耀着半圆形的高岩峭壁以及远处起伏不平的绿色群山,撒满在广阔而平滑的沙滩和延伸到大海中的一堆堆矮小的岩石。①

此刻的海边是如此令人心旷神怡,而雨后的海滩更别有一番风情,小说的女主人公经受了一番磨难和漫长时间的等待,在暴雨冲洗之后的这片海滩上收获她和韦斯顿牧师纯洁的爱情。

2. 丰富人物形象

安妮在她的艺术世界里,塑造了一系列典型的人物形象,而且这些人物形象往往对称出现。例如坚忍、安静的艾格尼丝和骄傲自负的罗布森舅舅;高尚、虔诚的副牧师韦斯顿和表面上风趣健谈而实际上溜须拍马的牧师海特菲尔德;鲁莽而又不失善良本性的马卡姆和外表英俊潇洒而内里堕落成性的亨廷顿;坚强、独立的海伦和风流成性的伊丽莎白……这些人物形象在小说中构成了矛盾对立的艺术世界。为了塑造这些个性鲜明的人物形象,作者使用了多种艺术手段,而其中最得心应手且艺术效果最明显的当属细节描写,即通过人物如何对待自然景物和动物这一个看似平常的小处着手,来丰富和凸显人物形象。

《艾格尼丝·格雷》一开始就通过女主人公艾格尼丝和小动物亲昵相处这一细节描写来塑造她羞涩、情感细腻的少女形象。她是在完全隔绝的环境中长大,同外界的交往很少,这使得她和她的动物朋友们越来越亲近,在离别之际令她难舍难分的不仅仅有家和亲人,还有这些让她难以抑制心头喷涌的悲伤情绪的小朋友们,因而和它们的告别仪式更加隆重:"我"

---

① [英]安妮·勃朗特. 艾格尼丝·格雷[M]. 裘因译. 上海:上海译文出版社,1991:187-188.

最后一次喂了我心爱的鸽子，当它们依偎在"我"的怀里时，"我"抚摸着每一只鸽子柔滑的背脊，同它们告别，并轻轻地吻了一下特别喜欢的那一对雪白的扇尾鸽；"我"也跟"心爱的小朋友、那只小猫咪"告别；同时又非常担心等"我"回来后，小猫咪可能已经忘却了这个同伴和以往所有有趣的恶作剧。正因为小说一开始便为读者塑造了艾格尼丝善良、感情细腻、热爱小动物的形象，当读者读到她初到雇主家十分不安与紧张，便不会觉得突兀："我尴尬地一再想用刀切，用叉拉，或刀叉并用，把牛排切碎，但一切都徒劳无益，一想到那位令人生畏的太太正眼睁睁地看着我，我只好不顾一切地像一个两岁的小孩一样，紧握刀叉，使尽我平生的力气去切那块牛排。"①而且，这一细节描写也为后文艾格尼丝为避免小动物们遭到残忍折磨而挺身而出的情节埋下了伏笔。

在韦尔伍德府，艾格尼丝需要持之以恒地教导那群孩子，不仅要传授他们知识，而且要培养他们的美德。而他们的舅舅——个子高高、态度傲慢，长有深褐色头发，脸色蜡黄的家伙，却经常鼓励玛丽安装腔作势，夸她脸蛋非常漂亮，给她灌输种种所谓她美貌迷人的自负念头，艾格尼丝便要从内在品性方面入手纠正这种错误的观念。

当看到罗布森粗暴地对待他的猎狗时，艾格尼丝已极度不忍心看下去。她非常同情它们，尽管自己极端贫穷，仍然愿意付出一笔钱，让其中的任何一条狗可以咬一下它的主人。不仅如此，罗布森甚至怂恿外甥汤姆折磨小动物，给汤姆掏鸟窝，供汤姆随意处置，并将此视为培养汤姆男子汉气质的有效方式。艾格尼丝非常反感这种残忍的行为，竭力教导汤姆要学会爱和人道。

那么你抓到鸟儿以后怎么办？

看情况，有时喂猫，有时用小刀把它们割得粉碎。不过下次我要活活地烤死它们。

你为什么要干这些可怕的事？

理由有两个：一是要看看它们能活多久，二是要尝尝味道。

可是，你是不是知道这种行为是十分恶劣的？记住，鸟儿也同你一样是有感觉的。你想一想，你自己喜欢人家这样对待你么？

---

① [英]安妮·勃朗特. 艾格尼丝·格雷[M]. 裘因译. 上海：上海译文出版社，1991：15.

啊，那没有什么！我不是一只鸟儿，不管我怎样对待它们，我都不会有这种感受的。

可是总有一天你会体验到这一点的，汤姆，你听说过邪恶的人死后去哪儿么？

记住，要是你继续折磨无辜的小鸟，你也得上那儿，你也得忍受你曾让它们经受过的痛苦。[①]

一次艾格妮丝阻止小汤姆伤害小动物的事情被他的母亲知晓，这位平常溺爱孩子的母亲强烈指责艾格尼丝，艾格尼丝则一反平时的安静、拘谨、忍耐的性格，和女主人大胆辩论起来。

简言之，安妮通过对小动物的巧妙运用，达到了丰富人物形象的目的。在这里，傲慢而且残忍的罗布森跃然纸上，表面柔弱，内心善良而且勇敢的艾格尼丝也塑造得惟妙惟肖。

综上所述，安妮从小说中人物如何看待自然、如何对待动物这一小处着眼，来凸显其性格特征。小说中的人物虽然没有什么豪言壮语或者干出什么惊天大事，然而依据他们对自然界中植物和动物做出的相应反应，很容易就可以将他们区别开来：一为心地善良的下层阶级，一为冷漠虚伪的上流社会人物。至此，彼此互相对立的人物世界格局也就自然而然地形成了。

3. 衬托人物性格

艾格尼丝出身贫寒、长相平凡，却心灵高尚、内心精神丰富，身上散发着清新脱俗的气质。她热爱自然界一草一木、善待动物的这一独特而又鲜明的特征，一方面衬托了她的性格，另一方面又凸显了她的独特性。

《艾格尼丝·格雷》主要讲述了艾格尼丝两次外出当家庭教师的经历，艾格尼丝每到一个新的岗位，引起她关注的始终是那里的植物，她会详细地记录每一个新环境里的草草木木。"我们终于驶进了那扇神气的大铁门，马车缓缓地沿着平坦的道路驶去，两旁是绿茵茵的草地，稀疏地点缀着一株株小树。我们驶近了韦尔伍德那幢陌生而又堂皇的住宅。它耸立在一片蘑菇似的杨树林的上空。"[②]至于这栋豪华住宅的内部布置，她则只字未提；第二次她在霍顿村当家庭教师，只讲述了这家的住宅很豪华，比布卢姆菲

---

① [英]安妮·勃朗特. 艾格尼丝·格雷[M]. 裘因译. 上海：上海译文出版社，1991：18-19.
② [英]安妮·勃朗特. 艾格尼丝·格雷[M]. 裘因译. 上海：上海译文出版社，1991：41.

尔德先生家的那幢要新、宽敞、堂皇的简单情况,却没有再深入叙述下去。至于花园里的植物,艾格妮丝描述得极其详细:

"但花圃布置得没有那么雅致,这里没有修平整的草地、围在木栏内的小树丛、挺拔的杨树和杉树,却有一片鹿苑,参天的古树使之增色不少。四周的农村亦令人赏心悦目。肥沃的土地,茂密的树林,绿草如茵的宁静的乡间小路,生趣盎然的篱笆上攀满了点点野花。"①

安妮·勃朗特的小说中出现了大量的写植物的段落,它们也具有卓越的艺术感染力,并没有出现单纯为写景而写景的段落。植物总能让亲近它们的人物精神愉悦,获取勇气和力量,因为在她常年在外的家教生涯中,艾格妮丝始终过着一种压抑与孤独的生活,而欣赏自然植物可以让她暂时放松。初春的一个明媚下午,艾格妮丝陪伴默里家两位小姐散步,而这两位小姐忙于和她们的两位花花公子客人聊天调情,留下她一个人跟在后边,这让她感到非常愉快。她在和煦清新的空气和温暖的阳光下,沿着绿油油的树篱走去,自然植物渐渐消融了她的厌世情绪,取之而来的是对童年悲伤的回忆、对逝去的快乐和一些光明未来的向往。同时,在艾格妮丝看来,读书和欣赏自然是人生的两大乐事,而这自然的田野既有宁静的气氛,读书的快乐,又有蔚蓝色的清空和爽朗的天气。虽然西风还飕飕地吹过树林中尚未长出新叶的树枝,洼地里还留着一些残雪,但残雪已经在阳光的照耀下渐渐地融化,悠闲的小鹿正在吃着湿润的嫩草,这些嫩黄的青草散发出春天的清新。

《艾格妮丝·格雷》这部小说里始终弥漫着一股淡淡的乡愁,无论去哪里,无论这个地方多么繁华,艾格妮丝心中总是无法放下对牧师府这一虽贫寒但温暖的家的怀念,那么她的家到底有什么独特的地方?

安妮在小说开头描述了这个家庭生活的场景:

当我离家前的最后一个晚上到来的时候,我心中突然充满了痛苦。亲人们显得那么忧伤,说话时那么体贴入微,我真忍不住热泪盈眶,不过我还是装出很高兴的样子。我最后一次同玛丽在田野里散步,在花圃和我们家周围走了一遭。我同她一起最后喂了一次我们心爱的鸽子,我们已经把那些可爱的小鸟训练得能从手上啄食了。当它们偎在我怀里时,我抚摸着

---

① [英]安妮·勃朗特. 艾格妮丝·格雷[M]. 裘因译. 上海:上海译文出版社,1991:98.

每一只鸽子柔滑的背脊，同它们告别。我轻轻地吻了一下我特别喜爱的那一对雪白的扇尾鸽。我在亲切的旧钢琴上弹奏了最后一首曲子，为爸爸唱了最后一支歌，我希望这不是最后一支歌了。而且等我再来弹钢琴的时候，心情也许不一样了：时过境迁，到那时，这幢房子也许不再是我长久安居的家了；我心爱的小朋友、那只猫咪，当然也变样了，它已经成长为一只漂亮的大猫，等我回来，哪怕是匆匆地回来过圣诞节，它也可能已经忘却了我这个同伴和以往有趣的恶作剧了。我最后同它玩耍了一下。当我摸着它柔软、光亮的绒毛，当它呜呜地哼着在我怀里入睡的时候，我真是难以掩饰心头的悲伤。[①]

  从上面这一幅离家的图画中，我们可以清楚地看出，艾格尼丝所热爱的家呈现出亲人之间相亲相爱，人和动物亲密相处，人和植物紧密相连的和谐状况。尤其是艾格尼丝本人，她非常喜爱小动物，她不仅在家里有一堆动物朋友，而且每次外出家教，她总会结交更多动物朋友。在维多利亚时代，家庭教师的地位较低，在雇主家里，家庭教师们多内心孤独，而艾格尼丝选择和动物为友，可以令她在冰冷的上层社会里感到些许安慰。在默里家，她和小狗斯纳普关系密切，这只狗甚至成了她在这个家里唯一的朋友，它本来是默里小姐买来的，起初默里小姐异乎寻常地迷恋这只小宠物，坚持除了她本人以外谁也不能碰它。但是很快就对这弱小、麻烦、需要精心饲养的小东西感到厌烦了。所以当艾格尼丝恳求默里小姐让她来喂养这条小狗时，默里小姐高兴地表示同意。艾格尼丝把这小东西精心养大，自然得到了它的好感。可怜小狗对她的感激之情招来了它主人的许多咒骂和恶毒的踢打扭拧，艾格尼丝感到非常纠结，不知道怎样才能阻止这种局面的发生：既不能残酷地虐待它，引起它的憎恨；又不能说服马蒂尔达爱护它，以赢得它的好感。从艾格尼丝的心理活动中，我们可以清晰地看出她是真心喜爱这只小狗。因此当她听说面目粗俗但眼睛明亮、心地善良的小狗斯纳普被抓走，流落到一个对待手下的狗十分残酷的抓耗子的人家时，艾格尼丝流了不少眼泪。同时这个情节又为后文副牧师韦斯顿从捕鼠人手里救下这条小狗，以及伴随着这只小狗失而复得的故事走向高潮作了铺垫。

  艾格尼丝不仅自己爱护动物，强烈反对其他人虐待动物，而且她还讨

[①] [英]安妮·勃朗特. 艾格尼丝·格雷[M]. 裴因译. 上海：上海译文出版社，1991：11.

厌肉食，偏爱素食。

艾格尼丝初次来到将要担当家庭教师的韦尔伍德府时，呈现在她面前的第一顿饭是几块牛排和半冷不热的土豆。这一个细节描写折射出一种冷淡的气氛。艾格尼丝非常愿意只吃土豆而留下牛排，但出于礼仪，她要坚持把它们全部吃完。然而她本人内心深处却极不愿意吃牛排，因此才会出现这样的情形：尽管她非常卖力地想吃完她来到这里的第一顿饭，可是她还是表现得犹如一个两岁的孩子，非常无奈地对付这死硬的牛排："尴尬地一再想用刀叉，或刀叉并用，把牛排切碎，但一切都徒劳无益。"①

而这一切才刚刚开始，肉食会不断地出现在餐桌上，她的内心还会遭受更多折磨。一天，布卢姆菲尔德先生面前摆了一只烤羊腿。

"他给太太、子女和我捡了几块，并示意我帮孩子们把肉切碎。接着他把那只烤羊腿翻来覆去，从不同的角度打量了一阵，然后宣布这样肉已不能食用，叫人再上些冷牛肉来。

这羊肉怎么了，亲爱的？他太太问。

烤过头了，布卢姆菲尔德太太，所有的味道全给烤没了，你难道尝不出来么？

你难道没看见那鲜美的肉汁全烤干了么？

好吧，我想牛肉是不会合你的口味的。

这时，一盘牛肉放到了他面前。他开始切肉，但神情非常懊恼而且大为不满。

牛肉又怎么了，布卢姆菲尔德先生？我敢肯定，上次的牛肉，味道是不错的。

这块腿肉确实是再好也没有了。可是现在全给糟蹋了，他不愉快地回答。

怎么会！我说，你没发现这块肉是怎么切的么？天晓得！太不像话了！

那么一定是厨房里给切错了，我可以肯定，昨天我切得顶好的。

毫无疑问，是他们切错了——这些大老粗！天晓得，有谁见过好端端的一块牛肉给切得这么不成样子？不过，记住，以后要是把一盘好菜从桌子上拿下去，厨房里的人就不准他们沾手。请记住这一点，布卢姆菲尔德太太！……

---

① [英]安妮·勃朗特. 艾格尼丝·格雷[M]. 裴因译. 上海：上海译文出版社，1991：17.

这番对话没有再继续下去。我非常庆幸能带学生们离开这个房间,我一生中从来没有因为别人的过错而感到这么羞耻和不安。"①

引起艾格尼丝如此不安的原因,我们不能笼统地归结为布卢姆菲尔德先生和太太的争吵,而在于这背后暗藏着人类对于动物的残害。

布卢姆菲尔德热衷于肉食的癖好,以及他鼓励儿子汤姆折磨小动物来寻开心的两个行为之间存在着内在的关联性,反映了他以自我为中心,动物仅仅为了他的利益而存在的人类中心主义思想。研究者罗萨利认为,人类只能吃经过烹饪准备之后的肉食,因为这可以避免食客看到动物被杀害的现场,目睹它们血淋淋的样子以及听到可怜的动物们悲惨的哀叫,以免这个悲惨的场面会激起食客们的强烈反感。而布卢姆菲尔德先生如此注重烹饪以及漂亮的切割,原因大概在于此吧,经过调料以及外形的伪装,也就丝毫不会联想起他所吃的味道鲜美肉类背后的悲惨故事了。然而,很不幸地,艾格尼丝作为小动物亲密的朋友,她看到了美味食物背后的血淋淋场面,她既为它们遭受的痛苦折磨感到伤心,也为她自己非但无力救它们,而且为了不让雇主难堪而去吃它们感到羞耻和罪恶。

4. 推动情节发展

安妮巧妙地运用自然界的草木、小动物来推动故事情节的发展,这尤其体现在男女主人公恋爱的场景中。

在《艾格尼丝·格雷》这部小说最后一章"沙滩"里,沙滩是艾格尼丝幸福的见证者。

"我连走带跳,回到光滑而广阔的沙滩,决心大胆地到峭壁上站一会儿,然后就回家去。这时,我听见身后有呜呜的声音,接着,有一只小狗跑到我脚前欢跃跳动。这是我亲爱的斯纳普——那只褐色的小硬毛狗!我一叫它的名字,它就朝我脸上扑来,高兴地汪汪乱叫。我几乎同它一样高兴,把那个小家伙抱在怀里,一再地亲它。"②

与此同时,"我"也在思忖着这只小狗的来历,它不可能是从天上掉下来或是单独从老远的地方跑来的,一定是某些人把它带来的。正在"我"胡思乱想之际,故事也逐渐走向高潮,"我"按捺住自己过分的爱抚,也

---

① [英]安妮·勃朗特. 艾格尼丝·格雷[M]. 裴因译. 上海:上海译文出版社,1991:22-24.
② [英]安妮·勃朗特. 艾格尼丝·格雷[M]. 裴因译. 上海:上海译文出版社,1991:189.

尽力按捺住它对我的亲热,向四周张望,却有了惊奇的发现,因为出现的这个人竟然是她朝思暮想、日夜期盼的渴慕对象韦斯顿先生,从而使得故事达到了这部小说的第一个高潮。

第四章 卡洛林·莫当

《卡洛林·莫当》是英国女性作家玛丽·玛莎·舍伍德（Mary Martha Sherwood）的小说，发表于1835年，是她后期的重要作品。小说以独特的女性主义叙事技巧向读者展示了一个家庭女教师的成长经历以及当时的社会风貌。小说既表达了作者对当时男权社会的批判和抗争，又展现了女性话语权威以及女性意识。本章从女性主义叙事学视角探讨卡洛林·莫当的人物形象。

一、形象概述

《卡洛林·莫当》讲述了一个年轻女性被迫成为家庭女教师，并从一个轻浮、懵懂的少女演变成一个值得信赖又懂得满足的成熟女性的成长历程。卡洛林·莫当从小就父母双亡，成为孤儿，她由亲戚抚养长大，在接受了一定的教育之后就被迫成为一名家庭女教师。小说描写了女主角在十个不同的雇主家的家庭女教师经历，她刚开始做家庭女教师时时常不满与骄傲，渐渐懂得如何调整自己的情绪与态度，从而学会慢慢适应高傲的贵族、呆板的文人以及教条的福音教徒们的一些难以理解的举动和念头。她领悟到，要想保持独立，有时候需要有所舍弃并接收在她心中并不完美的事物。最终她结婚生子，成为六个孩子的母亲，迎来了平静、安稳、幸福的生活。在这部作品中，作者展示了她独特的叙事艺术。小说以独特的女性视角向读者展示了一个家庭女教师的成长经历以及当时的社会风貌。小说既表达了作者对当时男权社会的批判和抗争，又展现了女性话语权威以及女性意识。

二、形象分析

（一）叙述视角与女性意识

叙述视角是女性主义叙事学研究的一个重要方面。女性主义叙事学家把叙述视角与性别政治联系起来探讨其中的关联。在某一特定历史时期，不同性别的作家选择特定的视角模式也是值得关注与探讨的问题。聚焦者与观察对象之间的关系也被女性主义叙事学家们认为是一种权利关系，一种意识形态关系。性别因素通过叙述视角影响文本，叙述者的"眼光"和"凝视点"都受到叙述视角的影响，也就说明"看"谁和在什么位置"看"都由叙述视角决定。在《眼光，身体和女主人公》这篇文章中，沃霍尔（Andy Warhol）指出，文本中的"看"和"被看"是权力和身份的象征，它能够体现出一种带有性别色彩的权力的争夺。女性从自身的性别身份出发，来解构男性的话语，重构女性的话语。所以，女性由被"凝视"的客体变成了主动"观察"的主体，于是她们在文本中的地位就得以提高。作为"凝视"的主体，女性叙述者统领着叙事行为，通过叙述话语传达自己的女性观点与意识形态，使得叙述的主动权有力地提升，话语的权威得以确立。这样，传统的男性叙述视角被女性叙述视角取代，"看"和"被看"的对象互换了角色，女性不再认同于传统对她的定位，女性的独立自主意识得到彰显，争取性别权威的意识得到加强，女性的主体叙事地位得以确立。

1. 女性视角——颠覆男性"凝视"的传统

在传统的文学作品中，作者多采用男性视角，而被观察者则往往是女性，是被凝视的对象，以至于文学作品所承载的都是男性的意识形态，女性意识却被压抑。基于男性霸权与意识形态的审美眼光，女性只能屈从于男性赋予她们的气质与道德准则，才能在社会中得到认同。可见，男性中心的聚焦叙事具有鲜明的意识形态压迫性，女性身份陷于尴尬境地。然而，玛丽·玛莎·舍伍德却另辟蹊径，在《卡洛林·莫当》中改用女性视角，用女主人公的眼睛来观察一切并推动故事的发展。玛丽·玛莎·舍伍德在小说中将女性推到了叙事的主体性地位，给予女主角卡洛林·莫当这个女性叙述者以女性的叙述视角与聚焦眼光，给予女性"观察"与"言说"的权力，男性不但沦为被"观察"的客体，也成为被"言说"与被"评论"的对象，女性夺取了原本属于男性的叙述主体地位，通过女性特有的"眼光"观察世界，将女性的生命体验娓娓道来。叙述者不但掌握了叙述的主动权，表现了女性的自主意识，更树立了女性的话语权威。同时，由于读者观察故事的视角与女性叙述者的视角融合为一体，并通过女性叙述者的视角来观察故事世界，因此，女性叙述者作为女性意识的载体，传达女性思想的媒介，文本叙述的中心，她掌控着叙述的进程，她的视角决定着叙事行为，彰显了女性的主体性叙事地位。在这部以女性视角书写的故事中，女性争取到了"看"的权力，男性被女性"观察"和"评判"，男性的话语权在消解，主体地位在丧失，与之相对的是女性的话语权在加强，主体地位在提高，自主意识也在自我言说的过程中得到体现。同时，她们也获得了专属于女性的凝视视点与评判标准。从独特的女性视角出发，"观察"男性的形象、行为与气质，洞察他们的意识，审视他们的思想，批判他们的灵魂。以高高在上的女性主体叙述地位讲述故事，抒发情感，发表见解。女性的人生经验得以书写，女性的自我意识得以表达，女性的思想得以升华。

在小说中，卡洛林·莫当通过自己的女性视角来观察周围的一切，让读者透过自己的视角来同女主角一起经历故事，她放弃不喜欢的工作环境，追寻着发自于内心的理想，在十几个不同的家庭担任家庭教师的经历中，无论是生活还是工作，都积极主动，发挥着女性的天性，呈现着女性的主体性。女主人公能够主动地选择自己的工作环境，重视自我感受，以自我认可为中心，充分体现了女性注重自我主体性的意识。在小说的第二章，有这样的一段聚焦于女主角内心的独白：

"但是我的读者必须理解，我在那个阶段完全不了解宗教，所以宗教并未对我的行为产生任何影响；我决心所做的事情也只是按照我堂兄所希望的那样，而且毫无疑问，我应该克服一切困难，通过容忍来让学生对我更加尊重。"[1]

女主角勇于克服困难，希望得到学生的尊重，并按照自己的意愿来行事，这段心理描写通过卡洛林·莫当对女性自我内心的聚焦，充分展示了她作为当时的女性的先进性，这也正是她重视自我感受，以自我认可为中心的女性意识的充分体现。和以往的文学作品所不同的是，这部小说是以女性

---

[1] Sherwood Mary Martha. The Works of Mrs. Sherwood [M]. New York: Harper & Brothers, 1837: 280.

的视角来聚焦女性的内心,女性由被动的被男性聚焦变为主动地被自我聚焦。也就是说女性成为"凝视"的主体,这种以女性视角为中心的"凝视"颠覆了男性对女性"凝视"的传统,而且,从字里行间,读者也能微弱地体会到作者也就是玛丽·玛莎·舍伍德对这种勇气的赞赏。这对于当时的社会无疑是一种进步,在这部作品中,女性不再甘于被动,而是表现出一种积极的状态,主动地言说自我。在这里,女性改变了以往的边缘性角色,成为一个具有独立思想与意识的女性主体。这正是作者挑战男性话语霸权,积极主动地书写自己的生命体验,追求女性话语权威的表现。在当时的男权社会,卡洛林·莫当的这种勇于挑战自我、由被动变主动的意识体现了该作品具有鲜明的女性意识,体现了作者对女性自我成长、自我实现的追求。

在《卡洛林·莫当》中,小说中的所有人物都是通过女主角卡洛林·莫当的眼睛在看,而被"看"的对象却在男性和女性间转换。这部作品打破了传统文学作品中女性被定格在观察客体位置的男性霸权,从而导致了传统人物权力关系的变化。在这部小说的文本中,卡洛林·莫当是"聚焦者",男性则在她的"聚焦"下,沦为凝视的对象,观察的客体。《卡洛林·莫当》以女性视角描写了小说中出现的男性形象,对于男性高傲与虚伪的姿态进行了大胆而直接的刻画,使得小说中的男性人物成为被"聚焦"的观察对象,被批判的客体。女主角卡洛林·莫当善于观察,勇于表达,用她那灼灼的目光审视男性的丑恶,用她那平静却真实的话语批判男性的虚伪。在对男性人物的外貌及身型进行描绘时,女主角对于男性的厌恶之情丝毫没有被掩饰,直率的言辞并无太多的修饰,表现出女主角对男性霸权的不满与反抗。是一种情感的抒发,情绪的宣泄。比如女主角曾经任职的家庭中的男主人就成为她的凝视对象。女主角在与巴罗先生第一次见面的时候,对他的一段描写,就非常直接、大胆、公开地表达了她对巴罗先生的看法:

"巴罗先生个子不高,从他的腰围能看出他家厨师高超的烹饪技能。尽管他有着一副典型的呆板面容,他和我的第一次对话却暴露了他极其喜欢被认为自己是有着高贵血统的聪明人的想法。"[1]

在这段描写中,女主角用审视的眼光观察了自己的雇主,"呆板"是

---

[1] Sherwood Mary Martha. The Works of Mrs. Sherwood [M]. New York: Harper & Brothers, 1837: 221.

这个男性在她眼中的状态，而"他和我的第一次对话却暴露了他极其喜欢被认为自己是有着高贵血统的聪明人的想法"又和女主角率直、真实的形象形成了鲜明的对比。在女性的视角下，男性是这样的虚荣与虚伪。女主角并不屈从于男性雇主的威严，大胆地向读者说出了自己对男性的想法。这段对男性雇主的描写与小说中提到的对女性雇主的描写大相径庭，作者对女性的赞赏和对男性的鄙夷跃然纸上。在《卡洛林·莫当》这部小说中，女性视角的"凝视"范围除了女主角的内心以及男性客体之外还有对其他女性的凝视。比如在小说的第四章有一段对迪兰女士的描写：

"她是一个迷人的女性，堂兄"我说，"虽然不算年轻了，但仍然非常美丽。她的脸颊红润，穿着是那么的优雅而自然！"我从未见过这么精致的便服。我一定也要做一件像那样的服装：下巴下面有一个柠檬色的缎带，简直就是我见过最漂亮的款式。而且你知道吗，她在所有人面前同我礼貌地握手，还不止一次地用法语叫我小姐。她一点也不高傲，堂兄，和她谈话就像享受一场知识的盛宴。她见过那个令人愉快的哲学家伏尔泰，也与让利斯夫人同饮过糖水。"[①]

从女主角与她堂兄的对话中可以看出，卡洛林·莫当眼中的迪兰女士优雅、高贵、彬彬有礼，谦虚又有学识。这与上文提到的女主角眼中的男雇主呆板、虚荣、虚伪的形象形成鲜明的反差。从女性视角出发的"凝视"让男性的丑恶暴露无遗，也让女性高贵优雅的形象给读者留下了深刻的印象。在这部作品中，女性终于可以摆脱男性带有偏见的"凝视"眼光来客观地从女性视角还原真实的女性原貌。男性在丢失"凝视"主体地位的同时也沦为被"凝视"的客体，女性视角下的男性不再高高在上，女性视角颠覆了男性"凝视"的传统。从这种对比中，可以看到玛丽·玛莎·舍伍德在为提高女性地位挑战男性权威所做出的勇敢的尝试。用这样的女性视角，小说表现了鲜明的女性主体意识：女性需要真实、客观地认识男性与女性自身，不再自卑、自弱，应该自尊、自信、客观而真实。

沃霍尔指出，观察属于身体器官的行为。因为"看"是眼睛的功能，属于身体行为。对"看"的描写总是十分重视女性的身体：女性的身体在

[①] Sherwood Mary Martha. The Works of Mrs. Sherwood [M]. New York: Harper & Brothers, 1837: 226.

小说的场景中处于一个什么样的位置，身处于环境中有哪些身体及心里的反应与变化，小说中的其他人物角色对女性的身体有何评价与表现。所以，女主人公的身体对于小说的叙事过程至关重要，它不只是叙述者或者读者主动"看"的载体，同时也是被凝视的对象，被观察的客体。因此，对女主人公观察的表述持续不断地将读者的注意力吸引到卡洛林·莫当身上。卡洛林·莫当的身体不只是观察的媒介，也是被小说中其他人物"看"的对象。女主角一方面作为"看"的媒介，通过女性自己的眼光来"看"世界、人和事；另一方面作为被审美的客体，读者只能透过其他人物对她的评价才得以看见她自己，男性人物对她的看法是通过人物对话传达给读者的。比如下面这段男性雇主对卡洛林·莫当所说的话，就表现出了他对女主角的看法：

"在孩子们心性的修养方面我并未奢求太多，只要让她们成为有教养的女人就可以，这是你对于我的长期责任，而且这是金钱所不能回报的，但是，我相信你能得到一个父亲的感激之情，对你欣赏的言语表述，这是你应得的。毫无疑问你有能力为我的女儿们做这些，这在我第一眼见到你的时候就知道了。不要脸红，年轻的女士，我并不是要夸赞你的美貌。"[①]

在以往的小说中，女性作为被观察的客体，完全处于被动的处境，而在这部小说中，由于所有人物、事件都是通过女主角的视角来观察的，所以即使是处于被观察的情况下，女主角也同样不是完全处于被动之中，因为她本身是对话的行为者，也具有一定的主动权，只有通过对话，男性对她的看法才能被表达出来，男性失去了"凝视"的主动权与主体性。在这种视角之下，男性的权威终于受到制约，女性的权威得以彰显。通过这样的视角，小说表现出了女性争取话语权，勇于打破男性社会对女性的传统定义，不再甘于沦为被动的客体，变被动为主动，勇于寻求突破与改变的女性意识。

在这部小说中，女主角卡洛林·莫当作为"凝视"的主体，始终在主动通过女性视角观察周围的人和事的，即使有时也可成为被"凝视"的对象，但仍然保持着自身的主动性与主体性。因为无论聚焦男性还是女主角自身，或是其他女性，"凝视"的视角始终都是卡洛林·莫当的女性视角。由于《卡

---

① Sherwood Mary Martha. Caroline Mordaunt [M]. New York: Harper and Brothers, 1835: 222.

《洛林·莫当》的焦点集中在一个人身上，小说中所有的"观察"或"聚焦"都是通过女主角的视角完成的，所以，在这部小说里，故事内与故事外的"观察"是统一的，也就是作为叙述"视角"，卡洛林·莫当的眼光与故事外读者的凝视合成一体，读者也跟着女主角的眼光来观察整个故事。这样的安排没有将男性放在一个主体的位置，而是把女性摆在了"看"的主体位置上，在《卡洛林·莫当》中，只有女主角卡洛林·莫当这样的女性人物才能客观真实地反映所"看"到的，并通过对身体外表的凝视来阐释其内在意义，以解读男性的想法和动机。女性眼光构成一种十分合适且有效的交流手段。这样就颠覆了以往小说中男性"凝视"的传统，这是对当时男权叙事传统的一种挑战和解构。女性的叙述视角让男性与女性都回归真实，读者不再被男性的霸权视角一叶障目。女性自身也摆脱了男性的霸权视角范围，还原了女性的真情实感与生命体验。与女性由被动变主动，由客体变主体相对照的是在这部小说中男性沦为被"凝视"的客体，男性的"凝视"霸权被彻底颠覆。玛丽·玛莎·舍伍德通过女主人公卡罗琳·莫当的女性叙述视角挑战了男性霸权，颠覆了男性权威，并建构了女性自我主体性意识。

2. 视角转换——实现女性意识的有效表达

视角的意识形态功能可以通过视角的转换来完成，而视角转换的目的也是为了实现视角的功能性。前面提到依照乌斯宾斯基的观点，带有意识形态性的叙述视角的载体包括作者、叙述者和主人公。意识形态通过作者、叙述者或者主人公的视角被传达给读者。在作品中，这些带有意识形态的叙述视角构成了一个网络体系。为了实现作者意识形态有效表达的目的，作者有意时而通过作者的视角来叙述，时而通过叙述者或者小说中人物的视角来叙述。在文学作品中常常会出现叙述者的视角与人物内视角的不断转换以及不同人物内视角的彼此转换的情况，作者正是通过视角转换来完成意识形态的传达过程。叙述视角的转换绝不是单纯形式上的变换，而是具有其意识形态意义的。这种视角间的相互转换体现了其修辞功能与意识形态功能的结合。视角转换的目的也是视角功能的体现，而意识形态的传达也是视角转换的根本原因。

文学作品中的视角中同时存在作者系统和人物系统，作家根据不同的创作需要采用各不相同的视角系统。但是值得注意的是，任何一部作品中都必定存在作者的视角。[1] 国内学者李建军从绝对意义上，肯定了作者视角的存在。乌斯宾斯基在此基础上又对作者视角的功能加以阐释，他认为作者也可成为意识形态的载体，也具有意识形态的功能性。阅读小说第四章的开始部分，读者就能感觉到作者叙述视角的存在："我的读者是否已经厌倦了卡洛林·莫当？我相信不会的。鉴于之前的叙述，我相信自己是一个值得尊重的个体。"[2] 显然，这是从作者的视角发出的疑问和回答。小说视角的修辞形态具有流动性和转换性的特点。作者的外在的全知视角，需要人物的视角予以补充，而人物的内视角，也需要作者视角从外部进行统摄和整合。有的作者为了更好地表现人物的内心世界，就让人物来作为视角的承担者，这样做，就把作者自己的视角隐藏起来，给人造成一种错觉，似乎作者从来没有从自己的视角来介入小说。而且作者叙述视角作为其他叙述视角的统摄，让作品中的所有视角都统一于这一视角系统。作为作者的叙述视角，它有着与其他视角所不同的特殊性，它位居所有视角之上，起到统领的作用，但却不以真实的面目出现。为了区别于真实作者，美国理论家韦恩·布斯（Wayne Clayson Booth）提出了"隐含作者"这一概念，用来指称一种人格或者意识，这种人格或意识在叙事文本的最终形态中体现出来。这一概念相当于布斯所说的"读者的向导"，查特曼（Symour Chatman）所说的"读者推测的作者"或"叙事交流结构中的发话者"，尼尔斯所说的"赋予文本的意义者"，巴尔则认为"隐含作者"等同于文本意义。作者是小说的缔造者，然而在文学作品的文本中却不直接现身，叙述者成为作者的代言人，作者的意识系统和审美感知等都是通过叙述者的传达从而被读者感知。而作者的叙述视角是通过作者对小说整体视角的操控来体现的，叙述者视角的使用就是作者有意掌控小说视角修辞的表现。所以我们把小说的视角构成分为叙述者系统以及人物系统。叙述视角的转换可以是一个系统内转换也可以是两个系统间相互转换。视角转换的模式有叙述者的外视角与人物内视角之间的转换以及不同人物内视角之间的转换。而其中最常见的视角转换模式就是叙述者的外视角与人物内视角的转换。描写作为小说的一种表达方式最主要还是依靠叙述者的外视角来完成，尽管

---

[1] 李建军. 小说修辞研究 [M]. 北京：中国人民大学出版社，2003：119.

[2] Sherwood Mary Martha. Caroline Mordaunt [M]. New York：Harper and Brothers，1835：204.

外貌描写、动作描写以及环境描写有时候也可以通过人物的内视角来展现。人物的内视角最善于展现人物的内心世界,所以心理描写往往采用内视角。人物的内视角与叙述者视角在转换的过程中使得描写这种表达方式得到更为全面与充分的展现。

那么为何视角转换可以使得修辞效果得到良好的体现,意识形态得到有效的表达呢?各种叙述视角都存在自身的缺点,视角的不断变换能够在各种视角间取长补短,而且多种视角的交替运用也能让作品的表现形式更加丰富与多样化,更加优化作品的修辞效果,实现意识形态的有效传达。在《卡洛林·莫当》这部小说中,玛丽·玛莎·舍伍德就在内视角与第一人称外视角之间频繁转换。在小说的开头和结尾作者运用了成年卡洛林·莫当的内视角,而在展现女主角由一个幼稚单纯的女孩逐步走向成熟时,作者时而运用成年卡洛林·莫当第一人称外视角,时而用幼年卡洛林·莫当的内视角。这是出于作者女性意识表达需要所采取的叙事策略。

先来看一个在开篇出现的作者运用内视角进行描写的例子:

"我要感谢上帝,现在我可以怀着感恩的心来回顾过去我所经历的那些冒险。在我经历了岁月长河中的那些事故或者困难之后,作为补偿上帝让我获得了永久的幸福。我毫不怀疑在我生命的后期所享受的平静生活就像我所能期望的那样美妙。"[1]

这段描写以成年卡洛林·莫当的视角展现了当时女主角的内心感受。因为内视角是通过小说中人物的身体与眼光来感知故事情节与世界,所以它更能折射出人物的内心世界与真实感受。人物的内心所想只有自己知道,而细腻的内心描写只有通过人物自身来完成才更加容易让读者信服,与其他叙述者的描述相比也能更加细致与真实。通过内视角的运用,作者展现了女主角心怀感恩,对生活乐观且知足的心态,表达了女性追求幸福生活,懂得满足与感恩的女性意识。

随着故事的展开,作者由内视角变为第一人称外视角开始讲述女主角如何由幼稚、傲慢一步步走向成熟与宽容。而与内视角相对应的外视角就像一台用来记录的摄像机,丝毫不差地记录下故事的经过。外视角的叙述者在叙述的过程中把事件的原貌真实地呈现在读者面前,让读者真实体会

---

[1] Sherwood Mary Martha.Caroline Mordaunt [M]. New York: Harper and Brothers, 1835: 203.

情节的发展与故事的进程，避免个人的主观判断与评价，达到客观真实。这就体现了外视角客观性的特征，将所观察的内容不加任何润色或修改地呈现出来。外视角的叙述者完全精准地把视角范围内的故事叙述出来，不加入个人的判断，这比零视角和内视角的叙述更客观也更让人信服。另一方面，外视角的客观性让读者更加积极地参与到小说的情节中，"整个叙事文本便是接受美学中的所谓'召唤结构'，充满了空白，有待于读者自己去积极地投入，用自己的生活经验和艺术接受能力去填空"[1]。外视角能够还原故事发生的场景，真实地再现故事人物的言行，但是故事人物的性格特点，言行所代表的意义等都要靠读者自己来体会与思考。前面提到的关于叙述视角的分类中，外视角可分为第一人称外视角与第三人称外视角。前者指第一人称叙述者"我"回忆过去的眼光，以及第一人称见证人叙述的位置游离于故事之外的"我"的眼光。《卡洛林·莫当》中的外视角就属于前者，也就是第一人称叙述中叙述者"我"回顾过去的眼光。

比如在小说的第一章，叙述者"我"就是用追忆往事的眼光来看待发生的一切：

"在我年仅四岁的时候，就被迫进入了这个机构。而且在接下来的十四年中，我也不得不接受这样的事实，就是被残酷地漠视，或者如果不能完全掌握所学的知识，就被认为是愚蠢的。然而我自认为自己是一个有教养的人，举止端庄，行为得体。我有好多年都仅仅被当作是这个机构的一件展示品罢了，只要有类似展示性的活动，我就会被很好地救济，以供大家观看。"[2]

从这段回顾性的描述来看，叙述者确实用了第一人称"我"追忆往事的眼光。"我"作为叙述者，在叙述故事的时候已经不是那个在学校被忽视的孩子，所以现在是用一种成熟的眼光来看待曾经发生在自己身上的故事。从上面的话语中，我们能清晰地体会到成熟后的"我"对当时学校对待"我"的种种不满。从"不得不接受""被残酷地漠视"，或者"如果不能完全掌握所学的知识，就被认为是愚蠢的"这些描述中，可以看出叙述者"我"对当时学校的这种做法是完全不赞同的。成年的"我"认为这

---

[1] 徐岱. 小说叙事学 [M]. 北京：中国社会科学出版社，1992：215.

[2] Sherwood Mary Martha. Caroline Mordaunt [M]. New York：Harper and Brothers，1835：204.

种做法是"残酷地",同时作为当时没有任何反抗能力的幼年的"我"又只能"不得不接受"。叙述者作为成年女性,在叙述往事的时候,已经有了自己独立的判断和见解,知道哪些是不合理的,应该予以批判,哪些应该反抗,这是一种成熟的表现,是一种女性的进步,更是一种女性的成长。叙述者作为女性,没有被男权社会压倒,而是自立自强的一步步成熟,一点点成长,敢于直面社会的丑陋,并进行批判与鞭挞。在男性压制女性声音的时代,她没有选择沉默,而是主动书写与讲述,把自己的故事讲给人听,与人分享。作者用这样一种回顾性第一人称外视角,表达了女性成长的主题,体现了女性敢于言说,勇于批判,不畏男权,敢于挑战权威的女性思想与女性意识。

再如,在小说的第一章有这样一段描述:

"对此我一点也不怀疑,但是我却能十分看得起自己,我甚至希望当我真正进入外面的世界的时候,所有人都能为我让路,就像我年轻的朋友这些年一直习惯做的那样。"[1]

看完后面的故事,我们就知道,"我"在这里所说的"希望"完全是一种奢望,甚至事实是相反的。从这样一段描述中,可以看出叙述者"我"用一种调侃的语气描写了幼年"我"的幼稚单纯,以及过于美好的幻想。成年"我"在历经世事之后,再看幼年"我"当时的这种想法,有一种高高在上的审视感。"十分看得起自己","甚至",从这样的语句中,可以看出成年以后的"我"十分清楚地知道,幼年"我"的这种想法实在过于天真,这些和现实都相去甚远。在后面的故事中,这些幼年"我"所希望的"都能为我让路"的人,事实上都给了"我"生动的教训。"我"就是在经历了这些人和事,才慢慢变得成熟。所以,成年"我"回过头来,再回顾这些人和事的时候,就显得那么的轻松与洒脱。卡洛林·莫当的成长史,就是一位女家庭教师的成长史,她的成长是经历了痛与苦的洗礼后,才得以完成。她和雇主针锋相对,直接在所有人面前暴露雇主的缺点,揭露他们假装出来的学识,毫不留情面,因此而被辞退。她不受学生尊重,容易被学生的无礼激怒,又不接受雇主的傲慢且偏激的批评而丢了工作。她从一个家庭走出来又进入另一个家庭,多次被辞退后仍然为了独立的生

---

[1] Sherwood Mary Martha. Caroline Mordaunt [M]. New York: Harper and Brothers, 1835: 204.

活而奔赴新的去处。作为女性,她没有退缩与软弱,却只有坚持与坚强。这也是为什么,叙述者"我"用回顾性的眼光来看待从前的经历时,即便是痛苦的,也会给人一种轻松与释然的感觉。作者通过运用这样的回顾性第一人称外视角,向读者展示了一位坚强、乐观,积极向上,不畏艰苦的女性形象。同时,赞扬了女性的奋斗与成长,表现了女性拒绝软弱,勇于面对,坚强勇敢的女性意识。

在讲述女主角家庭教师经历的时候,作者也会穿插使用幼年卡洛林·莫当的内视角进行观察与体会。比如女主角在见到第一个雇主家的女佣时,作者就运用了内视角进行描写:

"还是一个人舒服,我想,我可不会和你这个冷酷、傲慢的小东西睡在一个房间。而且我一刻也不能忍受这种待遇。然而,我还是打起精神走向房间角落里的竖琴,试着弹了起来。"①

这段描述显然是通过幼年卡洛林?莫当的内视角进行的,这时候的卡洛林·莫当还是一个傲慢、幼稚的女孩,她不愿意接受其他人,也不愿意妥协,还有点自我。然而正是透过幼年卡洛林·莫当的内视角才让读者清晰地看到这个不太成熟的女主角当时内心的想法,也让此时不成熟的卡洛林·莫当与成年之后的卡洛林·莫当形成鲜明的对比,让读者真切体会到女主角逐步变化与成熟的过程。当时的卡洛林·莫当怀着不满的情绪,却还是"打起精神"去弹角落里的竖琴,读者还是能够体会到女主角这种积极向上的精神。这也正是作者所提倡的积极乐观,勇于追求的女性意识。在讲述女主角家庭教师经历的时候,作者在第一人称外视角与内视角之间进行转换,让读者能够更全面地体会女主角的心理,更真切地感受其内心的变化过程,让故事更有说服力,让作者的女性意识更容易被读者所接受。卡洛林·莫当作为女性的代表,她的经历让很多类似的女孩感同身受,通过视角的变换,能够引起有相同经历的女孩的共鸣。

到了小说的最后,作者又恢复开篇所用成年卡洛林·莫当的内视角进行描写。比如在小说的最后一章,叙述者在回顾了自己的家庭教师经历之后谈到自己有六个孩子,其中两个孩子在少年时候就夭折了,现在她有两个男孩和两个女孩陪伴。叙述者在讲述她对女儿的期望时采用了女性内视角:

---

① Sherwood Mary Martha.Caroline Mordaunt [M]. New York:Harper and Brothers,1835:208.

第四章 卡洛林·莫当

"我一直秉持这样的观点,在教育自己的女儿们,就是宁可让她们成为平庸的妻子,也不愿把她们送到社会上去闯荡。当我想起自己所经历的困苦,我无法想象有任何母亲愿意看到自己的女儿成为一名家庭女教师,而不是一个令人尊敬、恭顺的妻子。破产的绅士的女儿,或者贫穷家庭的女儿,抑或是某阶层的孤儿如果想成为家庭女教师,我希望这些年轻女士能够得到更多的尊重,而且愿她们一切都好。但是我这么想又有何用?世界仍然会按照原来的样子继续着,把没有财产的女孩培养成家庭女教师这种做法,只有等到邪恶被治愈的时候才会终结。"[1]

在这段描述中,作者通过女性的内视角,从自己身为人母,身为家庭女教师的女性经验和经历出发,很有说服力地向读者展现了她的女性思想:女性需要被尊重以及获得尊重的不易。这段内心独白充分显示了玛丽·玛莎·舍伍德的女性立场,以及她同情女性、并期望女性得到尊重的女性意识。虽然玛丽·玛莎·舍伍德在小说的文本中并没有刻意的公开的女性主义立场,但是读者却可以通过女性内视角的内心独白,洞察出作者对自我女性主体身份的明显认同以及对女性的肯定和欣赏,作者女性意识的流露也正是通过女性的叙述声音传达的。

再如,在小说的第十三章,卡洛林·莫当离开了最后一个自己作为家庭女教师的雇主家,她感慨万千:

"我是否还能自信地行走;是否还能更加依赖于自己;是否能够凭借上帝的力量继续前行。我将努力忠诚并耐心地对待我身负的责任:我知道自己从前的严重罪行是由于傲慢和自负,这已经成为回忆中不可抹去的污点。"[2]

这段描写也是从女性内视角出发的内心独白。从这段独白中,可以看出卡洛林·莫当已经认识到了自己原来的傲慢和自负,现在的她更加成熟与稳重。卡洛林·莫当作为女主角,在心理和人格层面上都得到了提升,这就体现了她的女性自审意识。在小说中,女主角卡洛林·莫当通过自己女性的视角观察世界,同时审视自身,从一个轻浮、懵懂的少女变成一个值得信赖又懂得满足的成熟女性,学会慢慢适应贵族们的傲慢自大以及他

---

[1] Sherwood Mary Martha. Caroline Mordaunt [M]. New York:Harper and Brothers,1835:304.

[2] Sherwood Mary Martha.Caroline Mordaunt [M]. New York:Harper and Brothers,1835:291.

们教条的教会思想,并逐渐意识到自己的从属地位,当她意识到这些的时候,使她对自己进行审视和反思进而自我调节和改善,使她最终获得了理想的幸福生活。

作者通过成年卡洛林·莫当的内视角描写了成熟女性的内心独白,通过第一人称外视角展现了女主角的成长与成熟的过程,通过幼年卡洛林·莫当的内视角强调了女主角原来的幼稚单纯与成熟之后的强烈对比。玛丽·玛莎·舍伍德通过叙述者的内视角与第一人称外视角的转换完成了女性意识的有效表达。在小说的开头部分,作者运用叙述者的内视角展现了这位成熟女性的内心状况。随后在讲述女主角的家庭女教师经历的时候,又转换成第一人称外视角,期间穿插使用幼年卡洛林·莫当的内视角。作者通过这种回顾式的外视角与幼年卡洛林·莫当的内视角交替使用来表现女主角逐步成长的过程,让女性成长的主题与女性渴望获得尊重,不断为自己的尊严斗争的女性意识得以抒发与表达。在小说的最后,女主角经过生活的历练成长为一名思想成熟,优雅贤德的女性。这时候作者又把第一人称外视角转换成内视角,重新审视卡洛林·莫当的内心。经过内视角与外视角的转换,女主角原来的幼稚、单纯、傲慢与成年后卡洛林·莫当的成熟、稳重与宽容形成鲜明对比,这就让女性寻求进步与成长的女性意识得以抒发。这样作者赞颂女性的奋斗与成长的女性立场与支持女性拒绝软弱、勇于面对挑战的女性意识就这样在内视角与外视角的转换中得到了有效的表达。

(二)叙述声音与话语权威

兰瑟在其著名论著《虚构的权威》中把叙述声音分成三种,分别是作者型叙述声音、个人型叙述声音以及集体型叙述声音。兰瑟认为这三种叙述模式代表了女性为了在西方文学传统中占有一席之地而必须建构的三种不同的权威。"每一种权威形式都编织出自己的权威虚构话语,明确表达出某些意义而让其他意义保持沉默。"[1]

兰瑟提到的第二种叙述声音,即"个人型叙述声音",指在第一人称叙事中,故事叙述者与主人公重合,一个主体兼具两种叙事角色。它可以是公开的,也可以是私下的,是一种有意识讲述自己故事的叙事声音。个人型叙述声音是以第一人称"我"的声音来直接表述主体经验,与间接转

---

[1] 陆美娟,彭文娟.《金锁记》的女性主义叙事解读[J].安徽文学,2008(04):8.

述相比较,这类"个人型叙述声音"适宜于传递女性的私密情感,也能够更好地表达女性的思想与意识。这种"叙述声音"形式比较自由,可以不受限制地把女性最本真的思想和感受自然地表达出来。这种"叙述声音"在19世纪的女性作家作品中有所体现。而家庭女教师小说是运用这种"叙述声音"最多的小说类型。家庭女教师小说让女主角成为作者的代言人,作者可以通过女主人公的声音和行为来表达自己的思想和意识形态,让她说出自己想让她说的话。在男权统治的社会中,女性被认为应该服从于男性,并保持沉默,当这一现实被反映在小说中时,女性形象便在作品中失去了自己的声音,她们不能说出自己的真实想法,男性作者控制了女性的话语,女性只能说出男性授意她们的话语内容。甚至有的女作家,为了获得话语权,匿名或者模仿男性作家的口吻来表达自己的意识。作为女性作家的玛丽·玛莎·舍伍德,突破传统地让女性形象拥有自己的声音,为自己说话。在建构公开的叙述声音方面,玛丽·玛莎·舍伍德的《卡洛林·莫当》属于最早期的作品之一。这部小说采用了女性个人型叙述声音,女主角用女性的声音表达自己的观点,反抗不公正的待遇,抵抗性别歧视,解构了男性话语,并建构了女性的话语权威与女性意识。

《卡洛林·莫当》采用的女性"个人型叙述声音",讲故事的"我"也是故事中的主人公,这个"叙述声音"就是讲述自己故事的叙述者卡洛林·莫当的声音。大多数文学作品一般都是以"作者型叙述声音"为主,而玛丽·玛莎·舍伍德独辟蹊径地运用了"个人型叙述声音",让主人公站出来为自己说话,以她自己独特的女性视角来看待周围的人和物,用她自己的声音来讲述自己的经历。"不管她们是否相信你,实际上你确实讲述了故事……这就会刺激其他女性也讲述自己的故事,同时表达内心的想法与愿望。"[①]在小说《卡洛林·莫当》中,作者通过"个人型叙述声音"向读者展示了女主角由幼稚单纯的女孩转变成成熟女性的心路历程,描绘了作者所处时代女性尤其是家庭女教师的社会地位和生活,表达了作者的女性抗争意识及其对当时社会不公正对待女性的批判。《卡洛林·莫当》是玛丽·玛莎·舍伍德后期比较重要的作品之一,这部小说的成功与玛丽·玛莎·舍伍德高超的叙事技巧是分不开的。由于小说是以第一人称"我"在

---

① Austin Mary. A Moman of Genius [M]. New York Doubleday, page & Company, 1912: 27.

叙述故事，所以读者所接受的内容都是通过"我"传达的，小说中发生的一切都是叙述者的所见、所闻，甚至是叙述者也参与其中的。如此，文本的接受者就会有一种身临其境的感觉，甚至觉得自己就在现场，一切都是真实存在的。兰瑟认为，"个人型声音"这种叙述形式，能够体现出一种强制性，强行把"叙述声音"摆在最明显的位置，让读者可以直面这种原本十分个人化且私有化的声音。可以使女性公开化地为自己言说，争取提高女性的社会地位，追求话语权威。"我"作为故事的叙述者，在叙述故事的过程中可以管理其他角色的声音，这就显示出一种叙述结构的优越感，凸显了"我"作为女性的主体意识而使其他声音保持沉默，这就表现了作者勇于追求话语权威的女性意识。

在小说中，卡洛林·莫当运用"个人型叙述声音"，自己讲述自身的亲身经历，讲述自己放弃不喜欢的工作环境，追寻着发自于内心的理想，在十几个不同的家庭担任家庭教师的经历中，无论是生活还是工作，都积极主动地进行着，发挥着女性的天性，呈现着女性的主体性。女主人公能够主动地选择自己的工作环境，重视自我感受，以自我认可为中心，充分体现了女性注重自我主体性的意识。比如，在小说的第二章，有这样的一段独白：

"但是我的读者必须理解，我在那个阶段完全不了解宗教，所以宗教并未对我的行为产生任何影响；我决心所做的事情也只是按照我堂兄所希望的那样，而且毫无疑问，我应该克服一切困难，通过容忍来让学生对我更加尊重。"[①]

女主角勇于克服困难，希望得到学生的尊重，并按照自己的意愿来行事，这段心理描写通过卡洛林·莫当的自我陈述，也就是个人型叙事声音，充分展示了她作为当时的女性的先进性，这也正是她重视自我感受，以自我认可为中心的女性意识的充分体现。而且，从字里行间，读者也能微弱地体会到作者也就是玛丽·玛莎·舍伍德对这种勇气的赞赏。这对于当时的社会无疑是一种进步，在这部作品中，女性不再甘于被动，而是表现出一种积极的状态，主动地言说自我。在这里，女性改变了以往的边缘性角色，成为一个具有独立思想与意识的女性主体。这正是作者挑战男性权利话语

[①] Sherwood, Mary Martha. Caroline Mordaunt [M]. New York: Harper and Brothers, 1835: 280

的霸权,积极主动地书写自己的生命体验,追求女性话语权威的表现。在当时的男权社会,卡洛林·莫当的这种勇于挑战自我,由被动变主动的意识体现了该作品具有鲜明的女性主体意识,体现出了作者对女性自我成长、自我实现的追求。

由于在当时的英国,在女性作家创作的小说中,公开的个人叙述声音还未被广泛接受,所以玛丽·玛莎·舍伍德就运用一些叙事技巧来支撑自己的叙事权威并且对叙事行为中的自我中心意识加以掩饰。在这部小说中,读者可以在许多章节的开头部分和结尾发现一种介入性的叙述声音。也就是,叙述者短暂休止对故事的讲述,直接和受述者讲话。比如在小说第八章的开头部分,有一段这样的叙述:

"我几乎有点害怕我认真的读者们可能已经对我的赘述感到厌倦了,并且可能还会有一点担心,因为我已经讲述了自己在六个不同的家庭的家庭女教师经历……"①

叙述者把受述对象设定为需要迎合、安抚或教诲的法官式人物。卡洛林·莫当在叙事中每间隔一段时间,就会询问她的读者是否已经"听累了"②,或者已经"烦我了"③,并且还会兴致勃勃地向读者讲述一些她自己认为读者喜欢听到的事情④。例如"我虔诚的读者可能会很高兴地听到我一读到那封信的时候,就跪地感谢上帝……"⑤,叙述者为了维持住女性的话语权威显示出了一种谦卑逢迎的姿态,希望受述者能够接受这种公开的女性声音表述。叙述者以这种谦卑的声音表现的不仅是对获得话语权威的冲动,而且是保持话语权威的不易,这就体现了当时女作家内心希望挑战权威,但又迫于当时社会的性别束缚,而感到惴惴不安的女性作家的独特体验。

另外,《卡洛林·莫当》的叙事声音还有一个显著特点,就是叙述者以"逢时便短促地说几句"⑥的方式来表达她的意愿。比如在小说的第二章的中间

---

① Sherwood Mary Martha. Caroline Mordaunt [M]. New York:Harper and Brothers,1835:252.
② Sherwood Mary Martha. Caroline Mordaunt [M]. New York:Harper and Brothers,1835:232.
③ Sherwood Mary Martha.Caroline Mordaunt [M]. New York:Harper and Brothers,1835:252.
④ [美]苏珊·S. 兰瑟. 虚构的权威——女性作家与叙述声音 [M]. 黄必康译. 北京大学出版社,2002:204.
⑤ Sherwood Mary Martha. Caroline Mordaunt [M]. New York:Harper and Brothers,1835:263.
⑥ Doody Margaret. George Eliot and the Eighteenth-Century Novel [J]. Nineteenth Century Fiction,1980(12):35.

部分，叙述者就见缝插针地表达了自己的女性观点。

"我总是认为一个女性应该拥有良好的素质来承受孤独。有很多女性都在一生中经历孤独。而且肯定的是，如果那些已经获得一些成就或者年轻时就热爱文学的女性都不能在孤独的时候使自己感到充实，那我们就更不能期望那些未受过教育或者愚钝的女性能做到，更别提那些没有宗教意识的人了。"[1]

从这段叙述中，读者可以体会到作者提倡女性应该同男性一样得到良好的教育，并提高自身的素质和修养。在整部小说中，像这样适时的评论性声音在小说的叙事过程中经常出现：

"我在这儿需要打断一下我的讲述来做出评论，来自上层社会家庭的年轻女孩如果同我处境相同绝不会像我一样内心得到安慰，因为我确信，只有心里随时做好克服困难的准备，才有机会获得平静安稳的生活。"[2]

通过这样适时的评论，透露出女主角坚韧的内心与强大的勇气，同时读者也能够体会到女主角不畏苦难勇于抗争的女性意识。叙述者用这种时有时无的声音，不断地向读者灌输她的女性意识，潜移默化地影响着读者，小心翼翼地建构着女性话语权威。

《卡洛林·莫当》作为19世纪公开的个人型声音女性文本较于18世纪的女性文本是一个巨大的进步。18世纪女性作家小说中缺乏公开的个人声音，因为在当时的社会环境下，公开的话语属于男性、私下的话语属于女性，这种二分法支配着"私人叙述声音"的同时，也制约着"作者型叙述声音"。"一个'体面'的女人不应该向包括有陌生男人在内的听众讲述自己的故事。"[3] 玛丽·玛莎·舍伍德用公开的个人型声音讲述女主角自己的故事，是因为她发现读者如果把第一人称叙述者混同于作者本人，那么就比较容易接受。公开的叙述文本中叙述者若是以"我"的身份出现，向受述者"你"说话，就会促使读者把作者和小说人物看成同一人，把虚构的小说当成非虚构自传体叙事来阅读。这就让小说的文本与意识形态更容易让读者所接受，读者也不会纠结于叙述者的女性身份与公开地表述。

---

[1] Sherwood Mary Martha. Caroline Mordaunt [M]. New York：Harper and Brothers, 1835：211.
[2] Sherwood Mary Martha. Caroline Mordaunt [M]. New York：Harper and Brothers, 1835：219.
[3] [美]苏珊·S. 兰瑟. 虚构的权威——女性作家与叙述声音 [M]. 黄必康译. 北京大学出版社，2002：164.

第四章 卡洛林·莫当

在小说的开篇，叙述者就以"我"的身份开始了自我陈述：

"我现在处于一个这样的生命阶段，我感恩上帝，当我回想起过去那些岁月的遭遇内心的感受只有感恩，因为经历了这些困难与挫折才换来了如今长久的幸福与安稳。因为主的恩赐，我在人生的晚年享受了一直所诚挚向往的生活。"[1]

叙述者以个人型声音讲述了自己的人生体会，她作为一名晚年幸福的女性在回顾自己的人生历程时心怀感恩，即便在人生的早期经历了种种困难与挫折，但她仍然保持着一颗乐观感恩的心。命运的不幸没有让她一蹶不振，而是让她在人生的经历中不断学习与进步，最终获得了自己的幸福生活。叙述者以"我"的口吻讲述自己的人生体会，把她知足感恩的女性意识灌输给读者，读者在仿佛在聆听一个女性的自传，暂时忽略了小说的虚构性从而潜移默化地被叙述者所吸引与影响。即便这种叙述是公开的，叙述者的身份又是女性的，读者也不会对这个自述者产生反感与怀疑，因为她是在讲述自己的人生经历。女性的自我讲述令人信服又容易被接受，作者通过这种公开的叙述声音建构了属于女性自己的话语权威。

这样，作者带有女性特质的叙述声音以及她作为女性的性别身份，不但展现了女性的反抗意识，而且在客观上起到了建构女性话语权威的效果，但是这样的权威却是虚构意义上的女性权威，具有一定的局限性。在男权中心意识的受述者看来，卡洛林·莫当仍然摆脱不了传统观念对女性的定义，在她父母过世后需要亲戚抚养并被迫成为一名家庭女教师，最终的幸福也是通过婚姻实现的。然而，作为对男权社会与男性霸权有着清醒的反省和认识的受述者们，他们仍然能够感知到这种具有鲜明的女性立场的叙述声音，以及女性重视自我感受，以自我认可为中心，注重自我主体性的女性意识。所以《卡洛林·莫当》这部小说是一个女性敢于争取话语权威的例子。

玛丽·玛莎·舍伍德从一个女性的立场出发，运用独特的女性主义叙事策略，为读者展示了一个家庭女教师的成长经历。就是在这充满特色的女性主义叙事中，作者精巧地透露着她的女性观点，向男权社会及父权制进行质疑和挑战。尽管作者没能完全跳出男权社会的樊篱，但还是通过她独具特色的方式，表达了她对男权社会的不满和抗争。与此同时，通过小说，

---

[1] Sherwood Mary Martha. Caroline Mordaunt [M]. New York: Harper and Brothers, 1835: 203.

玛丽·玛莎·舍伍德也提出了自己的女性意识。

　　总而言之，《卡洛林·莫当》这部小说运用独特的女性叙述视角和叙述声音，很好的建构了女性的女性主体意识和话语权威，这对文学界及当时的社会都有着一定积极意义。然而，在小说中，卡洛林·莫当作为女性，在客观世界中仍是处于从属地位，即便女主人公一直积极地寻求自身的作用和价值，并试图和男性霸权的社会进行抗争，但最终即便她追寻到了渴望的生活与幸福，但这样的幸福生活还是来自婚姻和丈夫。也就是说女主人公自身地位、作用和价值的实现还没能摆脱男性主宰的现实，这是小说的局限性。

第五章 《爱玛》及简·奥斯丁作品中的女性意识

简·奥斯丁（Jane Austen）作为探讨和表现女性意识的女作家，对英国女性文学的发生、发展以及英国18世纪以后的文学产生了重要的影响。在奥斯丁创作之前，英国女性文学经历了由"开始说出自己的想法"到"情感主义"思潮，再到"女德"的双重性的阐释，最后到"女性的尊严问题"——几近百年的发展历程。这一个世纪以来的富有成果的写作实践都为奥斯丁的创作提供了丰厚的文化土壤。但是奥斯丁对于女性文学的最重要的影响在于她在一个理性的纬度上对女性价值进行思考，使"女性的尊严"在社会意义上更加明确。

简·奥斯丁（1775—1817）生于英国汉普郡史蒂文顿一个体面的牧师家庭。她虽然没有像哥哥们那样经历过系统的教育，但在父亲的悉心指导下，她阅读了大量书籍，并将自己对生活的体悟悉心记录。在家人的鼓励与支持下，奥斯丁从12岁开始她的创作生涯直至去世。简·奥斯丁生前声名不显，最终却给英国文学史留下了深刻印记，更有人认为她的文学成就可以和莎士比亚匹敌。

《爱玛》写于1814至1815年，是奥斯丁后期创作的代表作。这一小说以爱玛为中心，讲述了平凡生活中的家庭琐事。《爱玛》虽然没有轰轰烈烈的情节，但是其创作手法却非常成熟，艺术风格也非常独特。《爱玛》的叙事结构相对简洁，故事以女主人公爱玛为中心，再现了爱玛的现实生活。故事一开始，作者便将笔触集中在爱玛身上，展示了爱玛的行踪，呈现了爱玛与海伯里村几户人家的交往，并指出了爱玛所犯的错误，讲述了爱玛最终醒悟的故事。简·奥斯丁在小说中塑造了很多鲜明生动的人物形象，这些人物推动了情节发展，使故事讲述更加顺畅。简·费尔法克斯便是其中一个鲜活的形象，她与爱玛的经历交织在一起，可以说，爱玛的成长离不开简·费尔法克斯的陪伴和映衬。

一、形象概述

（一）爱玛

主人公爱玛美丽端庄、慷慨善良，在海伯里村有着极高地位。爱玛自小接受良好的家庭教育，在优渥环境中成长。爱玛深知自己的优点，逐渐养成了自以为是、过于放纵自己、喜好控制别人的性格。在与他人交往的过程中，爱玛一方面出于善意，对他人的人生进行规划，一方面受到性格缺点的影响，弄巧成拙闹出笑话。她选私生女哈丽特做朋友，想要帮助她获得人们的尊敬和喜爱。为了提高哈丽特的地位，她引导哈莉特放弃喜爱自己的富农马丁，去爱牧师埃尔顿，而埃尔顿却误以为爱玛喜欢自己，并向她求婚。哈丽特对奈特利先生的单相思让爱玛意识到自己对奈特利的爱，故事发展过程中爱玛认识到自己的缺点并逐渐悔悟。

（二）简·费尔法克斯

《爱玛》中的简·费尔法克斯漂亮、聪明、多才多艺，年龄与爱玛相当，甚至在有些方面，她超出了爱玛。两人的命运却截然不同。爱玛有父亲和亲人的宠爱，家庭富裕，可以无忧无虑地生活；而简·费尔法克斯父母早亡，没有经济来源，只能去当家庭教师谋生。她生活得谨慎而不安，直到最后她和弗兰克的婚姻得到允许后才放松下来。简·费尔法克斯的品行、生活经历和爱情一直贯穿在爱玛的成长过程中，爱玛的成熟也体现在她醒悟到自己对简·费尔法克斯的不公正，为自己对她的嫉妒和伤害而懊悔。两人的经历交织在一起，到最后两人互相道歉而和好，又成为两人一个新起点。

二、形象分析

（一）爱玛的成长

1. 具备反思能力

简·奥斯丁笔下的成长型女性大都经历了从天真稚嫩到遇事受挫，再到顿悟成长的动态过程。但天真与受挫并不是成长型女性的专利,奥斯丁笔下有许多或是受挫之后仍不悔改或是顺从现实的女性,年长者如已为人妻为人母多年的班纳特太太,年少者如索普小姐、夏洛特小姐等。而成长型女性之所以能够在诸多女性中脱颖而出,是因为她们在上述动态过程中加入了反思的环节,这些女性长于反思自我,善于接受并思考他人的劝导,不再是囿于家庭琐事的传统女性形象,奥斯丁赋予她们与男性同等的思考能力。这种能力使她们在受挫后不会一蹶不振,而是反思自己道德、性格、观念等多方面的不足,通过自己犯错—感受错误—反思错误来突破困境,获得成长。

在《傲慢与偏见》的伊丽莎白、《爱玛》的爱玛、《理智与情感》的玛丽安和《诺桑觉寺》的凯瑟琳这四位成长型女性中,《爱玛》的同名女主人公称得上犯错最多、变化最大的一位。与奥斯丁其他作品中的女主人公相比,作家曾有过这样的担心,"恐怕没有人会像爱玛的创造者那样热爱这个姑娘"[1]。因为每当提到爱玛,让人首先想到的便是她屡屡犯错:因自身与自耕农地位的差异让她先入为主地认为马丁及他的家人粗俗浅薄、没有文化,与明明是私生女但"可能是上等人女儿"[2]的哈丽埃特无法相配,进而以一个智者的身份诱导哈丽埃特拒绝坦诚直率的马丁,并将目光转向埃尔顿先生,最终让这个"可怜的小朋友"陷入失恋的窘境;对简·费尔法斯克小姐有不公正的评价,甚至主观臆断地为她编造与好友丈夫狄克森先生相爱的故事,并不加思考地将这个没有真凭实据的故事与他人分享;明知贝茨小姐在乎并重视她的看法,仍然当众对这位单纯活泼、容易知足的小姐出言讽刺。凡此种种,都是爱玛难以得到读者喜爱的理由。

但爱玛的反思与犯错也相随而生,这种反思在小说中主要通过两种形式表出来。一方面,爱玛面对失败与打击,积极进行自我反思与纠错,以期望事情向的方向发展,主要表现在她对哈丽埃特的感情干预。当她发现自己才是埃尔顿的婚对象时,立时承认此前的鲁莽行为对哈丽埃特造成了严重伤害,并进行自我谴责:"若是她的鲁莽造成的恶果所波及的仅仅是她自己,那么,即使铸成的错误比在更为严重,错误犯得更加荒谬绝伦,

---

[1] [加]卡罗尔·希尔兹. 简·奥斯丁[M]. 袁蔚, 译. 北京:生活·读书·新知三联书店, 2014: 196.

[2] [英]简·奥斯丁. 爱玛[M]. 李文俊, 蔡慧, 译. 北京: 人民文学出版社, 2005: 53.

因判断失误所丢的脸更令人不堪，那她也愿承受。"①除此之外，她甚至还承认之所以埃尔顿会对她产生这样的想法，与她过于关心的态度有密不可分的关系。这样的反思过后她虽然没有终止给哈丽埃特做媒的想法，但她放弃了随便找两个人就将他们凑成对的行为，而是让哈丽埃特自己寻得心上人并适时地给予鼓励。当得知哈丽埃特爱上了奈特利先生并自认为二人是天作之合时，她没有怨怼哈丽埃特的不自量力，而是发现自己"以前的妄自尊大真到了不可容忍的程度"②。此时爱玛完全认识到自己身上存在的问题，她不应该自大地认为自己有揣测他人内心的能力，正是她的自大让哈丽埃特产生不切实际的幻想，导致了害人害己的结果。

另一方面，除了自我反思外，她还在长者式"引路人"奈特利先生地劝导下，对自己之前难以意识到的问题进行反思。关于奈特利性格温和，小说的前半部分他往往只表达出自己对爱玛行为的不赞同，却不过多干涉她的活动。然而与之前相比，在贝茨小姐一事上他对爱玛进行了严厉指责，这件事也成为爱玛成长蜕变的一个重要转折点。一向温和的奈特利言辞激烈地指出她的错误，但爱玛并没有因此而恼羞成怒，而是为奈特利的话感到羞愧难当、忧心忡忡，她承认"对方的一番话说得句句在理，这是无可否认的。她打心眼儿里服了。她怎么能对贝茨小姐那样粗暴、那样残忍呢？"③，进而她又想到自己对贝茨小姐其他的无理行为并决定改变自己之前的行为态度，以平等的地位与她们友好相交。爱玛虽然非常骄傲，但在奈特利的指引下认识到自己的错误后，她毫不介意放下身份并真诚致歉，改变自己固有的行为模式，反思自己见事不明，并要一辈子都引以为耻。从这件事我们可以发现爱玛身上有一个显著的闪光点，她虽然时而会有不礼貌的行为且性格上有些自以为是，但她没有一意孤行、不知悔改。她愿意积极进行自我反思，能够接受自己犯错的事实，并立刻付诸实践，进行改正。这个优点是小说中其他许多人物所不具备的。埃尔顿太太同样自以为是且爱好炫耀，但面对他人的指责与不满时她只会感到十分生气，甚至拒绝继续交往，而不思考是否自身真的存在不足；费尔法斯克小姐虽然在

---

① [英]简·奥斯丁. 爱玛[M]. 李文俊，蔡慧，译. 北京：人民文学出版社，2005：115.
② [英]简·奥斯丁. 爱玛[M]. 李文俊，蔡慧，译. 北京：人民文学出版社，2005：361.
③ [英]简·奥斯丁. 爱玛[M]. 李文俊，蔡慧，译. 北京：人民文学出版社，2005：328.

许多方面近乎完美，大方沉静、与人为善，但当她认识到自己私订终身或许是个错误时只是手足无措，不知道该如何抉择，让自己陷入痛苦之中。

2. 婚姻观的成熟

爱玛最初不打算嫁人，她有钱，在父亲家里说了算，况且她认为"富有的独身女人是被人敬重的"[①]。她也设想过弗兰克在年纪、品行和地位方面是合适的结婚对象。她第一次见他就觉得自己喜欢他，满足于他对自己的讨好，不过她明白对弗兰克是友情，谈不上什么爱情。对于奈特利先生的喜欢，爱玛并没有认识。就算威斯顿太太认为奈特利先生适合简·费尔法克斯，爱玛也只是觉得奈特利没有必要结婚，更不允许他娶简·费尔法克斯。她没意识到，反对奈特利结婚是潜意识里她已经设定奈特利是属于自己的。爱玛在撮合埃尔顿和哈丽特失败后，她认识到自己的自负，很羞愧，内疚，她决定不再干预哈丽特的婚事。不过她还是没改掉幻想的毛病，猜测哈丽特喜欢上了弗兰克。当她知道哈丽特把奈特利先生想象成理想的丈夫时，她的头脑中才马上出现了这个念头："奈特利先生只能娶她。"[②]至此，爱玛才顿悟到自己爱上了奈特利先生。正是奈特利的关心和喜爱给自己的生活带来了美满。为哈丽特做媒的过程中，爱玛意识到了自己对奈特利的爱情，从对爱情的无意识到清醒地把握爱情。

3. 道德观的成熟

爱玛不喜欢简·费尔法克斯，虽然刚见面还觉得简·费尔法克斯变得温文尔雅的美，但这并不会持续很久，一转眼就又觉得她冷漠虚伪。当简·费尔法克斯回到海伯利，爱玛猜测简·费尔法克斯肯定喜欢上了朋友的丈夫，还嘲讽她的钢琴就是这位有妇之夫送的。当知道简·费尔法克斯一直因为和弗兰克的恋情受委屈时，她醒悟到自己对待简·费尔法克斯并不公正，她因为接受弗兰克的恭维对简·费尔法克斯造成了伤害使她懊悔，她为自己的嫉恨和对简·费尔法克斯的诋毁惭愧。她主动看望简·费尔法克斯，跟简道歉寻求和解，以弥补自己的过错。除此之外，爱玛还嘲笑贝茨小姐说话乏味又啰嗦，在奈特利先生的斥责下，她认识到了自己行为的粗鲁，第二天就去拜访贝茨小姐表示歉意。在简·费尔法克斯和贝茨小姐的事中，

---

① [英]简·奥斯丁. 爱玛[M]. 李文俊，蔡慧，译. 北京：人民文学出版社，2005：45.
② [英]简·奥斯丁. 爱玛[M]. 李文俊，蔡慧，译. 北京：人民文学出版社，2005：138.

爱玛通过反省和奈特利的帮助，认识到了自己的错误，学会了尊重他人，她的道德观念和行为在完善。

（二）简·费尔法克斯的恐惧

《爱玛》里有一位人人称赞的女孩，连眼光挑剔的爱玛也不得不承认她优雅大方，甚至还让自信的她心生忌妒。这位姑娘便是简·费尔法克斯。

爱玛不喜欢简·费尔法克斯。照她自己的说法：简太矜持，太谨慎，太彬彬有礼；个子高挑，身段匀称，五官秀丽，肤色白净。"简·费尔法克斯优雅大方得很，真可以说是优雅得令人刮目相看了，而爱玛自己最最看重的恰恰就是优雅。……那是一种以优雅为主旨风格的美，按照她所主张的一切原则来看，正是自己必须加以顶礼膜拜的。"[1]由此可见，简·费尔法克斯完全符合当时大家闺秀的审美判断和道德标准。

可惜，这样一个理想的淑女却没有当淑女的命。她的人生道路另有一番安排："上校打算把简培养成一名教师。"[2]注意，这里是"上校打算"，不是简·费尔法克斯自己打算。寄人篱下的她没有"自己打算"的可能，只有被动接受的命运。对于这个职业规划，简很不满意，而且还忧心忡忡，思前虑后。小说第17章发生在简·费尔法克斯和埃尔顿夫人之间的一场对话，表达了她内心深处对这份职业的无限恐惧。虚荣的埃尔顿夫人以简·费尔法克斯的保护人自居，到处为她张罗职位，而后者因为和弗兰克的爱情有望逃离教师行业，又不便道出实情，只好敷衍了事，再三推脱。她叫埃尔顿夫人不必过于操心，等真正有了需要，她可以去伦敦找一份这样的工作："伦敦自有这种地方，叫什么所来着，去问问的话很快就会有着落的——那里介绍人家出卖的说不上是血肉之躯，要出卖人的才干尽可以到那儿找。"接着她又将介绍家庭女教师的行业跟贩卖奴隶的作比较："干这一行的，罪过固然大不一样，可是要问受害者的痛苦哪个大些，那我就不敢说了。"[3]言下之意，家庭教师的痛苦竟可能甚于奴隶。

一向温文尔雅的简·费尔法克斯为何反应如此激动，措辞如此强烈？简·费尔法克斯把教书称作"出卖才干"，把自己的才华比作待价而沽的商品，

---

[1] [英]简·奥斯丁. 爱玛[M]. 李文俊，蔡慧，译. 人民文学出版社，2005：139.
[2] [英]简·奥斯丁. 爱玛[M]. 李文俊，蔡慧，译. 人民文学出版社，2005：137.
[3] [英]简·奥斯丁. 爱玛[M]. 李文俊，蔡慧，译. 人民文学出版社，2005：259.

意味着这个工作在她心目中就是尊严丧尽的金钱交易关系。奥斯丁在小说里没有明确提到家庭教师的工资，但毫无疑问，假如简·费尔法克斯从事这份职业，第一个要面对的困难就是贫穷。普通家庭女教师的年薪在30英镑左右，而且极不稳定，做完上家寻不着下家是很常见的现象。

报酬为什么低廉？根本的一个原因是资本主义制度使妇女的劳动价值遭到持续贬低，而成年男子的工作价值得到尊崇和强调。① 当生产方式从手工作坊向机器大生产过渡时，这一点在中产阶级妇女身上表现得尤为突出。家庭作坊时代的妇女不仅同丈夫一起从事纺线、织布、印染等工作，还要承担酒酿、烘焙、缝补、腌制等劳作，对家庭经济的贡献不亚于她的配偶。到了机器革命时代，经济的发展和财富的积累使许多中产阶级女子从家务劳动中解脱出来，得到了比以往更多的闲暇，但同时也蜕变成了"一件奢侈品，而不是支撑家庭经济的资源"②。所以，女子的经济地位反而出现了历史的倒退。与此同时，商业经济所特有的投机性和不稳定性使这个阶层的妻女分化为两类：一类为衣食无忧、讲究闲情雅致，属于上层中产阶级；另一类为下层中产阶级，由于家境窘迫或家道中落，被抛入职场，被迫选择独立。既然中上层女子被整体地排斥在生产领域之外，既然她的社会作用"除了生儿育女之外，只是作为一个鲜活的证据来证实丈夫的社会地位"③，那么职场女子的劳动价值也就理所当然地遭到贬低。

另一个重要的原因在于女子的教育不受重视。在19世纪的英国，男孩作为家庭的支柱背负着家人殷切的期望，较早接受正规的教育，学习和他人相处，接触现实社会。而女子主要的职责被认为是持家、管理仆人、照顾家人的饮食起居和健康、养儿育女等，她的教育自然不如兄弟那样受到重视，往往是马马虎虎地对付。她们所习课程，无论是在家庭还是在学校，名目虽然繁多，涉及声乐艺术、文史地理、各国文字、女红编织，等等，好像无所不包，实际上对于任何一门知识都没有机会深入地研读，对于生

---

① [美]伊曼努尔·华勒斯坦. 历史资本主义[M]. 路爱国，丁浩金，译. 北京：社会科学文献出版社，1999：10.
② See Robert Palfrey Utter and Gwendolyn Bridges Needham.Pamela's Daughters[M].New York: The Macmillan Company, 1936: 22.
③ R. Glynn Grylls. "Emancipation of Women", Ideas and Beliefs of the Victorians, An Historical Revaluation of the Victori-an Age[M]. London: Sylvan Press, 1949: 264.

活中能派上用场的技能也缺乏反复的实践培训。大多女孩到了16岁的年纪不过会几首琴曲，能画几幅画，懂一点法文，而进入职场真正需要的社会经验、知识和技能却几乎一片空白。

家庭女教师的工资既然低廉，为何仍有激烈的竞争？在19世纪的英国，中产阶级女子可以选择的职业非常有限，用哈丽雅特·马蒂诺（Harriet Martineau）的话来讲："除了教书，当裁缝，做女帽商，别无他路。"[①] 在这些工种里，家庭女教师被认为是最体面的，据说是因为她们用脑，而不是用手工作。而据作品描绘，相比物质的贫穷，精神的痛苦更令人难以忍受。家庭女教师的痛苦甚于奴仆和奴隶，其实并不难理解。她的位置很尴尬，介乎淑女与奴仆之间：按出身和教养，她是一位淑女；按替人服务和索取报酬的性质，又和仆人相类。仆人非常明确自己的身份，不存在心理上的不平衡。而家庭女教师希望与雇主平等，却难以达到真正的平等；渴望被人尊重，又很少受到真正的尊重。就身份而言，她是统治者的一员，从财产论，又近乎无产者，其境遇可能还不如无产者，因为工友们还能相联合，通声气，形成一股力量。而她去联合谁呢？连个说体己话的人也没有。每个家庭女教师都是单兵作战，一旦接受了邀请，就孤零零地进入到一个完全陌生的家庭，倘若雇主态度傲慢，仆人刻意刁难，她便只好"两头受气"了。假如她再生性敏感，无法排遣的孤独与压抑自然就必不可免。根据弗洛伊德的理论，人的三大痛苦之源，一为肉身衰亡，二为外界破坏，三为人与人之间的关系。三者中，要属最末一种最为痛苦。[②] 所以，简·费尔法克斯面临的最大困扰，是这个职业可能带来的尴尬的人际关系和由此而生的精神压力。

然而，简·费尔法克斯毕竟从未跨入家庭女教师的行业，从未亲尝其中的甘苦，她的怏怏不乐，心事重重，甚至所谓"甚于奴隶的痛苦"主要是停留在想象层面的臆测。摧残她身心的更多是臆想而来的恐惧和担忧。小说有一段谈到简·费尔法克斯对于职业的态度，用的全是宗教语汇："她怀着见习修女般的虔诚，决定在二十一岁上完成献身的大业，同时放弃所有的人生欢乐、所有的礼尚往来，不求与人平等相待，不求宁静与希望，

---

① See Angeline Goreau. Introduction to Agnes Grey[M]. Penguin Classics, 1988: 39.
② See Sigmund Freud.Civilization and Its Discontents, Translated and edited by James Strachey, with an introduction byPeter Gay, New York: W. W[M].Norton & Company, 1989: 26.

甘愿永久从事忏悔与苦修。"[1]将家庭女教师比做修女，倒也并非夸张之辞。比奥斯丁晚生20年的女作家詹姆森夫人说得更直接："要让一位女子胜任家庭教师的工作，就必须把她放到与世隔绝的修道院里接受教育——好让她从小习惯贫穷、纪律和各种苦差。"[2]但是，有过四年家教经历的詹姆森夫人是切身体验后才抒发肺腑之言。

简·费尔法克斯不一样，她对职业的理解源自纯粹的想象。所以，奥斯丁的语气耐人寻味：她对简·费尔法克斯怀有同情的理解，但对她那言过其实的痛苦和强加于自己的恐惧又实在不以为然，不免在同情中掺一点戏谑。痛苦在这里既有现实的依据，也有想象的成分。想象的痛苦也许更加恐惧，尤其是对于不肯正视和面对现实的女子。

简·费尔法克斯虽然从小选择了人生的道路，可真到了择业这一刻，却裹足不前，犹疑不决。她始终在观望，在等待，在逃避。小说里说她"十八九岁时，做教师已经很称职了"。但她继续待在上校家里，"像另一个女儿似地分享着上流社会所有的正当的乐趣，家庭的温馨与社交的愉悦也都能公平地一一感受到"[3]。等到上校女儿出了嫁，小说写她又患了病。其实，拖延的真正原因是因为看到了希望：简·费尔法克斯遇上了年轻少爷弗兰克，与他私订终身，期待通过婚姻来摆脱做家庭教师的宿命。

简·费尔法克斯的职业恐惧症透示的不仅是个人心理，而且是这个社会的集体意识。与简·费尔法克斯朝夕相处的上校一家一再把简·费尔法克斯自谋生路称为"令人心碎的日子""悲惨的时刻"。爱玛拜访简·费尔法克斯时，一边为简的优雅大方感到惊讶，一边为她前程"黯淡"暗自惋惜："她会从何等样的地位上跌落下来，她今后将过什么样的日子……"[4]从这同情和惋惜的目光里折射出一种普遍的社会心理。奥斯丁时代的女子往往被视为传承和炫耀财富的工具，被当作"衡量丈夫或父亲的富有程度及社会地位的主要标尺"[5]。所以，女子从业大多不是为了追求独立和平等

---

[1] [英]简·奥斯丁. 爱玛[M]. 李文俊，蔡慧，译. 北京：人民文学出版社，2005：138.

[2] Mrs. Jameson.Memoirs and Essays Illustrative of Art[M]. Literature and Social Morals，London：1846：263.

[3] [英]简·奥斯丁. 爱玛[M]. 李文俊，蔡慧，译. 人民文学出版社，2005：137.

[4] [英]简·奥斯丁. 爱玛[M]. 李文俊，蔡慧，译. 人民文学出版社，2005：140.

[5] Arthur Bryant.The Search for Justice[M]. William Collins Sons & Co Ltd，1990：127.

的地位。如果哪位女士需要自谋出路了，那一定是环境所迫，不得已做出的选择，因为有闲才是社会地位的标志，不仅贵族有闲，中产阶级的男士也以能够供养生活无忧的女士为荣。在这一点上，简·费尔法克斯的见识跟愚昧无知的埃尔顿夫人并无实质的区别。这正应了詹姆森夫人的那句话，偏见对于女子的束缚"是同法律和习俗一样顽固，甚至是更顽固的枷锁"[①]。

奥斯丁给简·费尔法克斯安排了一个喜剧的结局：她和弗兰克的误会最终得以澄清，无须自谋生路，回到了上校坎贝尔的府上，重又过起了舒舒服服的生活，静候佳期的到来。简·费尔法克斯的态度和命运反映了19世纪的女性处于依附地位并习惯于依附的事实，展现了一个女性群体对就业的社会集体意识和由此带来的紧张心理。这是英国19世纪中产阶级女子的时代局限和社会不公造成的。另一方面，《爱玛》中如此深的畏惧也有简·费尔法克斯自己从中帮忙——舍不得放弃舒适和安逸的生活。

三、简·奥斯丁作品中的女性意识

（一）奥斯丁女性意识的创作内涵

1. 女性的自由意识

文学是人类心灵的外化表现，是主体精神对于外部客观存在的映射。所以创作主体的心灵自由程度，直接决定了文学作品对于现实客体和人之精神的反映程度。而人作为物质与精神的统一体，在满足物质的基本需求的同时，更是在前仆后继地执着于精神家园的追求。

诚如马克思所言，人是一切社会关系的总和，所以人理所当然地成为世界上万事万物各种矛盾运动和发展变化相互联系的焦点。这就决定了人类一切活动（包括物质活动和精神活动）的终极目的是：认识人类自身（即人类的本质），肯定人存在的价值和尊严。人类从诞生到日渐昌明的漫漫征途之上，无论是个体还是就人类整个群体而言，都在不停地突破自身各种各样的物质束缚和精神束缚，以达到所向往的自由，其形式因时代和地域而异。因此，我们认为"人的本质核心是'自由'。这个定义一方面是说，人的心灵具有一种反对束缚和反抗限制的本能冲动，是一个个体的人在内

[①] Mrs. Jameson. Memoirs and Essays Illustrative of Art[M].Literature and Social Morals, London：1846：230.

心深处体现出的在特定的历史和现实关系中（文化中）对'自由'的追求；但另一方面，它也是人类或绝大多数人（由个体组成的群体）把握和驾驭这种关系的'自由'。总之，反对一切对个人或人类的精神上、肉体上的束缚，就是人的本质的全部内涵"[1]。

可是，自从氏族社会解体以来，作为人类的一类性别——女性，就从此失去了与男性并世而立的资格，而变成一个只服务于男性需要的性别符号。而恰恰正是这种男权社会对美丽、贤惠、顺从等女性性别的要求，压抑了女性对人类本质——自由的追求。女性被剥夺了主体各种独立、自主的特性，成了一种相对的存在。在人类追求自由的实践活动中，成了男人身后的影子，因而在人类挥洒"自由"的天空中，留下一抹凄凉的美丽。

当文明发展到了一定的程度，女性群体里便发出了压抑良久的反抗之音。而当女性驾驭了文字，用笔书写自己的思想与灵性之时，女性已意识到了自己主体的生存现实。她们不再是那个躲藏在男性身后的影子，她们有自己的思考方式，她们有自己的爱恨情仇，她们更充满着对自由求索的渴望。

奥斯丁当时生活的英国社会"男女之间无平等可言，为了改善人类的社会组织，男人们既要做立法者，天赋的理智就要多一些，我们必须首先把这作为考虑问题的总的基础"[2]。这种歧视女性的观念渗透于社会各领域。奥斯丁显然对这种观念不屑一顾，她从事创作的行为本身，就是对这一习俗的反抗。奥斯丁作为自由驾驭女性话语的作家，怀着极大的热情歌颂女性的智慧与能力，也冷静而深刻地剖析了她们面对现实的人格局限。她的一系列作品展示了符合她的时代的女性自由意识。

总体来看，奥斯丁在作品中所反映出来的自由意识大致表现为以下两个方面。

（1）平等意识——实现女性自由追求的基石

奥斯丁站在"人"的角度，对人性进行了研究。她认为女性可以同样追求才智，从而表达了平等的观念。在《傲慢与偏见》中，奥斯丁明确指出头脑机灵、智力发达不仅仅是男性的特点，愚蠢拙笨、智力低下也并非

---

[1] 刘建军. 演进的诗化人学——文化世界中西方文学的人文精神传统[M]. 长春：东北师范大学出版社，1998：21.
[2] 朱虹选编. 奥斯丁研究[M]. 北京：中国文联出版公司，1985：333.

女性的专利。男性与女性一样，都是"人"，都同样具有"人"的优点与缺点。她在描写人物时，围绕她所赏识的女主人公伊丽莎白，运用对比的手法，将"人"分成两类：见识高明的与见识低下的。伊丽莎白、达西、夏洛特等属于前者，而贝内特太太、柯林斯牧师、曼丽等属于后者。在这里，奥斯丁超越了性别的界限去评价人类。姑且不论这一标准是否科学，仅奥斯丁以一个全新的角度审视女性这一点，就已经体现出了很大的进步性。

奥斯丁坚信女性与男性一样有着的发达的智力与理性。小说中许多女性形象的塑造，包括两性关系的结构，均显示了作家对女性智力的信心。在《诺桑觉寺》和《爱玛》中，是亨利和奈特利先生对凯瑟琳和爱玛进行的教导，而在《曼斯菲尔德庄园》和《劝导》中，则是芳尼和安充当了爱德蒙和文特渥斯海军上校的精神向导。《傲慢与偏见》中的达西，这一被作家美化了的贵族子弟，也是在伊丽莎白的痛斥下才改正性格中的不少缺陷。这种对女性价值的新认识，决定了妇女在家庭和婚姻关系中的新地位。《劝导》中奥斯丁为我们描绘了一个聪明能干、与丈夫同舟共济，并不时地纠正他的错误、激励他努力的克劳福德夫人。而《曼斯菲尔德庄园》中那个毫无主见、慵懒无能的伯特拉姆夫人，则是对男权文化中"理想妻子"的一幅绝妙的讽刺漫画。在西方的文学传统中，创造的能力和权力一直被赋予男子。即使是在莎士比亚等文豪的笔下，女性也多为理性薄弱、幼稚浅薄的演绎。詹姆斯·福迪斯就认为："在造就你们女性时，大自然似乎没有赋予你们像男性那么多的精力。"[①] 很显然，在这样一个男权时代，奥斯丁男女平等的意识是需要非凡的勇气的。

（2）攀登自由的阶梯——才智

当奥斯丁把知识能力看成是男性与女性同样的需要时，女性自然有足够的勇气追求知识，完善自我。这也是奥斯丁在另一方面对女性价值的重新估计。有知识，女主人公才具有较强的观察力和判断力。奥斯丁最喜爱的女主人公伊丽莎白是观察力和判断力的代表。与当时的淑女相反，《傲慢与偏见》中的伊丽莎白就是一个有着较为广博知识的形象。当时的英国社会并不反对妇女受教育，但官方所认可的女子教育，目的只是为了让妇女们更好地承担起"社会花瓶"式的角色。因此，妇女教育就少不了两方

[①] 转引自朱虹选编. 奥斯丁研究[M]. 北京：中国文联出版公司，1985：333-334.

面的内容：淑女性格与淑女才艺。淑女性格是指"谦卑的自我克制，深居简出、含蓄，避开众人的目光……"①。而"谦卑"则被看作是主要的妇德。淑女才艺是指必须"精通音乐、歌唱、绘画、舞蹈以及现代语文……她的代表步态，嗓音语调、谈吐表情，都必须具备一种特质"②。奥斯丁对此也有自己的见解，她笔下的伊丽莎白对那些"才艺"漫不经心，而对于人的性格的研究却极感兴趣。伊丽莎白生性活泼，对一些社会规范嗤之以鼻，具有敏锐的观察力和判断力。为了看望生病的姐姐，她敢一个人步行三英里泥泞的路程，仪表不整地出现在上流人士的面前。她的性格更远远谈不上谦卑，而是自尊自爱。在婚姻、友谊、人际交往等各方面，彼此间的相互尊重是伊丽莎白行为的重要准则。一旦受到不公正的轻视与怠慢，她便起来抗争。伊丽莎白的胆识与才智来自她的学识。作者通过这一形象表达了知识对于女性的重要性，还通过贝内特夫妇间的关系，强调了这一思想。贝内特太太也曾美丽动人，但由于她贫乏的头脑，很快就被丈夫所厌弃。她是被丈夫嘲弄取笑的对象，甚至在自己的孩子面前都失去了作为母亲所应得的尊重。而《劝导》中的安正是利用了自己的才智，摆脱了他人劝导的影响，找回了自己的幸福。

才智也要通过语言表现，说话要击中要害，表达要有文采。只有内在修养充分的人，才能说出精妙的言语。"语智"是奥斯丁所倡导的智慧特征。伊丽莎白机智的主要表现就是她的"语智"。从她与达西，她与吉英之间的精彩纷呈的论争中，人们不难看出这一点。与她相对照的，是另外几位人物，他们的话语或是俗不可耐（如贝内特太太）；或是废话连篇（如柯林斯）；或是无聊闲话（如宾格莱小姐）；或者干脆贫乏到一句话也没有（如德包尔小姐）。

当女性以"才女"的形象出现在男性话语载道的社会时，其光鲜而刺激的感觉，就像一千个春天在一瞬间突然来临。于是那个时代的人确立了新的女性美的理想："明亮而朝气蓬勃的目光、庄严挺直的姿态、斩钉截铁的手势、充满自信的语调，不仅能够抓住，而且可以稳妥地把握住机遇的手、坚强有力，而且踏实的脚。……而且这些特征虽然主要是男性应当

---

① 朱虹选编. 奥斯丁研究 [M]. 北京：中国文联出版公司，1985：335.
② [英]简·奥斯丁. 傲慢与偏见 [M]. 王科一译. 上海：上海译文出版社，2001：25.

具有的，但是在某种程度上也应当是妇女所具备的……此外，美的新理想还有另一个重要的因素——心灵美。……而在资产阶级有关美的新理想中，头部是思维、心灵和感情的所在地，所以它比身体其他的部分都要重要得多。"① 而社会对这种女性美的理想的塑造，来源于女性对自我主体价值的重新审视，来源于女性对自由追求的渴望与努力。

奥斯丁的女性自由意识虽不能完全摧毁以男性为中心的文化体系，也不能建立一个以女性自由意识为主的符号话语系统，但她发出了女性话语，女性自由意识也随之张扬开来。这一定会积聚成一股以柔克刚的暖流，渗透到人类不断追求自由的广阔海洋之中，从而发挥巨大的作用。

2. 女性的婚姻意识

婚姻作为两性结合的形式，它是古今中外所有社会中妇女的价值体现和归宿。奥斯丁在创作中，遵循的恰是这样一条原则。奥斯丁通过一个个生动而又引人深思的故事，展现了18世纪英国妇女的婚姻观，揭示了女人的真实处境。其作品一反传统小说（无论是浪漫小说还是现实小说）中将爱情理想化的特点，探讨了当时妇女的生活出路，具有一定的社会意义。其中一个典型的例子就是《傲慢与偏见》中夏洛特对婚姻的看法。"她（夏洛特）想了一下，大致满意。柯林斯先生固然既不通情达理，又不讨人喜爱，同他相处实在是件讨厌的事……不过她还是要他做丈夫。虽然她对于婚姻和夫妇生活估价都不甚高，可是，结婚到底是她的一贯目标……尽管结婚并不一定叫人幸福，但总算给她自己安排了一个最可靠的储藏室，日后可以不致挨冻受饥。"②

小说《爱玛》中的爱玛虽然同夏洛特相反，不急于结婚，但她之所以不急于结婚，仅是因为她的经济状况使她无须再去找一个"可靠的储藏室"。她对女友说："别在意，哈利特，我可不会成为一个可怜的老处女。对宽宏大量的公众来说，不结婚之所以引人轻视仅在于它同贫困相联系……但一个有钱的独身女人总是让人尊敬，而且能像任何人一样通情达理讨人喜欢。"③

作为关注现实和富有责任心的女性作家，奥斯丁在创作中把注意力集

---

① [德]爱德华·福珂斯. 西方情爱史——资产阶级，情爱的放纵[M]. 孙小宁译. 北京：中国盲文出版社，2003：127.

② [英]简·奥斯丁. 傲慢与偏见[M]. 王科一译. 上海：上海译文出版社，2001：78-79.

③ [英]简·奥斯丁. 爱玛[M]. 钟美荪译. 北京：外语教学与研究出版社，1981：18.

中于那个时代的中产阶级妇女的爱情婚姻，以至于她所有的作品都是围绕着这一主题展开的。她把笔下的女主人公完全放在现实的环境中，探讨她们如何通过婚姻来获得个人幸福。在奥斯丁那个时代，人的价值是建立在对财产的所有权上的。由于财产都被男性继承人所得，女性一开始就处在不利的地位。《爱玛》中有句话道出了这类女性的苦衷："单身妇女，若收入微薄，当然令人耻笑，惹人讨厌，是儿童取笑的对象。"①所以，当时大凡家境不好而又受过相当教育的青年女子，总是把婚姻当作仅有的一条体面的出路。奥斯丁描写的一桩桩以经济为基础的婚姻，表明了她对严峻现实和苛刻的环境的不满和无奈，强烈的现实主义色彩在奥斯丁笔下女性的婚姻观中得到了彰显和体现。

首先，婚姻以财产为基础。在奥斯丁的创作中，对财产是较为敏感的。在其作品中，财产的多少是人物出场介绍时必不可少的。小说里的人物，只要涉及婚嫁，就必报家产。《傲慢与偏见》中贝内特家的财产在第七章做了介绍，威廉·柯林斯的财产在第十五章做了详细的介绍，以至于卢卡斯、威克姆的财产情况，读者也都可从小说中有个大致的了解。其他小说也一样，如《理智与情感》中爱德华的财产、布兰登上校的财产、威洛比的财产；《诺桑觉寺》中凯瑟琳·莫兰的财产、亨利·蒂尔尼的财产；《曼斯菲尔德庄园》中贝特伦小姐的财产、克劳福特的财产、罗什渥兹的财产；《劝导》中温特沃思的财产，等等。

作者将婚姻与财产联系到一起，旨在表明——婚姻离不开财产。这说明她认为婚姻不是建立在纯粹爱情基础上的空中楼阁，爱情的最终结果是婚姻，而婚姻是实实在在的生活。既然要生活，便离不开物质基础。所以在谈论婚姻时，谈到财产是天经地义的。在许多人以及她本人的眼里，财产决定着婚姻是否幸福。在《傲慢与偏见》中，贝内特太太将有财产的少爷的出现看成是"女儿们的好福气"②。女儿们也希望在舞会上得到他的青睐。女主人公伊丽莎白和吉英分别嫁给了财产丰厚的达西和宾格莱。而《曼斯菲尔德庄园》中华德姐妹的婚姻更说明了这一点。三姐妹各自的嫁妆都不多，但因所嫁丈夫财产的不同，从而造成婚后生活的迥然差异。玛利亚

---

① [英]简·奥斯丁. 爱玛[M]. 钟美荪译. 北京：外语教学与研究出版社，1981：63.
② [英]简·奥斯丁. 傲慢与偏见[M]. 王科一译. 上海：上海译文出版社，2001：2.

虽然只有7000英镑的陪嫁，但因为嫁给了托马斯·贝特伦爵士，而"住进了漂亮的府邸，岁岁有大量收入，真是无尽的安乐，无限的排场。亨丁顿的人们无不惊叹这门亲事攀得好"①。她的姐姐由于嫁给了几乎一点财产也没有的诺利斯牧师而处处节俭，精打细算；她的妹妹法兰西丝小姐的命运还不如华德小姐；她嫁给了一个没有文化、没有家产并且没有门第的海军陆战队的中尉，最后还得需要两位姐姐的接济。法兰丝小姐一家在奥斯丁的眼里是低级趣味的，而诺利斯太太的刻薄、节俭也受到了奥斯丁的嘲笑。

但是，奥斯丁也不赞成只为财产不顾情感的婚姻。《傲慢与偏见》中，夏洛特为了财产而嫁给自己不爱的柯林斯的做法，显然没有得到作者的赞许。《理智与情感》中，爱德华·费拉斯的母亲阻止爱德华娶露西，坚持让他娶莫顿小姐。因为莫顿小姐有"三万镑的财产"，如果娶了露西，婚后必然陷入贫穷。当爱德华拒绝了母亲的意见时，费拉斯太太剥夺了他的财产继承权，爱德华只能靠其2000英镑的利息生活。而约翰·达什伍德认为这一点也不过分，因为爱德华"硬要娶一个不会给他带来报偿的女人"②。《劝导》中罗素夫人因温特沃斯的财产少而劝导安与其分手。这种婚姻观显然也是作者所否定的。作者推崇的是伊丽莎白追求平等、互敬基础上的有财产的婚姻。是玛丽安和埃丽诺在情感上克制的、理智的有财产的婚姻。即："只为金钱和美貌而结婚是错误的，但缺少金钱和美貌的婚姻也是错误的。"③这是奥斯丁最朴实、最实用的财产婚姻观。

其次，婚姻中的门第观念。奥斯丁在其小说中一再向读者证明只有婚姻双方家庭财产、社会地位、性情才智的门当户对，才能保证婚姻的稳定与和谐。在《诺桑觉寺》中，蒂尔尼将军对莫兰态度的反复无常也证明了这一点。起初他听信了约翰·索普对莫兰财产的夸大，"便竭力巴结同她来往，……还打算娶她做儿媳。后来索普又恶毒地把自己的话一齐推翻"④，这使得蒂尔尼将军非常生气，将她赶走并坚决反对亨利与她的婚事。最后当他得知他两次都上了索普的当，并且得知"莫兰家一点也不贫穷，凯瑟

---

① [英]简·奥斯丁. 曼斯菲尔德庄园[M]. 秭佩译. 长沙：湖南人民出版社，1984：123.
② [英]简·奥斯丁. 理智与情感[M]. 吴力励译. 北京：北京出版社，1984：135.
③ 张伯香. 英美文学选读[M]. 北京：外语教学精辟研究出版社，2000：89.
④ [英]简·奥斯丁. 诺桑觉寺[M]. 麻乔志译. 上海：新文艺出版社，1958：73.

第五章 《爱玛》及简·奥斯丁作品中的女性意识

琳还有三千镑的嫁妆"①，便又答应了这门婚事。在作者看来，就莫兰的财产与地位嫁到蒂尔尼将军家是合乎情理、毫不过分的。从另一方面来讲，奥斯丁的每一个女主角在走进社交圈寻找自己的理想伴侣时都没有摆脱与她们的社会地位相近的人群圈子。只有爱玛执意要哈丽特与跟她地位相当的农夫马丁断绝来往，却遭失败，最后哈丽特还是嫁给了农夫马丁。可见婚姻双方的匹配是不能违背他们各自的门第与身份的，否则必遭失败。

当然，在财产、地位相当的基础上，奥斯丁也倾向于才智和情趣相投。那是最美满的婚姻，也是作者极力提倡的理想婚姻。在《傲慢与偏见》中，当伊丽莎白与达西有分歧，认为达西性情傲慢，又对威可姆不公平时，对他很疏远。只有当她发现自己是心存偏见、对达西有误解时，才两情相悦，走到了一起。就连贝内特太太，这位小说中最看重财产、最急于嫁女儿的人也知道情感在婚姻中的重要。虽然贝内特太太一心想让自己的女儿嫁给阔少爷，但当她注意到达西的傲慢后，她认为"他是个最讨厌、最可恶的人，压根儿不值得去巴结他"②。伊丽莎白对他也没有好感。但后来达西与伊丽莎白在交往中渐渐地消除了误会，彼此产生了爱慕之情，贝内特太太对达西就不像起初那样反感了，她高兴之至。这说明她在女儿们的婚事上，不只一味地注重财产，她注重的是在财产地位的基础上彼此的感情以及彼此的好性情。《曼斯菲尔德庄园》中，当托马斯爵士发现"罗什渥兹先生是个低能的年轻人，无论书本知识还是事物知识，他都什么都不知道，对什么事情都没有主见"③时，他甚为女儿的幸福担忧。这也说明托马斯在儿女的婚姻方面，不只注重对方的财产、地位，他对婚姻幸福的理解也是在财产地位门当户对的基础上再加上才智性情的相当。另外，埃德蒙没有娶克劳福特小姐是因为在长期的交往中，埃德蒙发现克劳福特小姐在品行等诸多方面不尽如人意，再加上她弟弟的恶行，使他最终放弃了这门婚事。奥斯丁对伊丽莎白与达西的结合、托马斯爵士的谨慎行事以及埃德蒙的明智的判断都是持赞成态度的。这是一种有着内心世界与外在世界的和谐的"门当户对"的婚姻，这种最朴素的和谐是任何人都不能否认的。

---

① [英]简·奥斯丁. 诺桑觉寺[M]. 麻乔志译. 上海：新文艺出版社，1958：48.
② [英]简·奥斯丁. 傲慢与偏见[M]. 王科一译. 上海：上海译文出版社，2001：8.
③ [英]简·奥斯丁. 曼斯菲尔德庄园[M]. 秭佩译. 长沙：湖南人民出版社，1984：253.

最后，婚姻的理性支配。靠理智来对待自己的婚恋，这是贯穿奥斯丁所有小说的中心思想。《傲慢与偏见》中，简的理智的恋爱为她赢得了最终幸福的婚姻；而伊丽莎白由于不谨慎上了威克姆的当，才对达西产生了偏见，后经理智的思索消除了偏见，才赢得了婚姻的幸福。莉迪亚与威克姆的不理智的私奔搅得一家人不得安宁。只有经过了达西的纠正才保证了贝内特夫人为之骄傲的体面的婚姻。同样，《曼斯菲尔德庄园》中青年男女在演剧过程中所表现出的不理智的行为使埃德蒙和范妮大为忧虑。这也是导致最终朱丽叶与耶茨的私奔、玛丽亚跟克劳福特的离家出走的根本原因。而这一切不理智的行为都给家庭带来了不幸。诺利斯太太得知这个消息后"完全换了个人。话少了，迟钝了，对样样事情都很冷漠"；"汤姆在听到妹妹的行为后，惊骇之下，病情大大加重"；贝特伦夫人在给范妮讲这件事时，"讲一讲，伤心一阵"[①]。而这件事给埃德蒙和托马斯爵士的打击不亚于其他任何人。他们担心家族的名声、朱丽叶的名声以及这一事件将给她以后的生活带来的不幸。

最能反映奥斯丁的"理智的婚姻即幸福的婚姻"思想的是她的小说《理智与情感》。作者通过姐妹俩在恋爱过程中所采取的截然不同的态度向我们揭示不理智的恋爱是不可靠的，而且玛丽安也为此付出了代价，差点丧了命。埃丽诺自始至终冷静行事，为自己赢得了婚姻的幸福。她的榜样也最终使玛丽安幡然醒悟，嫁给了与其年龄相差甚远的布兰登上校而获得了美满的婚姻。其实，这种理智的婚姻观就是默守世俗的婚姻择偶游戏规则，任何越轨的行为都是不现实的，也不会被周围的人所认可。可以说，这也是她朴素的实用主义婚姻观的体现。

关于奥斯丁这种婚姻观的形成，众家观点较为一致，无非那个时代背景下奥斯丁的人生经历使之然也。奥斯丁一生中最大的苦恼就是经济上的拮据。这种拮据，当然和下层社会饥寒交迫的绝对贫困在形式和意义上都是不同的。但对于极端聪明智慧、才华横溢、心比天高的奥斯丁来说，这给她的生活投下了巨大的阴影。父亲在世时尽管有一份令人尊敬的职业，却从来没有多少财产，而且为养活十口之家和供男孩子读书而常常欠债。两个女孩子成了少女之后，要常常参加各种舞会。父母只雇得起一个厨子，

---

① [英]简·奥斯丁. 曼斯菲尔德庄园[M]. 秭佩译. 长沙：湖南人民出版社，1984：307.

没有女仆为她们洗衣缝衣，也几乎买不起衣服。姐俩的舞裙和袜子是自己缝制的。出门要有车和马，但父亲没有马车，她只好搭乘别人的车来完成这一切。父亲去世后，她的生活就更加艰难了。

英国作家迈尔在奥斯丁传记《倔强的心》中指出，奥斯丁那个时代的女人，要想有钱，出路只有两条，或者得到一笔遗产，或者嫁给有钱的丈夫。批评家指责奥斯丁对于金钱和富有的亲戚着迷。但是这两样都是她所属的社会所必需的。作为一个教区牧师的小女儿，她很小就知道她不可能在她的朋友圈子中找到一个不要嫁妆的丈夫。奥斯丁的六部小说，五部是关于年轻人男婚女嫁以及他们的感情纠葛的，而且都写得入木三分，可见爱情婚姻在作者头脑中占有多么重要的地位。她渴望的爱情得不到，只好在作品中求得实现与满足。

3. 男权意识——她说他的话

在男权社会中，如果从性别的角度分析社会，那么社会中男性与女性的关系无疑是二元对立的。男女的二元对立意味着男性是社会的权威与施予者，而女性只是被排除在中心之外的"他者"，只能充当证明男性存在及其价值的工具、符号。正如伊格尔顿（Terry Egleton）所说："也许她是代表着男人某种东西的一个符号，而男人需要压制这种东西，将她逐出到他自身的存在之外，驱赶到他自己明确的范围之外的一个安全的陌生区域。"[1] 男人为维护自己的父权制，拼命控制和支配女性。很显然，这种二元对立始终压抑着女性。

文学作为人类的一种精神现象，不可避免地深深渗入了男权意识。美国著名的女权主义作家吉尔伯特（S.M.Gilbert）认为，历来男性作家笔下的女性形象，无论是天使还是恶魔，实际上都是以不同方式对女性的歧视、压抑。正如上文所论述的那样，男性掌握着、操纵着话语权。因此，用男性目光和标准来界定女性的男权意识是文学创作中占据主导地位的传统主流意识。这种主流意识无论是在奥斯丁生活的18世纪，还是在女权主义声声震耳的今天，都发挥着自己的影响作用。

很多女性文学作品中，呈现着"她说他的话"的创作意识。所谓"她

---

[1] [英]特里·伊格尔顿. 当代西方文学理论[M]. 王蓬振译. 北京：中国社会科学出版社，1988：193.

说他的话",就是指女性作家以男性的眼光来折射女性的形象与她的言语行为。女性作家们在一定程度上以遵守和屈从于父权制文学标准的方式,获得自身文学创作的价值与意义。在奥斯丁的文学创作中,深层结构的"灰姑娘情结"模式和作品中不自觉流露出的父权道德意识,体现了奥斯丁的男权意识。

(1) 灰姑娘情结

所谓灰姑娘情结,是指作家创作中无意识地运用《灰姑娘》的童话结构模式,塑造一些灰姑娘式的人物形象。这些形象(大多为女主人公)随着故事情节的发展,从一种失意、匮乏(低下)的状态,历经坎坷磨难,但终凭借自身的优点,获得美满的爱情,提高自己的社会地位,情感上也得以满足。这是典型的父权意识。

① 作品中灰姑娘的影子

民间传说中的灰姑娘辛德瑞拉虽受尽后母和异母姐妹的虐待、歧视,但终以她的善良、美丽赢得了王子的热爱,获得了幸福。母亲临终教导女儿要始终正直、善良。这正是灰姑娘感动神灵、获得幸福的保证,这实际上也是奥斯丁作品中的女主人公由炉灶边的灰丫头变为美丽公主的"魔法"。她们虽不一定都毫无瑕疵,却无一例外都具有善良、正直等可贵的传统美德。《傲慢与偏见》中的吉英·贝内特和《曼斯菲尔德庄园》中的芬妮·普莱思就是传统的淑女典范。

奥斯丁的六部小说中都有"灰姑娘"深浅不一的影子。就作品的表层意义来看,女主人公除爱玛外,都出身不高,财产微薄,或是遭受轻视、冷落,但最终获得美满婚姻。即使出身较好的爱玛,还是嫁给了一个比她更富有、地位更高的爵士。《理智与情感》中的埃利诺嫁给了已故富翁弗纳斯的长子爱德华。《傲慢与偏见》中的伊丽莎白和吉英姐妹分别嫁给了财势两旺的达西先生和宾格莱先生。《诺桑觉寺》中的凯瑟琳·莫兰嫁给了富有的贵族蒂尔尼先生。《曼斯菲尔德庄园》中的芬妮·普莱思终于如愿以偿地成了庄园少爷爱德蒙·伯特伦的新娘。《劝导》中的安·艾略特与衣锦还乡的温特沃斯上尉有情人终成眷属。

在奥斯丁的作品中,理想的男子还起到了社会道德标准和价值尺度的作用,他们引导女主人公走向完善和幸福。《爱玛》和《诺桑觉寺》中,女主人公爱玛和凯瑟琳开始都有这样或那样的不足。爱玛自以为是,自命清高，乱点鸳鸯谱，给自己和别人都带来了痛苦。而凯瑟琳则缺乏对现实世界的辨别力，干出了许多令人啼笑皆非的荒唐事。但随着自我认识的深入，她们不断完善。这个过程却是由"男性引路人"引导完成的。这种男性的权威和优越传达给她们这样一种信息：他值得自己依赖，会保护她，给她幸福的保障。而对男性的依赖，从古至今都一直是女性地位低下的原因。正如实用心理学著作《灰姑娘情结》所述："深切的希望获得他人的照顾——是造成今日女性地位低下的主要力量……就像童话中的灰姑娘一样，现代的女性仍然期待着外界的事物来改变她们的命运。"[1]

②奥斯丁的灰姑娘形象的时代色彩

在"灰姑娘"故事的感召下，奥斯丁创作了一系列女性人物形象。但她作品中的人物不是对灰姑娘原型的简单模仿和重复，而是继承中有创新和发展。因为"原型的传承与突破，是文艺发展中相辅相成的规律性现象。一方面，原型的反复性昭示着人们对于某些永恒主题、某些终极问题的关注；另一方面，人类的文艺又是在不断地试图超越原型模式；以满足人的不断变化的精神需求"[2]。与童话中粗笔勾勒的辛德瑞拉相比，奥斯丁的女主人公被赋予了更多的时代色彩。除善良、美丽之外，她们秉有作者认为更为宝贵的品质。《理智与情感》的埃利诺雍容大度，温文娴静，处事沉着，对爱情和婚姻理智冷静，鲜明地反映了作者古典主义的道德价值观。而《傲慢与偏见》中的伊丽莎白更是作者的宠儿。她的高攀乃是一种"美德有报"——她的美德就是才女加淑女的种种女性的美质。她聪明、睿智、勇敢、自信、活泼、幽默，有强烈的荣誉感。伊丽莎白不顾体统，穿越泥泞的田野，去探望生病的姐姐这一举动，比之年轻的芬妮在曼斯菲尔德庄园周围羞怯的、蹑手蹑脚的举止，更值得赞美。他对柯林斯求婚的拒绝，对达西的一次次反唇相讥，体现了她的才智。

从 18 世纪末开始，在文学描写中，另一种模式——"家里的天使"成了被普遍接受的理想女性的典范。"家里的天使"作为完美恋人在婚姻中的补充和发展，集中概括了在一个男权世界里男子心目中的理想妇女形象。这个理想在整个 19 世纪十分流行，甚至沿袭至今。"她存在的理由是侍奉

---

[1] 洪有义主编. 灰姑娘情结 [M]. 叶芸君译. 北京：银禾文化事业有限公司，1988：21.

[2] 程金城. 原型批判与重释 [M]. 北京：东方出版社，1998：304.

丈夫、父亲、祖父、兄弟、监护人……"①传统的妇女美德：道德纯洁、忘我牺牲、奉献精神，在妻子和母亲的天职中得到最完美的体现。奥斯丁以其冷静的现实主义态度和旁观者的敏锐认识到完美女主人公的虚妄，并让她笔下的人物打破了这一传统形象构架。

爱玛在所有的女主角中，也许是最不完美的。小说开篇就指出爱玛的不足：为所欲为，又自视过高。爱玛的人格中有一些是奥斯丁最反感的，例如，沾沾自喜，喜欢不怀好意地打探别人的隐私，势利，喜欢干预他人的事等。这种不完美还表现在对哈利特和简的爱情婚姻描写中。爱玛自告奋勇地充当贫穷私生女哈利特的保护人，许诺给她安排一门好亲事，并破坏掉了哈利特与附近一个年轻农民之间的感情。毫无主见的哈利特便也做起了灰姑娘的美梦。先是对教区牧师埃尔顿先生产生了感情，后又自以为爱上了当地的第一大户、年轻地主奈特利先生，结果都是一厢情愿。最后，当哈利特终于清楚自己的身份——她原来是个商人的私生女时，便心满意足地嫁给了本来相爱的农民罗伯特·马丁。这一结合对哈利特的灰姑娘式梦想算得上是一个小小的讽刺。至于简·范肯斯，她倒的确是嫁给了有钱有势的贵族哥儿弗兰克·邱吉尔，是典型的灰姑娘式的运气。但由于"王子"的不足——弗兰克作为这一爱情故事中的男主角不时地表现出轻率，不真诚，这便给这位灰姑娘的幸福打了折扣。奥斯丁塑造的女性形象虽都有这样那样的缺点，结果却都是瑕不掩瑜，小说的展开过程也就是她们自我认识、完善的过程。

《傲慢与偏见》中的伊丽莎白虽是作者的宠儿，但也受到作者的讽刺。"不无意识地参加了宾格莱的舞会，结果受到达西的冷落……又为威克姆所骗，听信他的谗言，不仅拒绝达西的求爱，还振振有辞地对达西大加指责，荒谬可笑而不自知。"②虽然达西对她的态度开始的确是傲慢的，但他的本质是善良、慷慨、大方的。待到明了真相，伊丽莎白感到羞愧、后悔。彭伯里之行更使她意识到自己"有成见，荒唐"，对达西产生爱慕之心。达西之所以最后克服贵族的傲慢向伊丽莎白求婚，乃是因为从她身上发现了他更为看重的传统美德之外的品质。

---

① 朱虹. 英国小说的黄金时代 [M]. 北京：中国社会科学出版社，1997：76.
② 林文琛. 奥斯丁反讽艺术片谈——奥斯丁人物塑造、情节结构的反讽艺术 [J]. 外国文学研究，1991（04）：29.

从以上我们可以看到，奥斯丁笔下的"灰姑娘"式的女性不仅让人喜爱，更让人们尊敬，她们在"灰姑娘"的结构中的形象塑造超越了传统女性形象。但是奥斯丁并不是叛逆者，尽管她的作品辛辣地嘲讽了男权社会的价值观，但总体而言，她认可社会现实，其"灰姑娘"的故事虽然有对社会的愤慨，但其女性观从根本上来说与传统父权意识并不抵触，作品中女主角与社会的关系基本上是和谐的。

（2）父权文化的道德意识

奥斯丁生活在18世纪末、19世纪初传统思想与习俗比较顽固的英国农村，这就很大程度上使她的视野与思想受到限制。她自身又是中产阶级之家培育出来的乖乖女，虔诚的天主教徒。因此，她的作品在道德层面对女性评判上，自然带有父权文化的影响。奥斯丁绝不是男权意识的颠覆者。她在表现女性意识的同时，不可避免地表现出18世纪英国父权文化的影响。

她在塑造了超越传统女性形象时，又无法将父权社会对妇女的要求抛除在意识之外。她像婴儿吸吮母亲的乳汁一样，对女性的家务和礼貌举止欣然接受。她笔下的女性理想形象，视野还较狭隘，没有一个女性想在爱情、婚姻之外去开创自己生活的新领域，获得所谓的职业或事业上的满足，例如管理农庄、经营店铺。严格地说，她们还不具备独立的存在价值，而具有较强的依附性，她们人生最大的满足是谋求一个安全可靠的归宿。对于她们来讲，嫁一个经济上富足而又得体的绅士便为自己的一生赢得了完满。她们敏锐的洞察力、聪慧的行为和优雅的姿态只是增添了自身魅力的资本而已，是成为某个男士的合格太太的原始储备。例如《傲慢与偏见》中的贝内特太太倾心竭力地为自己五个女儿物色有钱的人家。奥斯丁在书中这样写到："凡有产业的单身汉，总要迎娶太太，这已经成了一条举世公认的真理，这样的单身汉，每逢新搬到一个地方……人们总是把他看作自己某一个女儿理所应得的一笔财产。"[1] 归结起来，她们只是执着于自己的家庭小舞台，而对社会这座蕴藏丰富的大舞台视而不见。

这些非常符合父权社会的传统道德观念，即男性与女性在共同的生活中履行着不同的权利和责任。男人是家庭的主人、国家栋梁的象征，社会责任的主要承担者。而女性一旦冲破家庭的樊篱，立刻被认为是大逆不道，

---

[1] [英]简·奥斯丁. 傲慢与偏见[M]. 王科一译. 上海：上海译文出版社，2001：1.

成为一个不被大多数男性和女性认同的异类。这是生活在这一时期的女作家们难以摆脱的男权意识。

（二）奥斯丁女性意识的艺术表现

接受美学认为，文学作品具有"意义"空白和"含义"不确定性，隐含着多种阐释和评价的可能性，故而对文学作品的诠释和解读，实际上是一个不断发掘文本意义的过程。聚焦奥斯丁小说的写作立场，我们不难看到，作品一反传统文学对女性的歧视、偏见乃至非人化描写，以可贵的艺术勇气高扬了一向在文学中受压抑的女性意识，在一定程度上建构起了女性文学的主体意识。"正如人类的自我意识首先是把人从自然的统一中分离出来一样，女性自我意识首先是把女性自身从父权社会对女性规定的各种功能角色及关系网的混沌一统中分离出来，获得独立于功能角色的身份，肯定女性作为人的存在的本体界定。"[①] 奥斯丁立足于此，创作中自然确立了女性写作的基点。

1. 奥斯丁的叙事视角

叙事视角是叙述学的一个重要范畴，指叙述者或人物从什么角度来观察故事。热奈特将视角分为三种基本类型：非聚焦型、内聚焦型和外聚焦型。

就小说的整体来观察，《傲慢与偏见》无疑选择的是非聚焦型视角，即叙述者大于人物。由于作者似乎被赋予了上帝一样的"眼睛"，因而这种视角可以居高临下而又非常从容地讲故事，可以自由自在地全方位支配故事中的人物和事件，甚至有机会，也有能力将作品内容变得通体透明而一览无余。但奥斯丁深知在女性文学创作中留置叙述空白对于作品的文学意义，她小心谨慎地使用着这个视角权力。

《傲慢与偏见》的前十章明显地呈现出非聚焦型叙事视角。叙述者全方位地关照着事件和人物，但与此同时另一个事实也显而易见——对伊丽莎白和贝内特小姐的叙述兴趣渐浓。就在达西不由自主地爱上伊丽莎白而难以自拔之后，小说视角悄然发生了变化。全知叙事视角隐退，变为限制性视角，从某一人物的角度进行叙述。具体地说，此时伊丽莎白成为小说的中心焦点，故事里的事件主要由她去听、去看、去见证。整个叙述被尽可能地限制在她的世界里了。从审美接受来看，由于特殊视角的存在，叙

[①] 陈晓兰. 女性主义批评与文学诠释[M]. 兰州：敦煌文艺出版社，1999：98.

述者便有理由忽视其他人物，使读者形成一种阅读期待。"假若对他们有更多的内心描写，读者对他们十分了解，那就会推动很多悬念，使情节显得平淡乏味。"[①] 奥斯丁的这种视角转换实际上留出了很大一份空间给自己，让自己的意志有机会在故事情节的进展过程中得以彰显。

叙述视角的转移使得伊丽莎白的形象更为自然，也为读者打探她精微的情感世界提供了契机。作者将自身的某种价值判断、理想追求也寄予在她的身上。换言之，伊丽莎白在一定程度上成为作者的代言人，一种打量这个世界的尺度。而叙述视角的转换使之成为名副其实的主人公。在传统文学里，男性人物意味着规范和价值标准，代表着强势话语，女性的声音总是处于被遮蔽、被叙述、被窥视、被支配的困境。奥斯丁以独特的叙事视角将处于边缘地位的女性推上前台，以女性的角度来展开故事叙述，这本身不仅仅意味着对传统叙述的颠覆，还隐含着批判既存意识形态的意义，进而张扬女性主体意识。

2. 奥斯丁笔下的女性审美形象

马尔库塞认为审美形式并不是与内容相对立存在，是辨证的对立。成为一个艺术家的代价是把所有非艺术家称作形式的东西作为内容去体验。同样以《傲慢与偏见》为例，从作品审美形象的塑造以及题材的选择上，我们都可以发现其对女性意识的理解。

贝内特太太是一个被漫画化了的人物形象，嫁姑娘是她一辈子最高兴做的事，在她眼里有一条永不变迁的公理——"凡是有财产的单身汉，必定需要娶位太太"。但事实与理智却一再告诉我们，举世公认的真理不是有财产的单身汉需要娶位太太，而是没有财产的妇女需要嫁给有财产的丈夫。小说开篇就是贝内特太太忙着说服丈夫设法将自己的女儿嫁给新入住尼尔斐花园的宾格莱先生——每年有四五千英镑收入的单身汉。当时英国继承法的不公正——女儿不能继承父亲的财产。伊丽莎白的好友夏洛特闪电般地委身于自负愚蠢的柯林斯，而这位小姐在本是无爱的婚姻中却又分明找到了某种满足和幸福感，因为夏洛特需要一个不至于挨饿受冻的"可靠的储藏室"。这种不谈爱情的婚姻实质就在于其本身是一种经济需要。生存现实逼迫女性把嫁人视为一种谋生手段。当我们了解了女性卑微的生

---

① 申丹. 叙述学与小说文体学研究 [M]. 北京：北京大学出版社，1998：240.

存真相和悲惨的境遇之后，又必须承认她们其实都是典型的理性主义者。女性们在情场、婚姻上的角逐乃至尔虞我诈都变得情有可原，利用反讽修辞塑造的女性形象赋予小说以表层喜剧、深层悲剧的性质。在作者超然、平和的叙述口吻下，小说饱含着对女性命运深沉的忧患意识和同情心。

　　小说中的女主人公伊丽莎白，论长相不及姐姐吉英；才艺与举止比不上宾格莱小姐，但她却是父亲眼中最引以为豪的女儿，是作者最喜爱的人物。这其中固然有她天性活泼、聪慧大方等原因，但更因为她那建立在真才实学基础上的敏锐的观察力和判断力，以及强烈的自信心和精神上的优越意识。她追求平等、互敬基础上的婚姻，这是作者所推崇的女性。或许有人认为伊丽莎白对自身的偏见总是难辞其咎的，而且偏见也影响了其正面意义。然而公平一点说，她的偏见并不是先入为主，而是达西的傲慢才招致了她的偏见。这种偏见与其说显示了人物形象的美中不足，不如说是女性人格自尊受到侮辱和伤害后的一种出自本能的挑战应对。从审美角度来分析，这种写法不仅打破了西方传统小说中正面人物完美无缺的传统，而且也使形象本身更具有复杂性，更富有审美意蕴和审美价值。奥斯丁从不掩饰对人物的钟爱，因为人物身上寄托了作者自身的女性人格理想和崭新的女性意识。

　　3. 奥斯丁的"反讽"写作与女性人性化解读

　　"反讽"一词最早出现于柏拉图的《理想国》中，它是指使人上当受骗，圆滑、狡诈的辩论方式，即"言语反讽"。到了19世纪，人们越来越深刻地认识到"反讽"不再是语言上的言不由衷，而开始把人物置于情境中，看到了人物所处环境中的"反讽"——"情境反讽"。"情境反讽"是一种潜在的现象，往往采用一些自以为聪明的手段，而结果恰恰事与愿违。而对于这一切的认识，只有通过观察者的眼睛才能完成。观察者对情境分析得越透彻，对情境的认识越深刻，"反讽"也越强烈、越深刻。因此，不同的观察者，站在不同的角度，从不同的侧面，必定会演绎出多种不同的解释，这种含而不露更增添了"反讽"的魅力。

　　在《曼斯菲尔德庄园》中有这样一个段落："婚礼十分得体，新娘打扮得雍容华贵，两位女傧相逊得恰到好处，她的父亲把她交付给新郎，她母亲手握着盐站在那里，准备激动一番，她姨妈酝酿着眼泪，格兰特博士把婚礼程序朗诵得感人至深。邻近地区后来议论起这次婚礼，都认为，除

第五章 《爱玛》及简·奥斯丁作品中的女性意识

了……那天的仪式,在其他方面都经得起最严格的考验。"①

这里的口吻明白无疑是调侃,每个句子几乎都有"反讽"之意,这样的段落一方面让我们忍俊不禁;另一方面,不得不赞叹作者遣词能力。相对于其他几部作品,小说《爱玛》中的反讽出现得更频繁,寓意更深刻。

邱吉尔先生与范可斯小姐回乡,爱玛又活跃起来,暂时忘却了史密斯小姐的不幸。"决心永远不出嫁""根本连一点结婚心思都没有"②的爱玛却偏偏对邱吉尔发生了极大兴趣,并设想他便是"最适合于她的人",还认为所有的人都会认为他们是"天生佳偶","她是他的对象"③。此处反讽在于立志不结婚的爱玛居然为自己撮合起婚事来了,而且无论做什么,总是想到邱吉尔,爱玛坠入情网了。正当她情意绵绵时,邱吉尔却回城了。待俩人又相见时,爱玛发现自己并没爱上他,只不过是一场梦。

邱吉尔路遇不平,救下了史密斯小姐,从梦中醒来的爱玛继续为他俩编织爱情故事。这次,爱玛非常谨慎,并未主动搭桥,只是心领神会地鼓励自卑的史密斯小姐。当邱吉尔要求爱玛为他物色一个太太时,她满口答非语言因素造成的。受嘲弄者对于自身的处境有所了解,因此,为达目的,应,理所当然地想到史密斯小姐。邱吉尔舅母的不幸去世更令她愉快,她自以为他们的恋爱再也不会受到什么阻碍了,可这又只是爱玛的一厢情愿,邱吉尔和史密斯小姐都没爱上对方,爱玛的梦想又破灭了。

经常批评爱玛的奈特利先生终于来求婚了,并且也得到了这位曾经不想结婚的小姐的应允。但反讽并未就此结束,史密斯小姐也有了好的归宿,接受了马丁的第二次求婚。对此爱玛曾坚信不疑绝不会有第二次,而事实是不但有了第二次,而且被接受了。爱玛对此当然毫无准备,顿时语塞,不过不幸的爱玛马上又如释重负地祝福起他们来了,这又违反了她"一定要使她(此处指史密斯小姐)同她的坏朋友(此处指马丁一家)隔开"④的初衷。

奥斯丁作品的反讽终极指向是什么?这似乎显得有些朦胧。的确,奥斯丁幽默感的细腻,反讽手法的纯熟,针对性的飘忽不定,以致有时真的

---

① [英]简·奥斯丁. 曼斯菲尔德庄园[M]. 秭佩译. 长沙:湖南人民出版社,1984:263.
② [英]简·奥斯丁. 爱玛[M]. 钟美荪译. 北京:外语教学与研究出版社,1981:16.
③ [英]简·奥斯丁. 爱玛[M]. 钟美荪译. 北京:外语教学与研究出版社,1981:37.
④ [英]简·奥斯丁. 爱玛[M]. 钟美荪译. 北京:外语教学与研究出版社,1981:56.

让人拿不准她到底是在笑谁。但是我们倒是可以给这位女性作家把一把脉：奥斯丁多少是带着优越感去评价人性的。在《傲慢与偏见》中，所有的人物都或多或少地受到了作者善意的嘲讽。女主人公自诩聪颖机智、却和所有的"俗人"一样被一个并不怎么高明的骗子蒙蔽。男主人公自诩高贵完美，认为自己聪明过人，因此可以"傲慢得比较有分寸"，然而当他第一次以十拿九稳的态度向一位社会地位远不如自己的女性求婚时，招来的却是一顿讥讽与谩骂。在作品中，唯一的智者是作者自己。奥斯丁曾经十分自负地谈到自己的写作目的：写作不为迟钝的人，因为他们缺少灵心慧性。奥斯丁是在写真实的人，是在寻找对女性的人性化解读，而不是在找寻女性的绝对完美。

奥斯丁反讽的另一特点是陈述中的两个对题不但相安无事，甚至往往相反相成。达到一种二律背反的境界。如"陈旧的新闻""沉重的玩笑""文雅的暴力"之类。每组搭配中的两个词虽然意义相反，从逻辑上讲相互矛盾，但实际上并不相互排斥，而反映了生活现实。这是她观察事物的方法，或者说，这是人的世界在她眼中的反映方式。"奥斯丁这种反讽风格特别显示出她对'人性'的深刻认识，说明她同自身的斗争之兴趣并不亚于对人与人之间斗争的兴趣。"[①]

在奥斯丁的世界里，尤其对于女性形象，做出选择是痛苦的。因为选择就像一把双刃剑，它既可以使自己得到自己所向往的东西，同时也要面对选择带来的负面事物。受人性弱点的局限，小说人物以反讽姿态出现于读者面前是符合人性规则的。因为人是这样一种奇怪的动物，这样一种矛盾百出，变幻无定，荒唐愚蠢的混合物。奥斯丁深知，对于女性，无论多么理智与成熟，愚蠢与荒唐无人会幸免，包括她自己。从这一意义上说，奥斯丁留给我们的人物形象，不是一幅幅单维的肖像画，而是一尊尊可以从不同角度欣赏的多维的立体雕塑。

---

① 钱震来. "论简·奥斯丁" [J]. 文艺理论研究, 1989（01）: 16.

第六章 《维莱特》及夏洛蒂·勃朗特作品中的女性意识

1815年4月，夏洛蒂·勃朗特（Charlotte Bronte）出生于英国约翰郡，秉承了父亲爱尔兰家族的性格特质，"独立、自强、坚韧、反叛"，这些性格特点在她身上表露无遗。生活的苦难没有将夏洛蒂压倒，她从自身不平凡的经历出发，以独特的女性视角，将对男权社会不平等的愤怒和对美好生活的向往付诸笔端，以文字为女性平等、自由赢得空间和舞台。在其短暂、痛苦、充满坎坷和孤独的一生，为后世读者留下了《教师》《简·爱》《谢莉》《维莱特》等四部经典的成品小说。其成名作《简·爱》在19世纪文学史上是令人瞩目的一部小说。这部小说刚一出现就引起轰动，令人眼界大开，被时人称为"惊世骇俗"之举。综观夏洛蒂其他的三部小说，人们一致公认可以与《简·爱》相媲美的另一部小说是《维莱特》。这部小说被誉为夏洛蒂"最成熟的作品"，在这部作品里，夏洛蒂的叙事和抒情的策略和艺术技巧表现得更为成熟。当时的杂志《普特南月刊》评论道："《维莱特》出现了，立刻同《简·爱》争奇斗艳，显示出同样蓬勃的朝气，旺盛的才力，大胆的笔触，戏剧性的构思，无往不胜的熟练手法。"[1] 因此，可以说这两部作品是作者在思想和艺术上的成熟之作，向人们全面而具体地展示了夏洛蒂的艺术世界。

我们把《维莱特》与《简·爱》相提并论，并不仅仅基于艺术成就方面的考虑。这两部作品就像一枚硬币的正面与反面，构成一个整体；它们互为补充，不同的面在相同的质中获得了统一。这个相同的质就是夏洛蒂·勃朗特自己。无论简·爱还是《维莱特》中的女主人公露茜·斯诺，都具有

---

[1] [英]玛格丽特·莱恩. 勃朗特三姐妹[M]. 李森，等，译. 天津：天津人民出版社，1992.

创造者自己的影子。从表面上看,简·爱积极地面对生活,具有披荆斩棘的奋斗精神;露茜则消极地对待生活,对人间苦难采取逆来顺受的态度。两人的结局也大相径庭。前者与罗切斯特终成眷属;后者与自己的恋人生离死别——保罗·伊曼纽埃尔乘坐的归船在海上遇难,久经磨难的露茜的未来仍然是无边无际的苦难的深渊。但是,这一苦一乐的两种观念都是从夏洛蒂自己的思想中分离出来的,都是作者自我表现的产物。如果说《简·爱》反映的是作者的理想世界,那么,《维莱特》反映的是作者的现实生活,记录了她对生活感到失望后的苦闷的精神历程。

如果说露茜对苦难的生活逆来顺受,倒不如说是一种隐忍,是一种默默将痛苦埋藏而一路前行,是一种坦然面对现实的生活智慧。露茜的人物形象与简·爱、阿格尼丝·格雷、卡洛林·莫当、简·费尔法克斯都不同,表面上看是一种消极的生活态度,实际上她从来没停下奋斗的脚步。这也正是笔者把露茜的人物形象分析放置在最后以形成鲜明对照之用意。

一、形象概述

露茜·斯诺贫穷,没有朋友,很小就寄居在教母布列顿太太家中,在教母家遭遇变故之后,她只能独自来到维莱特城谋生。最初帮助贝克夫人看孩子,后来成为寄宿学校的英文教师。她以自己的智慧和才能征服了学校的那一帮令人头疼的女学生,赢得了贝克夫人的尊敬。但寄宿学校的生活枯燥无味,她只能以散步来舒缓内心的焦虑和苦闷。后来英俊的约翰大夫闯入了她的心灵,他令她想起了童年,想起了她教母的儿子,可是约翰大夫先是糊涂地爱上了一个轻浮浅薄的姑娘,后来又爱上了他儿时的朋友波琳娜。露茜看在眼里,只好将对约翰大夫的爱意深藏在心里。后来她逐渐对学校的法语教授保罗·伊曼纽埃尔产生了爱情。保罗先生是贝克夫人的堂兄,他生性孤僻,专横易怒,但心肠很好。经过相处,保罗先生渐渐显露出他过去压抑在内心的善良的天性,对露茜的态度从粗暴到尊敬再发展到爱慕,最后他大胆地向她表白了爱情。但心胸狭隘的贝克夫人从中作梗,企图拆散他们。不久,贝克夫人以照料家庭事务为由将保罗安排到西印度工作,保罗离开前为露茜创办了一所属于他自己的学校,并答应三年之后回来相聚。然而,保罗在返回维莱特城的过程中遇到海难,生死未卜,露茜·斯诺只能凄凄惨惨、抑郁终生。

二、形象分析

（一）面对困境——默默隐忍

《维莱特》的译序中有："露茜·斯诺，这个以第一人称出现，深深烙上作者印记的人物，当然是《维莱特》的绝对主角，其他人物的一举一动都在她观察所及的范围内展开。她是夏洛蒂的代言人，作者对人生、爱情、宗教和社会的种种思考都通过她来表达。"[①]

维莱特就是布鲁塞尔。在布鲁塞尔的两年，夏洛蒂过得苦不堪言。身在异地，举目无亲，从教得不到社会认同，对埃热先生的热爱又如空谷回音。诸多的不如意都反映在《维莱特》一书中。因此，我们看到，露茜身上再也没有简·爱的那种反抗的激情。

面对他人的侮辱与压迫，女主人公露茜总是默默隐忍的。她是习惯于忍受艰难困苦的。这种逆来顺受使露茜成了无助的弱者——寄人篱下的孩子，漂泊不定的求职者，地位低贱的保姆，软弱可欺的女教师，贝克夫人的监视对象，保罗先生的批评靶子，甚至是学生妮吉芙拉的嘲笑对象。在露茜的生活里，没有什么是不能忍受的，她可以忍受马趣门特小姐粗暴责骂和挑剔怪僻，不但习惯于受侮辱的屈辱地位，还对身患残疾的女主人产生好感，想长久守候她。尽管这位残疾的老小姐急躁易怒、粗暴苛刻，露茜还是把她的雇主马趣门特小姐看作是她"性格暴躁的母亲"，深情地依恋着她，把自己与这位残疾的老小姐牢牢地拴在一起：

"于是，两间又热又闭塞的房间成了我的世界，而一身身患残疾的老女人则是我的女主人，我的朋友，我的一切。为她服务是我的责任——她的痛苦是我的磨难——她的缓解是我的希望——她的怒气是对我的惩罚——她的关心是对我的奖赏。我忘掉了在这间病房的被水蒸气弄得模糊的格子窗外还有田野、森林、河海洋和变化无穷的天空；我几乎满足于遗忘这些了。我内心的一切思想都变得狭小到纳入我的命运之中。我由于习惯而变得驯服和安静，由于天命而变得守纪律，我不要求在新鲜空气中散步，

[①] 范存忠. 英国文学史提纲[M]. 成都：四川人民出版社，1983.

我的胃口所需要的无过于供给病人吃的那一点点饭菜。"①

露茜一开始踏入贝克夫人的领地是以一个孤苦伶仃、被命运牵着鼻子走的弱者出现的。所以，她只能作为贝克夫人孩子们的保姆，安于一种奴仆般的位置而无可抱怨。从她来到的第一个晚上起，她就开始了被女校长及其"侦察人员"监视的命运。她的针线盒受到定期检查，她的谈话被偷听，她的通信也被一次次地翻阅。而露茜·斯诺呢，一直是忍辱含垢，一开始就假装睡着，任凭贝克夫人翻检自己的东西，复制自己的钥匙。甚至一次不经意间撞见贝克夫人正在搜查她的物品，她竟然木然地站在那里，屏住呼吸，既没有想上前阻止或揭露贝克夫人的行为，也没有发怒生气，而是想到：

"我必须撤退。那位搜查者有可能转过身来看见我；要是这样，唯一的结果就是一个尴尬场面。她和我就不得不突然相撞，彼此刨根问底，种种常规礼数都得破产，种种伪装都得一扫而光，我会盯着她的眼睛瞧，她也反过来盯着我的——我们将会明白，不再能合作共事，今生今世得从此永别。惹出这样一场大祸有什么必要呢？我当时并不感到愤怒，也一点儿都不打算离开她。"②

她忍受了被人监视的屈辱，也同样接受了工资上的不平等，露茜要做三倍的工作，只能得到相当于原来英文教师威尔逊先生一半的工资。露茜不仅仅是贝克夫人手中的受害者，同时，也是她的教授、爱人保罗手下的牺牲品。同贝克夫人一样，他也监视着露茜，囚禁过她——最初是把她锁在蟑螂、老鼠出没的阁楼里排练台词，饿得她半死；后来，又将她关在教室里，成为他"忧心忡忡的俘虏"，几乎因为饥饿、口渴和高温而晕过去。他在租住的房间里用望远镜监视着常去花园的露茜，并定期打开露茜的书桌予以检查。更有甚者，他还在感情上控制着露茜，因为后者极易受他那捉摸不定的情绪的影响，盲目相信他，并对他的天生暴躁噤若寒蝉。保罗先生不仅对露茜看什么书，修什么课加以监督、指导，而且还对她的衣着横加干涉，他不能忍受露茜在着装上哪怕一点鲜艳色彩。在他眼里，露茜就应该永远是一个隐忍克己的女人。在出席音乐会的那个晚上，第一次穿

---

① [英]夏洛蒂·勃朗特. 维莱特[M]. 吴钧陶，西海，译. 上海：上海译文出版社，1994.
② [英]夏洛蒂·勃朗特维莱特[M]. 吴钧陶，西海，译. 上海：上海译文出版社，1994.

着粉红色礼服的露茜便招致了保罗先生的不满:"他严肃地凝视着我。凝视着我,或者不如说凝视着我的粉红色连衣裙——他的眼睛里闪射着对这件衣裳的冷嘲热讽的评论的神色。"① 后来,在郊外吃早饭的那个上午,露茜穿了件新的红色印花布衣,这也大大激怒了保罗先生:"一件玫瑰色的衣服,露茜小姐比十个巴黎女子还爱卖弄风情。"②

露茜在从贝克夫人孩子们的保姆、家庭教师到女校的老师再到女校长的整个历程中遭遇了很多磨难,面对这一切,露茜不是主动迎战,而是在自我否定、自我忍受中消极地化解冲突。露茜缺乏简·爱的坚强意志和果敢精神。她忧郁沉静,沉默寡言,消极内向;习惯受惠于他人,习惯克己隐忍,习惯忍受屈辱;她性格狭隘偏执,缺乏自信心,也不求上进。在人生的逆境中,她不能向简·爱那样勇敢地去抗争,大胆地拼搏,而是听天由命,逆来顺受,向社会、环境和命运屈服。她虽然渴望被人爱,希望被人理解,希望能够向人诉说内心的苦闷与愿望,但是性格消极的露茜·斯诺却只能把苦闷与烦恼深深地埋在心底,默默地压抑着自己。露茜的人生观也是作者这时对人生的思考:

我的生活是一片惨淡的空白,时常是一个非常令人厌倦的负担,未来有时使我望而生畏。……因为我是一个孤独的妇女,并且很可能一直孤独下去。但这是无可奈何的事,因而绝对必须忍受,而且要默默地忍受。"③

(二) 面对生活——冷眼旁观

《维莱特》作品中的露茜·斯诺这个人物身上有夏洛蒂自己的影子,有人说是作者的自画像。露茜这个名字使人感到温暖、明亮,而斯诺这个姓在英语中是白雪的意思,使人觉得清冷。这个人物很敏感,又很重感情。由于她的要求得不到满足,由于她生活中受到的种种阻力,她倾向于逃避社会现实,不愿与外界联系。她对别人不友善的态度和恶劣的心情,正是由于她的痛苦和孤独造成的。但同时她又很清高,自信。露茜与简·爱并不相同,从表面上看两个人虽有不少共同之处,但本质上却不同。

从两个作品的开头看,可以看出夏洛蒂在写作手法上的变化。简·爱

---

① [英]夏洛蒂·勃朗特. 维莱特[M]. 吴钧陶,西海,译. 上海:上海译文出版社,1994.
② [英]夏洛蒂·勃朗特. 维莱特[M]. 吴钧陶,西海,译. 上海:上海译文出版社,1994.
③ [英]夏洛蒂·勃朗特. 维莱特[M]. 吴钧陶,西海,译. 上海:上海译文出版社,1994.

是一个孤儿，故事一开始，读者就看清楚了她悲惨的处境。她的感官、她的思想给人们留下了深刻的印象。讲故事的人从一个成人的角度来观察个女孩，把想法直接传递给了读者。而露茜在《维莱特》这部小说开始的时候已经是一个十四岁的少女，来到教母家里作短暂的逗留。她过去身世如何，并不清楚。她住在一个作者并未点明的亲戚家里。不过她悲伤的样子，使读者对她的命运和前途感到担心。她讲的故事从表面上看是讲她自己，但是她又并不是故事里最中心的人物。露茜讲她自己比较喜欢平静的生活，不喜欢那种激动人心的事情，说她已经受到过多的伤害，不愿意提起自己的往事，她害怕受情绪变化的干扰，宁可置身于生活的旋涡之外。她是一个把自己关闭起来的女孩，如果生活一定要让她扮演一个角色，她宁可做一个旁观者。

在来到贝克夫人学校后不久的一天夜里，露茜向读者表白了她自己的性格：

"我的性格里几乎没有欢欢喜喜的天赋；我从来也没有参加过舞会，也没有听过歌剧；虽然我常常听到别人所做的描述，甚至希望开一开眼界，然而这种愿望却不是那种只要能够参加就想分享一份乐趣的愿望，不是那种只要觉得自己宜于在某个光辉的遥远的领域里大放异彩就想去排除困难达到目标的愿望。我的希望不是热衷于得到，不是饥不择食，而只不过是想冷眼旁观新事物的一种平静的愿望而已。"[1]

在《维莱特》中，露茜作为一名生活的旁观者，观察着周围的一切人与事。在她的观念里，生活中一切美好的事物都与自己无缘，她认为自己被所有人忽略、轻视和遗忘，所以露茜总是冷眼旁观身边的一切。露茜呆在布列顿太太家里，使她能够作为一个观察者洞察感情融洽的家庭关系。她用一种不偏不倚的语调叙述别人的感受，分析自己对布列顿一家人和霍姆一家人的态度，客观地叙述他人对自己的评价。作为服侍马趣门特小姐的女伴，她依然如此，就像一个忠实的仆人那样了解情况。作为贝克夫人寄宿学校的一分子，她也没有与学校走得更近，似乎是独立存在于学校之外的，在客观地观察学校里的人和事的同时也在观察自己。她对别人对自己外表的评价漠不关心，似乎那是别人的事；她对自己的事业发展也不甚热心，只

---

[1] [英]夏洛蒂·勃朗特. 维莱特[M]. 吴钧陶, 西海, 译. 上海: 上海译文出版社, 1994.

是在贝克夫人和保罗教授的逼迫和帮助下才一步步向前迈进；她对自己的爱情也是如此，当她对约翰·格雷厄姆的迷恋，逐渐被她对保罗日益发展的爱情所取代时，也没有能够使她摆脱充当局外人和旁观者的角色。

露茜软弱、被动的个性和习惯于退缩和逃避的心理，使她对生活采取一种隐姓埋名的态度，她不能也不敢积极主动地参与生活，而只能像被人采摘，掉在水里的花一样，被水流推着前行。对于这样的选择，露茜解释道："我想要和命运妥协，用屈从于整个一生的贫困潦倒和小痛苦的办法去逃避有时发生的巨大苦难。"① 露茜·斯诺不断地向命运屈服。

在露茜·斯诺的心目中，命运是石头做成的，希望则是一尊虚假的雕像。命运是她永恒的敌人，决不会和她和解；她自己则是一艘孤单地躺在破旧的、黑暗的船库中的一条枯干的救生艇，只有危难、乌云和死亡是她的终生伙伴。于是，她对命运屈服了。在她看来，她的人生命运注定了是冷的，是冰的，就像她自己的名字一样缺少温暖，带不来丝毫的阳光气息。经历了人生风风雨雨的露茜·斯诺，沉默了，屈服了。因为她那颗被狂风暴雨撕裂的心，再也燃不起更多的火苗去驱散密布的乌云。

露茜·斯诺是生活在阳光照射不到的世界的人：她徘徊在雨天的维莱特街头，在雷雨交加的可怕夜晚，坐在敞开的窗口旁，在四边透风的阁楼上写信。甚至阳光明媚的白天对于她也是阴惨惨的。作者夏洛蒂在给威·史·威廉斯的信中谈到露茜时说："她确实有时候是既病态又软弱的；她的性格没有打算表现出一贯的坚强，而任何人如果过着她那样的生活，都必然会变得病态的。"②

在《维莱特》中，露茜·斯诺一直是以谨小慎微的面貌出现的，她孤独寂寞、软弱无助、痛苦压抑。她和简·爱一样，强烈地渴望得到感情，她全心全意的履行生活中微小的职责，但她缺乏简·爱的那种真正的内在力量。露茜·斯诺是简·爱的一个软弱的妹妹，她不具有简·爱那种心理方面的健康以及随之而来的心平气和的能力，她一直处在一种不正常的、歇斯底里的心理紊乱状态之中，有时甚至陷入中邪的、过分热烈的、散漫的胡思乱想之中，在自我的幽暗深渊中沉沦。她通常是沉默的、苦恼的、

---

① [英]夏洛蒂·勃朗特. 维莱特[M]. 吴钧陶，西海，译. 上海：上海译文出版社，1994.
② [英]夏洛蒂·勃朗特，艾米莉·勃朗特. 勃朗特两姐妹全集//[M]. 宋兆霖主编. 勃朗特两姐妹书信集（第10卷）. 杨静远，孔小炯，译. 石家庄：河北教育出版社，1996.

不健康的，她的生活中充满了厌倦感和挫败感，一种悲伤、痛苦、狂热的印象挥之不去。

露茜·斯诺是个悲剧人物，生活的失意让她的精神更加孤寂。她带着悲凉的、对于生存索然寡味的心情，带着绝望的、听天由命的心情在那个满是荆棘的世界里，艰难地生活着。太多的挫折，太多的磨难，使露茜看不到人生的希望。生命对于她来说，不过是一片不见泉水，不见棕榈，不见绿色的田野，只有漫漫黄沙的荒漠。

（三）面对爱情——无望之爱

在《维莱特》里，夏洛蒂认为爱情不是人们在社会生活中的一种需要，不是婚姻的前提和附庸，而更多的是从人的灵魂深处发出的一种渴求。它更多的时候表现出来的并不是愉悦和幸福，而是一种心灵的折磨和痛苦，尤其对男性社会中的知识女性而言。

当露茜最初出现时，她似乎爱上了爱情本身；她爱上了约翰医生，因为他和蔼而坚强，因为他是她所熟悉的唯一的男人。还有什么比这更自然的呢？……这个爱情消逝了，像冬天里温暖的一天，不是真正的春天，只是春天的信使。然后，真正的爱情慢慢地、几乎不自觉地生长出来——那种经过长时间的熟识、经受痛苦的炉火考验、受到忠贞的锤炼的爱情。露茜和保罗是经历了生活坎坷的两个苦命人，他们都有独特的、强烈的个性，都有过痛苦的人生经历，他们在生活中接触、摩擦、冲突、谅解、默契、最终深情眷恋。他们的爱情走过了不平坦的道路，是患难之交。这是两个经受过痛苦与磨难的人的灵魂沟通，是两个生活在荆棘中的人的心灵契合。这一次，露茜找到了真正属于自己的爱情，她认识到：

"那种从美貌中产生的爱情不属于我；我与之毫无共同之处；我不可能胆敢掺和到那里边去。但是，另外一种爱情：它在双方相识很久之后，胆怯的冒险闯进了生活中来，经过痛苦的熔炉的冶炼打上了坚贞的烙印，用感情的纯粹而耐久的合金加固，由理智对它加以检验，到最后，按照爱情自己的制作方法，逐步精心制作出它自己的毫无瑕疵的完美的东西来。这种爱情嘲笑激情，嘲笑激情的那种一哄而起的疯狂，以及激情的那种热火冲天，然后一下子灰飞烟灭。就是在这种爱情之中，我有着既得利益。"[①]

---

① [英]夏洛蒂·勃朗特. 维莱特[M]. 吴钧陶，西海，译. 上海：上海译文出版社，1994.

第六章 《维莱特》及夏洛蒂·勃朗特作品中的女性意识

露茜注定要深切体验爱情的磨难,当他们深情相恋时,遭到贝克夫人的重重阻挠,在即将与爱人团聚之际,保罗葬身海底。虽然她与保罗的爱情让她品尝到生活的欢乐——在分离的阴影下度过的珍贵的甜蜜。但是对她来说,爱情的幸福只是一个转瞬即逝的片刻。

夏洛蒂·勃朗特在自己的生活中迫不得已作了妥协,但是她不允许自己小说中的女主人公做同样的事。于是,《维莱特》的结局就成了一个非现实的结局,一个忧郁、悲苦的浪漫故事的结局。书中的露茜·斯诺无疑是夏洛蒂的代言人,保罗显然是从埃热先生脱胎而来,而贝克夫人则代表生活中的埃热夫人。埃热先生是她曾遇到的最令人感兴趣的博学之士,他欣赏并且唤起了她潜在的才能。他那强有力的奇特的个性,既激发她的幽默感,又引起她的爱慕之心。她对他倾注着一片纯洁而热烈的真情,但是夏洛蒂只能努力地遏制自己的情感。埃热夫人拆散夏洛蒂与埃热先生,夏洛蒂一直耿耿于怀。终于,她拿起纸笔,在《维莱特》中将自己的怨恨一泄无余。只是,书中的贝克夫人是保罗和露茜·斯诺爱情中的第三者,生活中的夏洛蒂却是埃热先生和夫人婚姻的第三者。可见,夏洛蒂在创作中,并不全以个人经历为蓝本,而掺入了相当多的个人喜恶。

夏洛蒂在露茜·斯诺身上注入了所有的关于爱情婚姻的悲观看法。她的爱情是一种失意的爱情。由于夏洛蒂·勃朗特抒发她自己那颗得不到满足的心,最具有代表性的是描写失意的爱情。

爱情对露茜·斯诺来说是可遇而不可求的。马趣门特小姐的爱情经历使她更加看破爱情,并预先想到自己的命运,尽管她本人将会以一种比较积极的方式(工作)排遣她个人的孤独感。她遇见那个脾气好,长相标致,但不聪明却成为幸福的妻子和母亲女同学时,露茜再一次意识到,她本人一定要培养自己过劳动生活,而不是培养自己取得爱情、婚姻和母亲的身份。"朝气"号上的乘客们和妮吉芙拉的首次出现,使露茜对爱情和婚姻的世俗观点陷入沉思——爱情属于有钱者和漂亮的人。在维莱特走夜路时,露茜遇到两个蓄着小胡子的下流男人的跟踪盯梢,使她感受到那个城市里很普遍的对待两性关系的下流态度,这种遭遇,让露茜不敢奢望在这个异邦小城中得到爱情。

然而,善感多情的露茜内心还是非常渴望爱情的,尽管性格被动的她决不会主动去追寻爱情。当妮吉芙拉尖锐地指出:

"你简直不知道什么是爱慕者;你甚至无法谈论这个话题:在别的女老师列举她们所征服的男人时,你哑巴似的坐在一边。我相信你从来也没有恋爱过,将来也决不会;你不知道那种感情,不过这样更好,因为虽然你也许让你自己的心被弄得破碎了,你却永远不会使一个活生生的男人的心破碎。"①

听到这样尖刻坦率的指责,露茜表面上仍是满不在乎的,因为以露茜的性格来说,她决不会当着讥讽她的人的面垮下来的,她也决不会求情乞怜的。然而,表面的镇静掩饰不住内心的汹涌波涛。因为,此时此刻,她正悄悄迷恋着英俊善良、风趣体贴的约翰医生,虽然从来没有受到过那位才华横溢、见多识广的年轻医师投来的爱慕的目光。

露茜·斯诺对约翰·格雷厄姆医生的爱情、她所经受的内心风暴,是无人觉察无人响应的。格雷厄姆娶了另一位美丽善良的姑娘。在约翰·格雷厄姆及其妻子波莉的形象上,夏洛蒂体现了自己关于幸福的、具有精神美和外形美的、不知痛苦失望的人的理想。她把他们作为大自然的宠儿,她欣赏他们宁静的家庭生活,同时又拿像露茜·斯诺和保罗一样的另一些人跟他们作对照,这些人的命运仍是挣扎和痛苦。关于露茜·斯诺与约翰医生的爱情,夏洛蒂认为"露茜不该嫁给约翰医生,他太年轻,英俊,开朗,和蔼,他是大自然和命运的'卷发的宠儿',应该从生活的彩票中抽得一张奖券。他的妻子应该年轻、富有而漂亮;他应该得到莫大的幸福。如果露茜要嫁人,她应该嫁给那位教师——一个需要多加谅解、多加'包涵'的人"②。

经历了丧亲和失去爱情双重痛苦的夏洛蒂,已不是经历这一切时的心情,她那颗曾一度被狂风暴雨撕裂的心终于安定下来,进入了一种极其宁静的状态。一种奠基在经验和信仰之上的深刻的满足,取代了早先的渴望和忧伤。露茜·斯诺的自述正好说明夏洛蒂如何看待生活,如何以她那悲伤的、但尚未被压倒的心灵看待生活;她怎样想,怎样感受。因此,她安排了保罗的死亡,认为较之残酷的现实社会,死亡是稍微温和的东西。命中注定的事都是无法逃避的。露茜·斯诺挡不住命运无情的捉弄,夏洛蒂

---

① [英]夏洛蒂·勃朗特. 维莱特[M]. 吴钧陶,西海,译. 上海:上海译文出版社,1994.
② [英]夏洛蒂·勃朗特. 维莱特[M]. 吴钧陶,西海,译. 上海:上海译文出版社,1994.

也是如此。保罗先生和露茜·斯诺的关系，使人不由得想起罗切斯特和简·爱的关系；虽然他们之间有明显的区别，而这些人物的性格本身也少有相似之处。但是这两对恋人的处境却有一些共同的因素，说明它们都是作者所熟悉的，很可能，它们是同一个观察到的事实在不同想象力之下产生出来的不同"样品"——理想的爱与失意的爱，因此在她们曲折的爱情路上，一个是经历了风雨之后，见到了彩虹；另一个则是许多磨难和挣扎之后，最终走向了孤独。

（四）自我审美——极端自卑

在小说中，作者采取了大胆的步骤，把男女主人公写得很丑，却让他们在情绪的影响下不时闪出刹那的美。在夏洛蒂的笔下，露茜与简·爱一样，只是普通的、不起眼儿的、矮小的、相貌平平且出身寒微的家庭教师。可以这样说，这两位女主人公不美的外表是客观存在的，但是翻阅这两部小说就不难看出，夏洛蒂在描述露茜的形象时所用的措辞与《简·爱》中是有很大不同的，叙述时所用的口吻差异也是很大的：一个是在卑微中透着掩饰不住的自信，逐步成长，最终摆脱了对容貌上的自卑感。一个是在自卑中更加顾影自怜，以至于逃避退缩，自我轻视。

在《维莱特》中，夏洛蒂让她的女主人公不断地盯着镜中的自己做着自我批判与自我否定，批判和否定是露茜送给自己的礼物。在小说中主要有五次镜中自述形象描写。在马趣门特小姐住处的镜子里，露茜看到的是一个"形容憔悴，眼睛眍䁖的形影"，正遭受着一种"主要是表面的""枯萎病的折磨"。

在贝克夫人的圣名瞻礼日中，当露茜被理发师梳理打扮之后，拿起镜子欲知究竟的时候，她"简直不能相信镜子传来的消息。编成绦辫的褐色头发那样豪华地装饰起来，真使我吃惊——我怕这不完全是我自己的，等到拉扯了几下才相信它完全是我自己的。我这时终于承认这位理发师是一位第一流的艺术家——这个人确实把普普通通的东西摆弄出了最新奇的花样"[1]。但是尽管露茜看到自己被化腐朽为神奇，最终还是觉得自己只是一片亮光的海洋中的一个小黑点，自卑得不得了。在台地别墅布列顿太太的镜中，露茜看到"我的样子像个鬼，和我的瘦削的灰色的面庞对照起来，

---

[1] [英]夏洛蒂·勃朗特. 维莱特[M]. 吴钧陶，西海，译. 上海：上海译文出版社，1994.

我的眼睛显得更大,更眍䁖,头发比生来更黑"①。

后来当露茜生平第一次穿着一套粉红色的礼服与教母布列顿太太及约翰大夫出席音乐会时,她又在镜子里看到了自己,这一次她几乎认不出自己,而随着她意识过来的那一刹那,对镜中自己的那点儿好印象随之又被抹杀了,她认为"这是我一生中的第一次,也许是唯一的一次,能享有这种'本领',竟然像别人观看我那样观看自己。不必细谈其效果如何。它带来了不调和的刺激,后悔的痛苦。这不是一种使我高兴的效果,然而,我毕竟应该感谢:它本来可能更糟糕呢"②。

最后,当爱人保罗先生要走之时,露茜欲见保罗不得,心情烦躁,到处乱走,当经由方形大厅走进屋子,在一面镶在栎木陈列柜上的镜子中看见了自己的形象:"它说明我的模样已经变了,我的双颊和嘴唇白得毫无血色,我的目光呆滞失神,我的眼睑浮肿发紫。"③

从这五次镜中的自我审视可以看出,女主人公露茜对自身外表所具有的自知之明。露茜似乎给人一种感觉,她对自己的外貌不甚在意。可以这样说,对自己的外表,她不是不在意,而是努力地使自己不去注意,或是竭力让人以为她对自己的外貌是不甚在意的。因此,当不可避免地谈到自己的外表时,也是用极端的态度,去批判、去否定自己的外在形象。那五次写实的镜中之像就是最好的例证。

但就是这种旁观者的态度,让我们从中窥见了一丝讯息,其实她对自己的外貌是十分在意的,在意到了似乎病态的程度。她口中所要极力掩盖的,其实正是心中所极力关注的。露茜越是装作不在意,就越是忍不住提起;越是在意,就越是要批判否定。可以说,她是十分看重别人对自己外表的评价的,只是生活的贫困、地位的卑微、外貌的不美,让她有意忽视自己的外表,有时甚至把对自己外貌的格外看重走向了极端:自我批判与自我漠视。用这种极端的自我否定来掩饰她对自己外貌的关注,掩饰内心深处敏感的自卑。

夏洛蒂不仅让露茜不停地自我否定,而且还通过书中其他人物之口贬

---

① [英]夏洛蒂·勃朗特,维莱特[M]. 吴钧陶,西海,译. 上海:上海译文出版社,1994.
② [英]夏洛蒂·勃朗特,维莱特[M]. 吴钧陶,西海,译. 上海:上海译文出版社,1994.
③ [英]夏洛蒂·勃朗特,维莱特[M]. 吴钧陶,西海,译. 上海:上海译文出版社,1994.

低露茜的容貌。在贝克夫人的圣名瞻礼日里，漂亮的妮吉芙拉提出一起去镜子面前照照时，露茜既不抗拒，也不规劝，更不发表意见，任由妮吉芙拉把她拉到化妆室里的镜子面前，通过两人外表的巨大差异进行对比以满足对方的虚荣心，任由樊肖小姐顾影自怜，洋洋自得。夏洛蒂对男性美的审视也是独特的。她认为气质——刚强、坚毅、深沉、稳健的气质——是审视男性美的关键。她的男主人公罗切斯特和保罗集中体现了夏洛蒂的审美趣味。而这种审美趣味与女作家夏洛蒂·勃朗特在布鲁塞尔学法语时跟康斯坦丁·埃热教授的交往的经历分不开的。我们无须隐瞒，简·爱对罗切斯特、露茜·斯诺对教授保罗的男性美的审视中，就如同夏洛蒂对她的情人埃热男性美的审视一样，是情人眼里出西施，带有一种偏爱心理。如同夏洛蒂看见或在想象中欣赏她爱过的埃热的长相、身材、风度、气质什么都好一样，简的眼睛里的罗切斯特也无一不美，罗切斯特那不美的相貌以及"乌云满面""吃惊的粗暴"等她能明显感觉到的缺点，也都在他那"光环效应"的作用下谅解、容忍、视而不见了，甚至还认为那就是他的独特的魅力所在，如果缺少这些魅力，就像饭菜里缺少了盐和辣椒一样淡然无味。露茜·斯诺也认为那个专横暴躁的保罗先生比英俊的约翰大夫更合她的意。

三、夏洛蒂·勃朗特作品中的女性意识

所谓物极必反，当事物发展走向极致的时候就自然而然地开始向其相反的方向发展，随着工业经济爆发性的发展和女性被压抑程度的加深，反抗压迫的女性意识开始萌芽，突破传统顺从的声音越来越高。处于附属地位的女性开始醒悟，挣脱"弱者"这个历史枷锁。首先就要有反抗的女性意识，也只有站起来反抗，才能彻底地摆脱男权社会的束缚，也只有反抗，妇女的声誉和地位才能得到实质性的提高。对于女性作家们而言，反抗的方式就是进行文学艺术创作，运用自己的知识打破男性主宰文坛的历史。一批知识阅历丰富、文化层次较高的女性作家开始走向文坛，成为欧洲女性意识的先驱。这批女作家的出现，逐渐打破了男性占统治地位的文学舞台，她们通过文学创作向命运挑战，与命运抗争。她们所创作的作品也打破了传统的反映男性主宰世界、强调男性第一位、男性是妇女精神之父的文本创作模板，她们更加注重自我，注重从女性角度来描写女性，用"笔"

书写着女性的价值追求和人生理想。而这其中，夏洛蒂就是维多利亚时期这群女性作家的代表人物之一。

（一）人物塑造与形象刻画方面：突出女性的主动地位

1. 注重把女主角作为第一位人物描写

数千年来，在亚当与夏娃的传说中，夏娃因偷食禁果致使人类祖先被逐出伊甸乐园而备受责备，更因为其"多余的肋骨"的身份，天性就劣于身为男性的亚当。在传统男性为主导的文学创作领地，他们向读者讲述的都是关于男性的英雄故事，而不是女性的奋斗故事。女性人物在故事情节中出现的唯一情况和理由是烘托男性人物，仅仅起着陪衬作用。这样笔下的女性人物，大多是附属的、次要的、是被男性征服统治的、一切只以服务男性人物为前提，因此，其被塑造出来的形象，无一例外地是"顺从的羔"、性对象、老处女等被动角色、性角色，大多有失公允。事实上，19世纪前半叶的英国社会，并没有掀起轰轰烈烈的女权运动，然而，男女不平等导致的男女对立的矛盾已经非常突出，并体现在社会的各个领域、各个层面。正如女性作家的异军突起一般，女性要求解放的自由意识打破了男性主宰文学创作的格局。女人，首先是人，而后才称之为女人。女人，首先应该享有做人的权利，而不是像奴隶和女仆般毫无自尊、卑微地活着。女人需要自尊，需要爱，需要像男人一样可以平等地献身艺术，扬起梦想的风帆。正是女性渴望自由、渴望人格独立意识，使得一批生动、活泼、顽强的文学女性人物应运而生。

夏洛蒂在其短暂的一生中，她为后世读者留下了经典的四部脍炙人口的小说，尽管每部作品的内容不一、思想与风格上也存在着差异，但在这些小说有一点是相同的，她把是把女人放在了人物形象塑造的第一位，突出刻画女主角。夏洛蒂第一次在作品中塑造了一批敢于反抗男权社会、敢于争取人身自由、敢于追求平等价值的女性人物，她笔下的女主人公基本上都是孤女，弗朗西丝·亨利、简·爱、卡罗琳、谢莉、露西·斯诺都如出一辙，从小父母双亡，或被送进孤儿院，或寄养在别人家里。同时，小说的人物塑造和情节刻画上，四部小说描绘的都是孤苦无依的主人公成长的故事，她们基本都是居住在乡村小镇，生活的空间范围非常狭小、闭塞，家境窘迫，并在成长过程中受尽白眼和脸色，没有社会地位，为了生存不得不走上社会生产领域，从事着诸如家庭教师之类的职业，尽管社会地位低下,在讨生活的历程中奔波劳累,吃尽苦头,但最终,当她们以顽强的斗志、惊人的毅力勇敢地走向社会的时候,也走向了真正属于她们自己的精彩的人生舞台,这些女主人公不仅仅用自己的办法证明了自己比压制她们的男人更强大、更优秀,还依靠自食其力展示了女性自我存在的价值。

比如完成于1846年的《教师》中,女主角弗朗西丝·亨利是一名从小父母双亡的混血儿,一直被姑妈看护,由于姑妈的家境也并不如意,她一直以修补花边补贴家用,成年后在布鲁塞尔的一个女子寄宿学校担任手工教师。典型的穷娃、加上异教徒出生,这位混血儿在成长中饱受鄙夷,生活可想而知,但外柔内刚的她并不气馁、也不畏惧,而是乐观地选择了向困境挑战,她经济财富贫乏,但精神财富富足,善良聪明的她最后以自己的勤劳收获了美满的爱情。再比如发表于1847年的《简·爱》中,由于父母过世得早,可怜的简·爱脑海里似乎都回忆不起父母的容貌,与弗朗西丝·亨利一样,简也是寄养在远方亲戚(舅父)家里,但不幸运的是,舅母的偏见使得简的童年非常糟糕,不仅要承包所有的脏活、累活,还经常受到责备与辱骂,最后被舅母送进了孤儿院。但孤儿院并不是天堂,在那里她饱受着另一番摧残,一段煎熬后,简毅然选择了"自谋生路"——当家庭教师、养活自己。原以为在桑恩费尔德庄园遇见自己的爱情,怎料却在结婚前夜获知罗切斯特15年前已经婚配,有着强烈自尊的简再次选择离开,寻找新的生活出路,几经磨难与波折,最终获得了圆满的结局。在出版于1849年的《谢莉》中,夏洛蒂展示了社会各个阶层、各个领域、各个品性的人物,这些都扮演着女性进步的角色,两个女主角卡罗琳、谢莉虽然出生、性格都不一样,选择表达自我意识的方式不一样,但在追求唯美爱情的道路上却相同地展示了对男权社会的反叛。问世于1853年的《维莱特》中,夏洛蒂呈现的露西·斯诺性格上没有了简·爱刚毅的棱角,相比简来说,因为得到了教母的关照,童年相对幸福。但教母全家搬迁后,露西只能选择只身到异乡谋生,语言交流的困难,在很长一段时间使得她本来艰难的生活更加雪上加霜,尤其是精神上的孤独和寂寞,常常得不到排解。露西以隐忍的态度,将所有生活的不快一一埋藏,最终获得了生活的垂青,获得了保罗真诚地关爱,并成功开办了自己的学校。

在夏洛蒂的四部小说中,女主角都是"灰姑娘""麻雀"的形象,跳出了强权男人对理想女性"天使""皇后"的定位,就像简·爱在沉闷中发出了"我不是天使，我就是我自己！"的呼喊，温顺的卡罗琳也反叛地叫着"我要改变"，这些"麻雀"形象在很大程度上，有益于女主角更加自由地呼吸新鲜空气，更加充分地展示自我、实现自我。严格地说，在当时还处于男权占完全统治地位的时代中，女人参与写作活动本来就受到了极大的限制，而这样赤裸裸地突出女性独立、反叛的女性意识的作品几乎是"稀有动物"，由此可见，夏洛蒂·勃朗特的精神是难能可贵的，肖华尔特曾点赞她早已昂首挺胸地走在了英国女性文学时代的前列。

2. 注重女性人物反叛精神的内心表达

反观历史，可以得知，女性意识的觉醒实质上就是对以男性为中心的各种社会不公现象说"不"，就是女性勇敢地重新站上社会舞台，大胆地争取自己内心深处的自由、平等。而这种争取，在维多利亚时期的社会中毫不留情地被指责为"反叛"。反叛又如何呢？难道妇女就没有权利争取自己的自由，争取自己的权益了吗？夏洛蒂并不畏惧男人们对她"反叛"的指责声，相反地，她更愿意直接地表露自己"反叛"，表露长久被压抑的内心世界，这也就诞生了她笔下一群群性格刚烈、意志顽强、个性分明的、带有强烈反抗意识的崭新女性形象。

这些女性形象中，反抗意识最强烈的、最为人知的自然是简·爱。在那段寄养在舅母家的日子里，她受尽了表哥表姐们的白眼、冷漠、嘲笑和欺辱。然而，她不甘心这样无端的欺辱，面对表哥表姐们的挑衅，简大胆地与之对抗。尽管结局未取得实质性的胜利，而是被偏心的舅母囚禁在了"红屋子"，但简并没有因此而畏惧，心生怯懦，强烈的反叛意识支持着她一反到底，她冷静地思考着困境，太久的愤怒夹杂着悲苦的怨恨，像恶魔一样侵蚀着她的骨髓，那一刻爆发的力量是巨大的。舅母的囚禁，并没有吓退简，我想这不是因为舅母的方式不够残忍，而是简骨子里对不公的反抗已然达到了职高的顶峰，甚至于不畏惧生死，也不屈服的反叛。这或许也是为什么当费劲千难万苦，终于挣脱命运的绳索找到一个真正欣赏她、爱她的罗切斯特后，她会突然选择离开的原因。而是当结婚前夜忽然获知罗切斯特已有妻子的事实时，简并不是不爱罗切斯特，她当然也深知罗切斯特如自己爱对方一样深爱着她。她唯一无法接受的是欺瞒、是被当罗切斯特看低自己内心，她不愿意做着被世人所唾弃的已婚男人的"小三"，这不符合她对爱情真诚、对婚姻平等的追求。所以，尽管深爱，仍然离开。

第六章 《维莱特》及夏洛蒂·勃朗特作品中的女性意识

她痛苦却坚定说:"你以为我穷、低微、不漂亮、矮小,我就没有灵魂,没有心吗?——你想错了——我的灵魂跟你一样,心也跟你一样健全!……我此刻不是从习俗、惯例,甚至肉体凡胎的角度跟你说话,而是我的心灵在向你的心灵讲话,就好像我们俩已不在认识,我们正平等地站在上帝的脚下——因为我们本来就是平等的!"[①] 笔者认为,简·爱的这一席话,不仅仅是对罗切斯特的控诉,更是对男权社会下男女爱情不平等的控诉,是对女性人格不公正对待的控诉。

事实上,在夏洛蒂笔下对男性社会的控诉者,不仅仅只体现在对第一女主人公的塑造上,对于其他女性人物,她同样给予了深刻的描写和正面的回答。对于这个典型,我们不妨将目光投向伯莎。伯莎被称之为"疯女人",她为何会"疯"、她的"疯"如何表现、"疯"的深层次意义究竟是什么?如果不从夏洛蒂极力想要表现的女性意识角度分析,对伯莎这个人物形象的文化分析就只能停留在表面。通读整部小说,伯莎在文本中被提及的次数并不多,描写的篇幅也并不长,甚至于没有出声发出过一句对白,对她所有的描写都是通过简·爱和罗切斯特反映出来的。即便连第二主角的位置也轮不上号,但是,我们仍然不能小觑这个被禁闭在阁楼里的疯女人。

与夏洛蒂笔下浓墨重彩的女主角不同,作为庄园主的女儿,伯莎出身良好,长相标致,家族声望颇高,再加上父亲梅森先生30000英镑的嫁妆,这些都使其成为上层社会贵族绅士们争先追求的理想伴侣。但是,伯莎并没有将绣球抛向贵族豪绅们,而是将橄榄枝伸向了罗切斯特。当时的罗切斯特用现在时髦的话来说,是正宗的"屌丝",由于家族产业全部被哥哥继承,他一无所有。虽然,罗切斯特不停地用"无知、不成熟、缺乏经验"来辩解,不停地宣称自己像傻瓜一样被框进了婚姻的骗局。但按照当时英国的习俗和社会风气,婚后女性没有权利掌控自己的财产,当然包括嫁妆。罗切斯特即便是再无知,想必也是知道伯莎陪嫁的30000英镑最终的所有权当然是属于其配偶的,伯莎或许连使用权都没有。"灰姑娘变公主"的故事在当时的英国的确犹如神话,不可能发生,但"青蛙变王子"的故事,在当时的社会并不鲜见。以婚配的方式来改变自己的人生轨迹,从而达到进入上层社会的目的,罗斯切特也绝不是第一个。为了达到目的,改变自己分

---

① [英]夏洛蒂·勃朗特. 简·爱[M]. 祝庆英译. 上海:上海译文出版社,2006:298.

不到遗产穷困潦倒的解决，罗切斯特接住了伯莎投向他的橄榄枝，并因此一夜间成了"万元户"，而伯莎却沦为了一贫如洗的困妇。从高贵的庄园小姐到"淫荡的妻子"，身份地位的强烈反差、金钱财富的瞬间消失，更可悲的是丈夫罗切斯特对她的冷淡、蔑视，彻底地将她美好爱情的梦浇灭了。理想是丰满的，现实是骨感的，伯莎疯了，她是随着自己爱情梦想的幻灭而疯的。可想而知，如此出身良好的她，之所以选择一贫如洗的罗切斯特，不是因为又是因为什么。为了爱情，拒绝贵族豪绅，争取父亲的支持，毅然走向罗切斯特，她又得到了什么。疯掉之后的伯莎，并没有因身心得弱势地位而得到关爱，哪怕是怜悯，相反，处境更为悲惨。越是得不到重视，伯莎就越疯癫，越要折腾些事情，以博得注意。但是越折腾，反而越不受爱戴，伯莎辗转被从南美到英国，最终被囚禁在阁楼里，彻底失去了行动自由。即便是在这样的境遇下，伯莎仍在用自己的方式反抗，夜幕降临的时候，她常偷跑出来透气，当自然界新鲜空气进入体内的时候，她仍感觉自己是一个有血有肉的自由人。不幸的是，简的降临剥夺了她最后一点自由。罗切斯特不仅加强了看护，并将阁楼的出口用门封死了。封得死出口，就封得住人吗？不！伯莎仍趁着看守喝醉酒的时候，偷走钥匙跑了出来。其实，伯莎这一系列反常的举动，正是对罗切斯特的反抗，对罗切斯特不忠于爱情的反抗。虽然罗切斯特以"不成熟"回避了自己是否爱过伯莎，但在伯莎的心里，伯莎深深地爱着这个男人，也是爱让她支撑着艰难地生活下来。而她最终得知罗切斯特疯狂地爱上简之后，她开始千方百计地阻挠，一计不成再生一计，最终梅森先生成功地帮助女儿伯莎留住了婚姻。但留住的仅是庄园和庄园里心死如灰的罗切斯特，他仍在不计一切后果地寻找着简·爱，呼喊着简·爱。伯莎，最终还是输了，输得彻头彻尾，但她不服输。爱情的战场，容不得半粒尘沙，她最终选择永远的离去，自己得不到的爱情，她不愿意罗切斯特得到。她用一把火，结束了庄园、结束了生命、永远的退场。

　　许多读者包括评论家在责骂伯莎的疯癫时，都不曾细想，其实伯莎正是以这样的方式与罗切斯特对抗，与男权社会对抗。一些读者认为这是伯莎作为女性，在当时社会现实生活困境的真实写照。而笔者以为，伯莎是勇敢的，至少她敢于反抗，敢于争取自己的权力，敢于争取自己的爱情，最终的一把火是惨烈的，但不是每一个人都有这样的勇气来反抗男权社会，为自己赢得一席之位。正如中国封建社会的男女混配一般，大多选择的都是屈服、顺从，男人三妻四妾成群之后，仍能将内心的冤屈深锁内心。以罗切斯特为代表的男权社会的压迫，最终导致了伯莎的疯癫。我们再不妨联想一下夏洛蒂笔下另一个带有神经质特点的露西·斯诺，很容就能得出，夏洛蒂本人内心深处的挑战男权社会的反抗思想。

（二）主题表现与价值追求方面：紧绕女性自身话题展开

1.注重选择情感、家庭教师等女性题材

一方面，从社会生产领域脱离出来的妇女，已然极少有机会参与社会话题的讨论，更多的时间与精力都耗费在家庭之中，女性视野与她所处的闭塞空间一样狭小。另一方面，男性占据绝对主导地位的形势下，使得女性作家不能直抒胸臆，不能畅快地选择文字形式与文学体裁。或许是基于两个方面的原因，夏洛蒂更多地将自我融入作品中，表达着自己的女性主体意识，思考女性社会生存的困惑。其创作主题也更加注重对女性自身的思考和男权社会的反叛，题材的选择上更加钟情于围绕女性自身话题来展开。

无论是男耕女织的年代，还是科技日益发达的今天，男人为事业为活、女人为爱情而生的规律亘古不变。这个论证或许不完全正确，但不得不承认的是，男人大多将精力集中于政治、经济、事业，而女人则更多的将经历倾注在情感、婚姻、繁衍后代。千百年来，即使是母系社会时期，妇女始终充当着为妻为母的角色，"种的繁衍"客观上只能由妇女来承担，也正是在这种承担中，女性日益沦为家庭保姆、生育工具，逐渐地牺牲自我。繁衍工具的特殊地位，使得诸如爱情、婚姻、家庭、孩子等与繁衍紧密相关的论题成为千百年来女性们生活中的热点话题，也成为她们最为关注的焦点。无论女子的出生如何，长相如何，品性如何，但都想拥有一个疼爱自己的丈夫、温馨快乐的家庭、幸福美满的爱情，这是每个女人最本能的理想，也是女人一生所追求的价值美好。那么，爱情无疑成了小说创作最为主要的成分，夏洛蒂的四部小说都以爱情为主线，突出表达女主人公追求感情平等的婚姻观。同时，在夏洛蒂的所有作品中，细心的我们还能发现，"家庭教师"成了一个熟悉的词语，其作品中的威廉、弗兰西斯、简·爱、露西等都有担任过家庭教师的经历。当然，这与当时的社会背景有着很大的关系，女性被强制性地从生产领域分离出来以后，适合并被允许女性参与的就业岗位本就不多，还必须征得家庭中男性的同意，故而家庭教师成为中产阶级女性热捧的职业。尽管，这一职业并不像女性所期待般的如意，但仍然是被大家逐利的对象。

此外，这也与夏洛蒂自身从事过家庭教师这一职业，对这一职业深有感触，在进行文本创作的时候选择熟悉的职业更利于作品的发挥有关。更重要的是，与夏洛蒂本人真诚、朴实的作风以及自尊自强的性格有关。"我书中的主人公应该像我所看到的真实的人那样，靠劳动度过一生，他不应得到非有他自己挣来的一个先令。……不论他可能获得任何微薄的舒适条件，他都应靠自己额头的汗水来赢得。"[1]虽然该部作品曾经被退稿六次，但意志坚定的夏洛蒂仍然不忘初心地坚持着，这样执着缘于夏洛蒂自身对生活的感悟，对其自身作为一个女性的自我欣赏。虽然，之前有过写诗的经历，但《教师》这部作品却是夏洛蒂着手的第一部小说，在这部处女作中，夏洛蒂以家庭教师这个职业为作品命名，也体现了她对这份职业的感触。母亲和两位姐姐的过世，使她过早地成熟，照看弟弟妹妹成了她义不容辞的责任。然而，家境使然，为了改善生活，她唯有坚强地从家庭中走出来，为生计奔波，依靠自己的双手改写现状。当19岁的夏洛蒂背井离乡来到露海德学校任教时，我们是能想象她心中的悲苦、彷徨与不安的。如果可以选择，谁愿意在失去三个亲人的情况，主动选择背井离乡，离开熟悉温暖的家呢？为了年迈的父亲、可怜的弟妹，夏洛蒂没有选择！强烈的责任感和自强不息的奋斗精神驱使她两次离开家乡，当起了家庭教师。"靠诚实的劳动挣得的面包比不劳而获的面包更香甜。"夏洛蒂快乐地接受着生活的安排，并感恩生活赐给她的无穷意志力。在实现自身个人价值的同时，夏洛蒂还乐于将自己的经验分享给其他同龄的女子，鼓励她们真诚地对待自我，大胆走出家庭，参与社会实践，找到真正的自我。邻居威廉斯的孩子们整日无所事事地蜗居在家中，用打扮、闲聊等一类无意义的事情打发时光的状态，引起了夏洛蒂的注意与反感，她向威廉斯建言不要圈养孩子们，外面的视野很宽阔、外面的世界很精彩，虽然教师的职业辛苦、待遇也不高，有时候还要受轻蔑，但总比孩子们闲居在家中要强上几百倍，这样漫无目的的耗费时光比在一所学校里干最劳累、报酬最低的贱奴还要糟糕。夏洛

---

[1] 杨静远. 勃朗特姐妹研究[M]. 北京：中国社会科学出版社，1983：13.

蒂坦言："每当我看到，不仅在贫寒人家而且在富贵人家，整家整家的女儿们坐等出嫁我就打心眼里可怜她们。"[1] 其实，这也从一个侧面反映了夏洛蒂强烈的独立意识。

2. 注重关心女性的自我价值

夏洛蒂的小说创作中都无一例外地贯穿着爱情，然而，与同时代其他作家不同的是，夏洛蒂跳出了"绅士"对"仙女"一见钟情的传统爱情写作格式，作品中，她更加强调人格独立吸引异性眼球的作用，突出精神魅力对于获取爱情的作用，体现她作为女性追求淳朴内心世界的价值理念。

在西方传统的文学作品中，但凡与爱情有关的话题，出场的小姐太太们都是精雕细琢的，她们就像多胞胎姐妹式的，长着同样清秀美貌的面孔，拥有娇小婀娜的身材，温柔、顺从、羞答无处不在。但众所周知，夏洛蒂笔下的女主人公绝不是"美"的代言人，甚至可以用丑陋来形容。夏洛蒂也许是欧洲历史上对不美的女性进行仔细刻画的先驱，简·爱也因此成为英国文学史上第一个容貌平平的女主人公，其后包括卡罗琳、露西，即使是第一部作品中的弗兰西斯也都是不貌美、不出众的。这一点上，与她喀索斯情结有关，与她极其审视自身有关，也与她更加注重人内在的精神力量有关。夏洛蒂就是要不落俗套，就是要打破传统的清一色绝代佳人与风流倜傥男主角一见倾心、再见倾情的虚幻模式。夏洛蒂更加注重真实的表达现实，表达女性最本质的自我，她笃定地认为相貌、钱财都是外在的，人的内在才是更加打动人的。一个人的存在价值，不应该由门第、财产、身份等外在因素决定，一个女人的存在价值，也不应该由相貌、身材、取悦男子来决定，能否获取美好爱情的基础，不是那些毫无价值的外在，而是深刻的思想、善良的品德、过人的才智、高尚的情操等珍贵的内在。因此，她冲破了面容秀美、婀娜多姿的女性刻画的传统，表现的也不再是淑女们袅袅伊人地端坐在闺房、含情脉脉地静候爱情形象。她笔下的简·爱虽然是一个标准的"三无"女子——无财产、无姿色、无地位，但她有思想、有主见、有一颗真挚热情的心。爱情本身就是你情我愿，是男女双方公平的战场，这个战场上向来不需要委曲求全，更不需要照顾。于是夏洛蒂笔下的女主角如同一个斗士般扬起了爱情的旗帜。虽然，简只是一个身材瘦小、

---

[1] 杨静远. 夏洛蒂·勃朗特书信[M]. 上海：三联书店，1995：231-232.

且无动人姿色的家庭女教师,罗切斯特依然被她鲜明的个性、丰富的感情、不平凡的气质所深深吸引。这就是,不仅仅是他们相爱的基础,也是夏洛蒂极力想要表达的"人格力量"的所在,更是夏洛蒂内心深处女性自我价值的喷发。

事实上,从夏洛蒂早先写的书信中,可以看到,这位伟大的女性作家在解放女性思想的运动中更加突出女性作为平等的社会人应追寻的社会价值和自我价值。书信的内容中,多次涉及没有经济收入、没有财产地位的妇女是不可能获取与男性在婚姻家庭中的平等地位,而没有事业追求的女子,更加没有社会地位可言。

没有人生目标的航程,是不精彩的。夏洛蒂曾经不止一次地袒露,每次看到女子在家"等嫁"时,心里都会不自觉地泛起的那一阵酸楚和遗憾。无论是出身富裕的中产阶级的小姐,还是贫穷小户的姑娘,这些"等嫁"的女子都让夏洛蒂为其感到惋惜。无可厚非,如果命运眷念着这些可怜的姑娘,赐予她们一份美好的姻缘,自然是再好不过了。但如果好运没有光临呢?她们余后的生存目的是不是仅存下了一个——消磨度日?这样的消磨,毫无疑问会最终将她们本质的善良与美丽堕落得干干净净。身为一名女性,尤其经历过生活磨难的女性,夏洛蒂极其深刻地体会到没有事业、没有追求的女子生活是多么困苦,这远比生活的磨难更恐惧,如同一具没有思想和灵魂的尸体,孤苦而寂寞。这也是为什么在她笔下诞生的那些敏感的女主角,各个形象生动、个性鲜明,因为她们无论生活的坎坷多么艰辛,她们总能在生活的细缝中找到自我存在的意义和价值。

比如《教师》小说中的女主人公弗朗西丝,前面已经介绍过这位孤苦伶仃的女孩从小就没有父母,是在姑母的照顾长大的。她不更比不上伯莎,没有显贵的出身、姣好的面容,她身上唯一一闪光的就是那一股由内而外散发的积极进取的拼搏精神。由于家庭条件的缘故,弗朗西丝没有接受任何正式的入学教育,在手工技艺上也没有什么天赋,仅有的便是小时候学过的修补花边,但当她踏入罗特小姐的学校当任手工课老师时,她暗下决心一定要脚踏实地、扎扎实实地把手艺学精,以自己的本事赢得认同。这当然,与那些依靠花枝招展、搔首弄姿取悦男性的女子有着天壤之别。女主角弗朗西丝自尊自强的意识,还远远不在与此。当她被无情地解聘,再一次放逐到社会上时,面对饥饿、寒冷以及重病的姑妈,她没有苦苦地哀求校长大人，她宁愿骄傲地昂起头呼吸自由的空气，也不愿意卑微地生活在别人的威严和鄙夷之下。她开始重拾修补花边的旧活儿，虽然又苦又累，回报也极其微博，但她却依靠这份又苦又累的活儿治愈了身患重病的姑妈，并付清了所有拖欠的学费。正是因为有着这份价值追求，在嫁做人妇、过上幸福生活之后，弗朗西丝仍坚持寻求自我的人生舞台，坚持外出工作，保持经济独立，不在生活和事业上做丈夫的寄生虫。当然，和当今男女各占半天、甚至"女汉子"频出的当今社会比起来，确实不值得一提，但这在当时的英国社会，传统女子都在家等嫁良婿的情形下，是何足的难能可贵。也正因此，女主角弗朗西丝依靠自身的能力，以女性独有的自尊、自强、自立和自爱在男性社会赢得了美誉。

（三）话语构建与语言表达方面：强调女性声音的传播

克莱夫·贝尔（Clive Bell）曾指出，一件艺术作品的每一个形式，必须使它具有审美意味，每一个形式也必须成为有意味的整体的一个组成部分。虽然这番道理是针对其创作的绘画艺术而言，但是真理是相同的，万物本质上的联系是一致的，于文学艺术也应该是这样。在传统文学范本中，对于女性的描绘并不能被现实生活中的女人接受。女性作家跨入文学领界后，如何更好地通过女性声音来传播正能量的女性形象成了一个重大的话题。夏洛蒂在这个问题上，逐步采取的是一个解构—重构的过程。这一过程的不断修正，也从侧面反映了她坦诚求知、务实创新的新时代女性精神。

1. 注重对男性话语的解构

夏洛蒂创作的四部成品小说《教师》《简·爱》《谢莉》《维莱特》都是采用第一人称来叙述的，第一人称叙述者的身份，可以在很大程度上拉近读者的距离，更容易为读者所接受，也更让读者感受到作者的细腻。然而，与其他三部作品不同的是，在《教师》中，夏洛蒂将自己伪装成男性，以男人的口吻来诉说女人的故事，用伪男性的眼光来窥探女性的生活，换位角度的审视，是否能得出不一样的答案呢？从小说中可以看出，作为男主角的威廉并不青睐他的表妹和嫂子。虽然她们完全具备了维多利亚时期传统女性的"美"的标准，不仅拥有礼貌优雅的举止，还有着高贵的气质、优越的出身、纯洁温顺的品性。这些为男性所推崇的"美"，似乎并没有迷住威廉，当每次他努力尝试从表妹与嫂子身上找到一些与传统"美"不一样的东西，诸如内心的思想、人生的追求之类的本质美时，却一次次地以失败而告知。聪明的夏洛蒂,正是试图凭借男性之口来推翻维多利亚时期英国男权社会对于传统"美"的认知和传统男性文学创作的女性形象。没有内涵的美,是没有价值的美,没有内在美的女性,也称不上真正的完美女性、理想女性。同时,夏洛蒂还借着威廉的视角,有力地回应了男人世界看似不可动摇的权威。从小说的描述来看,威廉母亲本来是出身贵族家庭,贵族小姐的婚配本没有太多的自主权,然而其母亲在没有得到家族男性的许可下,与其父亲匆匆步入了婚姻。而这样的忤逆,在当时却是用"背叛"来形容的,整个家族与其母亲划清了界限,包括他的舅舅们,也拒绝与之往来。这些庸俗的想法,威廉用行动表示了反对。他用自己的婚姻再一次违背了家族长辈的意思,不仅拒绝了家族长辈们为他安排的理想伴侣,还与贫苦出身的弗朗西丝喜结连理。在读者看来,威廉是另类的维多利亚男性。因为威廉在作品中展现的是男权社会极不搭调的一面,他坚决地否定了男权社会的价值标准,否定了人与人交往的道德尺度。以男性为第一人称的叙述方式,为夏洛蒂提供了更为广阔的空间和自由。在那个女性还处于绝对不对等待遇的时代,女作家无法直抒胸臆的岁月里,夏洛蒂将自己伪装成男性来叙述的方式,不仅可以有效地消除女人天生的羞怯,还能够更加畅快地勾勒出男权社会中女性生活状况,完整地书写出女性受到的那些不平等、不公正现象。当然,夏洛蒂毕竟不是男人,她庞大的家庭中,除去父亲和弟弟两位男性外,其他与她共同生活的也全部都是女性,这就难免导致小说中威廉话语表达和内容呈现缺乏阳刚之气。与此同时,威廉这个人物形象在小说中仍然是以男性身份出现的,作者在描述的时候,不可能将其创作为像其他作品中女主角那样孤苦潦倒,在每次生活的转折点上,他总比其他女主角更幸运地获得帮助,因此也没有过多的坎坷,故事情节难免没有太多波折与悬念。特别是男性角度的叙述,始终无法深入到女性心灵的中心地带,无法感知女性最真实的细腻。或许是因为这两个原因,使得《教师》这部作品即不为男性读者欢迎,也不为女性读者爱戴,多次修改都遭到了出版商的拒绝。

或许是意识到上述的不足,在其后的三部作品中,夏洛蒂没有再采用男性第一叙述者的书写策略。在《简·爱》中,夏洛蒂以一种坦白陈述的模式,选用了双重叙述的策略来表达作品的主题思想,一方面她在一定程度上认同男权社会对于传统标准女性的定位,在作品创造中适当地融入"家的天使"元素,另一方面,又着力改变传统标准女性美的观念,极力地宣扬不美女性的"人格美"与"精神美"远远胜过于"外貌美"。这也是为什么她塑造的不美、不性感、不乖巧、但有独立思想的简轻而易举地就将英格拉姆小姐打败,并赢得罗切斯特爱情胜利的果实。简胜利的秘籍不是外貌美,而是更有魅力、更吸引人的内在人格美。这种内在人格美,给了她无穷的力量,以至于在获知罗切斯特婚史后,有能力迅速全身而退地离开。简当然不是传统意义上的天使,她就是她自己,真实的自己。与传统意义上的依附于男人而存在狭隘的女性价值相比,简更钟爱现实社会真正意义上女性自我价值。按照普遍的思维,作者或许可以就此搁笔,因为她所要表达的女性人格力量已经跃然纸上,但是夏洛蒂没有,她在不经意间让矮小、平凡的简插上了"天使的翅膀"。当故事发展到最后,简回到被伯莎烧毁的庄园,看到眼睛已经瞎了、腿脚已经残了的罗切斯特时,她那深藏在心底的爱意汹涌地翻滚着,尤其当罗切斯特深情地呼唤着我的仙女、白领女、花朵的时候,简情不自禁地飘飘然起来,完全沉浸在罗切斯特的爱意中。小说创作中,夏洛蒂安排简承担了独立、自尊、自强的非天使角色任务,却又让简在故事的结局享受着天使般的幸福,这样的双重选择实则是男权社会下对女性话语的限制的结果。评论界曾指出,伯莎这个形象或许更适合双重叙事策略来塑造,因为从另一个层面来看,伯莎实质上是简另一个自我的反照。简·爱在幼时遭受表哥表姐的欺辱和舅母的冷漠对待时候,她甚至用死来反抗,这种几乎歇斯底里的对抗中当然地近似于伯莎式的疯狂。夏洛蒂沿袭了男权社会对伯莎疯女人的定性,借助伯莎歇斯底里的疯癫来腔诉自己对男权社会的不满与愤怒,对女性生存困境和未知命运的担忧。

通过前两部小说的创作,夏洛蒂女性意识表现的手法日渐成熟,单纯写人的手法已然显得有些单薄,因此在第三部作品《谢莉》中,夏洛蒂采用了全景式的社会场景描写,以复调小说的形式传播了女性进步的声音。与前两部作品以单纯的爱情为单主线不同的是,该部作品是以两条主线贯穿始终的。一条是以罗伯特为主的19世纪工业革命取得胜利后的英国真实的社会生活背景,这在作品的开篇几个章节以大篇幅的文字进行了报道。另一条是卡罗琳为主的19世纪英国女性生活的现状,这在作品的各个章节穿插着表现。复调结构的书写,可以让读者从更宽的角度倾听到维多利亚时期女性的不同声音,更深的层次理解女性的压抑与社会的关联。小说中,进步是主旋律,激进的社会发展与停滞的女性生活形成反差,谢莉作为个性鲜明的时代进步女性生活在这样的反差中,与生俱来的经济财富和社会地位,让谢莉不必向生活摇尾乞怜,也使她更加有资本独立地参与到社会事务的处理当中去,有资格自由地支配下属,包括下属中的男性。谢莉打心眼里把自己视为男人,这位自称基达尔老爷的母狮子不仅在日常言行举止中表现出男人的洒脱与豪情,还一头撞入了男性主宰的政治领域。她跟教区长说,她要当骑兵队长、作治安理事,要像男人一样融入社会进步的潮流中去,一路走来,耍足了男人老爷的权威,这在当时的上层社会中是一件多么不可思议的事情。我相信,夏洛蒂对于谢莉这位进步的女性人物形象的塑造绝非偶然,她以戏剧性的文字向世人表达的,应该是女人永远不可能比男人弱,当上帝赋予女人一定的经济基础和社会地位的时候,女人就能够像男人一样主动地承担起社会责任和社会义务,能够独立自主的掌控自己的生活和命运。当爱情来临的时候,谢莉拥抱爱情的态度是热烈的,主动的。这与小说中的另一个女主人公卡罗琳不同,卡罗琳对罗伯特深深的爱恋是羞涩的、隐藏的,温顺的她是不可能大胆表白的,更不可能公开地向罗伯特发出追问,哪怕是一点点感情外露,她都做不到。但谢莉可以做到,不仅如此,她甚至公开承认结婚是以朴质情感为基础的,婚姻应该是感情的升华,如果婚后丈夫厌倦了、不爱了,她是可以抛弃不美满婚姻重获女性自由的。也正是这份性格的洒脱和对感情的主见,思想独立的谢莉断然拒绝了五个与她门当户对的上层公子哥,疯狂地爱上了一穷二白的教师。卡罗琳与谢莉对待婚姻感情上的反差,除了性格方面天性的因素外,更重要的是卡罗琳所处的社会位置和经济基础决定。卡罗琳是夏洛蒂笔下唯一一个没有社会工作的女性人物,再三向叔父恳请外出谋求职业的要求被一次次无情回绝后,卡罗琳只能在家做着织补袜子之类的女红。她不是没有学识,没有才干,她只是没有谢莉天生女继承人身份带给她的经济财富。经济基础决定上层建筑,经济不独立的女性是不可能有社会话语权的,卡罗琳只能顺从叔父的意愿,做着男人的附庸。其实,从这个典型人物中,不难看出,夏洛蒂想要表达其实是两个层面的意思,就像一个事物的正反两面一样,卡罗琳和谢莉也正如一个人的两面。卡罗琳是表层的、肉体层面的,她的生活是维多利亚时期妇女饱受男权压迫真实生活的写照,埋藏在心灵深处羞涩的感情使她饱受精神之苦。谢莉是里层的、精神层面的,她自由洒脱，毫无拘束，快乐地做着自己想做的、喜欢做的事，没有压抑和强迫，她用自己看似无羁的话语一次次回答了卡罗琳被生活压抑的困惑。通过两个层面意思的表达，夏洛蒂向读者真实展示了一幅维多利亚时代女性深受压抑之苦的悲惨画卷，同时又以谢莉的形象传达着独立、自主、自由的女性声音，让女性在无望的生活中找到自己的潜在力量。

2. 加强对女性话语的运用

尽管男权社会对女性作家无法直抒胸臆的种种限制，从作品《教师》伪装成男性叙述者的表达，到作品《简·爱》双重叙事策略的方法和作品《谢莉》复调论说的运用，我们依然能感受到夏洛蒂强烈的表达女性声音的愿望。她一步步冲破这种限制，企图站在一个真正属于女人的角度，用女性真实的声音，自由的书写女性的现实生活，自由的表达女性的内心世界。尽管这在当时是有困难的，但夏洛蒂仍用自己的方式，在文本创作中强化属于女性自己的话语权。这一点，集中体现在作品《维莱特》中，尽管《简·爱》是夏洛蒂影响最深、最为人所知的作品，但《维莱特》却是夏洛蒂最成熟的一部作品，它以第一人称的方式讲述了女主人的个体感受和边缘经历，对女性话语的强化使文本得以更真实地表达夏洛蒂女性意识的个体思想，因而，该部作品被评价为"夏洛蒂的真实的生平"。

夏洛蒂是在极端痛苦的心情完成了《维莱特》的创作，弟弟妹妹的离世让她再次饱受了亲人别离之苦，孤独感已经渗透到她的骨髓，她固执地认为将一个人孤独地老去。所有快乐的时光，随着母亲、姐姐、弟弟、妹妹的相继离去而烟消云散，约翰郡古老的牧师住宅显得如死一般冷清，在这里，夏洛蒂孤独地回忆自己上半生所经历的生活、爱情痛苦，冷静地思考女性理想生活的出路。孤独是这部小说的主色调，贯穿于文本的各个角落。露露茜走进读者视线的时候，已不再是孤苦的女娃，而是一名19岁的成熟少女。对于露露茜悲惨身世的描述，是通过幼女波莱的视角投射的，尽管没有平铺直叙，我们依然可以感知露露茜童年生活的凄惨及其失去亲人后几近崩溃的精神状态，某种程度上来说，这又何尝不是夏洛蒂失去亲人之后孤独悲痛心情的流露呢！与简不同，露露茜并不关注、也不在意他人的眼光，当简再三声明自己并不是穷人、仆人的时候，露露茜非常坦诚地回答了自己的生活状况，她在用"偏执狂"形容波莱的时候，其实为自己在贝克夫人学校遭受的离群索居的生活留下了伏笔。她如此深深地迷恋着约翰医生，面对经济富裕、年轻貌美的竞争对手波莱时，生活贫困、矮小自卑的露露茜连挣扎都没有挣扎就选择了放弃。不过，命运还是垂青了这位孤独的女主角，真诚的保罗用心地爱上了她，即便保罗强大的亲友团不停地给这对小青年施加压力，仍没有阻挡露露茜对饱学多才、善良质朴的保罗的爱，她可以深夜逃学跑出来与保罗互诉爱恋。而当贝克夫人跳出来千方百计阻挠时候，露露茜竟在心里破口大骂其是占着马槽的狗，并在贝克夫人强行将保罗拖走时，一向沉默的露西失声喊出了"我的心要碎了"。与其说，《维莱特》是露露茜在讲述自己的独特的人生经历，不如说是夏洛蒂在倾泻自己的个人内心情感，这情感的听众究竟是广大读者还是她自己，夏洛蒂并不在意。尽管生处那个女性只能保持沉默的年代，在那一刻，作为一名遭受巨大打击的女性，她只想以女性的声音自由地言说自己的故事，倾诉自己内心的痛苦和孤独。在强大的男权话语环境中，夏洛蒂勇敢地站出来，解构并重构被囚禁的女性话语自由，尽管这声音是微弱的，但力量却是巨大的。

（四）夏洛蒂·勃朗特女性意识为女性实现人生理想提供了出路

夏洛蒂·勃朗特所生活的19世纪英国社会，妇女是没有任何地位可言的，没有经济收入、不能参与社会政治、就连自由外出工作、自主选择婚姻的权利都被严重地受到限制。长久以来，男性在政治、经济、文化、精神层面等各个领域，肆无忌惮的压抑女性，女性一直处于失声、失我的状态，她们隐忍着、沉默着，任随自己成为男人手中随意把弄的玩偶，没有人格可言，更谈不上价值追求和人生理想。然而，当一个群体整体沉默了、失声了，女性将会陷入集体无意识状态，那将是一个不和谐、不文明、甚至野蛮的社会。上帝造人，既然承认了女人以"人"的身份出现，就应该让她们活出女人本来的样子，该有的样子！然而什么是女人该有的样子？如何才能活出这样的样子？被压抑太久的女人们，有的已经丧失了对自我的基本认识，有的彷徨着是否应该去改变现状，有的忧虑着反叛的结局究竟是否能带来希望……19世纪的英国妇女已然被窘迫的生活转晕了头脑，她们恐惧、害怕、彷徨、忐忑，她们找不到方向。

性格分明、独立自强、敢爱敢恨的夏洛蒂站出来了！夏洛蒂为那个时代的女性树起了榜样，为沉默、顺从、饱受压抑的女性指明了出路。无疑，夏洛蒂是一个女性意识非常浓厚的典型女性代表，自尊自立、坚忍顽强的

第六章 《维莱特》及夏洛蒂·勃朗特作品中的女性意识

品性,不仅成功地帮助她走过了人生每一次的低谷,更帮助她完成了伟大的文学艺术创作,一步一步推动她实现了真正的"自我"。她不仅以自己的切身经历打破了那群希望改变又害怕改变的女性们的彷徨,并将自己的女性意识完完全全地融入她的文学作品中,为后世的女性追寻平等、改写命运、获取爱情提供了经验。

夏洛蒂对社会生活中的男权主义始终是持否定态度的,对女性受压迫的现象是愤怒的,她既怒维多利亚英国社会对女性的不公,也怒当时生处于那个时代的女性自身不争气。人只有自爱,方能爱人,也才能被人所爱。因此,夏洛蒂认为,作为一名女性首先要有平等、自由的自我意识,才能在不公平的社会为自己争取到公平,在不自由的社会争取到自由。维多利亚时期的英国社会,妇女被迫从社会生产生活领域剥离出来,一些女性自甘堕落,整日无所事事,消磨时光;一些女性情愿将大把的时光浪费的搽脂抹粉、穿着打扮等外貌形象的修饰上,也不愿意花心思好好审视一下自我,这些女性被父亲、丈夫强势的控制是值得可怜、值得同情的,但不值得垂爱,因为她们连自己都没有意识到自由、平等、自爱的意义何在,又何谈来追求自由、平等和自爱呢?夏洛蒂主张追寻自我,应该通过努力提升自身素质的方式来实现,也只有这样,才能最终实现自我、超越自我,获得真正的人生价值。生活就是这样,越是无依靠的弱势群体,它越欺负他们,就像夏洛蒂经历的切肤之痛一般。出生贫穷的牧师家庭、身材矮小、相貌平庸等先天性不足,让夏洛蒂从小就得不到同龄人的喜欢。五岁失去母亲,九岁失去两个姐姐,童年的噩梦如影随形。已经如此惨烈了,但命运从来都没有因为她是弱者而给予她额外的照顾,死亡、困苦、悲痛始终笼罩着她,最后甚至将弟弟、妹妹也硬生生地从她身边带走,留下无尽的孤独。然而,生活也是有弹性的。如何改变生活,则看个人的心态与毅力,于懦弱的人而言,那些生活的困苦如永远都解不开的难题,苦恼怯畏,使得生活更加困苦,最终像雪球一样压得人喘不过气来;于坚强的人而言,那些生活的困苦则是对自身的不断磨砺与塑造,经过不懈的努力与拼搏,最终熬过风雪,迎来雨过天晴的彩虹。这就正如她笔下的威廉、弗朗西丝、简、露西,虽然身处逆境,但他们的从来都没有向命运低过头,内心的坚强与毅力激励着她们不断地求知、不停地探索。他们也深知,于上层社会的贵族们比起来,知识是改变他们命运的唯一筹码,唯有勤奋学习、积极进取,才能获取生活的青睐。于是，他们一门心思地扎进知识的海洋，弗朗西丝被解聘后，依靠织补花边的微薄收入补交了学费，简、露西在寄宿学校饱受老师、同学的欺凌，仍不忘埋头苦读，威廉更是通过勤学，掌握了写作、算数、外语。在这样的困境中，他们逆流而上，奋勇前行，不仅收获了书本知识和手工技能，更收获了人格的尊严与爱戴。他们学会了自尊、自强、自立和自信，理解了平等、自由的价值，最终赢得了美满的爱情、社会的认同和人们真诚的尊重，实现了他们梦寐以求的人生理想。

第七章　女性、女权、女人——19世纪英国文学作品中家庭女教师形象的嬗变

从18世纪中后期开始至19世纪中期，英国小说中涌现了一系列经典的灰姑娘形象，她们几乎都是由女作家塑造的，像18世纪最重要的女作家范妮·伯尼（Fanny Burney）的伊芙琳娜、19世纪初的简·奥斯丁的伊丽莎白·班纳特、爱玛·伍德豪斯、简·费尔法克斯，玛丽·玛莎·舍伍德的卡洛林·莫当，维多利亚时期夏洛蒂·勃朗特的简·爱、露西·斯诺，安妮·勃朗特的阿格尼丝·格雷，等等。可以说，"灰姑娘"式的女性人物是这一时期女性小说中十分常见且重要的形象。在这大半个世纪里，女作家塑造了大量"灰姑娘"式的女性人物。女作家们不断在"灰姑娘"身上注入新的内涵，使之能够曲折地透过男权社会表现出女性意识来，并不断激励着其他女性。"灰姑娘"的形象逐渐由童话里消极、顺从、被动的家庭天使演变为有主见的、理智、主动的新女性了，这一嬗变过程正体现了女性意识由隐到显，由弱到强的历史过程。最终，在夏洛蒂·勃朗特的简·爱身上，出现了女性企盼已久的颠覆传统女性观念、要求独立平等的"灰姑娘"。简·爱正是18世纪杰出的女权主义者玛丽·沃斯通克拉夫特（Marry Wollstonecraft）在《女权辩护》中所召唤的自尊、理智、坚强的女性，是女性意识觉醒的一个里程碑。

一、工业革命转型期应运而生的女教师群体

19世纪40年代英国完成工业革命，工业的大发展带动了整个国民经济的增长，同时也使社会日益分化为两大对立阶级。其中资产阶级女性养尊处优，终日无所事事，在家庭生活中处于依附性地位，被赋予"家庭天使""花园皇后"的称号。而一些处于社会下层的女性，无权无财，备受打压，是弱势群体的代名词。正因为此，这些中下层女性们中间，一些受过良好的教育，同时渴望摆脱原本生活状态的女性积极探索，主动寻求出路，成为教师。

（一）英国社会的两极分化

英国工业革命的完成，促进了社会生产力的提高，使英国由传统的农业国转变为工业国。整个社会也随之发生了翻天覆地的变化。首先表现在工业以势不可挡的力量压倒农业，成为英国主要经济命脉。工农业比例骤变。据1696年英国著名统计学家、经济学家格雷戈里·金（Gregory King）统计，占英国全国四分之三的农业人口到1841年已缩减为只有百分之二十五的人口从事农业，工商业的人口比重已增至百分之四十三。而据《维多利亚地方志·白金汉郡志》记载，由于该郡花边业发达，1800年前后，该郡已找不到女性从事农业生产了。[①] 到工业革命结束，英国已有了"世界工厂"的称号，成为大名鼎鼎的日不落帝国。其次，由于工业革命的完成，各种先进机器的发明创造使英国社会各个生产部门实行了机械化生产，大机器工厂生产逐渐取代原始家庭手工生产，那些没有土地可耕种的农民，被机器生产淘汰下来的手工匠者纷纷来到工厂。英国的工业化同时反映在了城乡人口比例的变化方面，18世纪60年代，全国只有伦敦、布里斯托尔的人口超过五万；到了19世纪40年代工业革命完成之时，英国已经有九个城市人口保持在十万以上，均是以工厂为经济中心的工业大都会。

但是，这些繁荣发展的背后却蕴藏着巨大的危机：社会上出现了资产阶级和无产阶级两大对立阶级，剑拔弩张。工业革命完成后的英国社会，工业取代农业成为国内主要经济支柱，经济基础决定上层建筑，工业资产阶级一跃占据了从前以拥有土地创造财富的贵族地主阶级的优势地位。资

---

① [英]约翰·哈罗德·克拉捕. 现代英国经济史（上卷）[M]. 北京：商务印书馆，1997：235.

第七章 女性、女权、女人——19世纪英国文学作品中家庭女教师形象的嬗变

产阶级的财富飞速增加，进而整个英国形成了强大的资产阶级统治体系。工业的大发展，工厂数量的增多，城市的昌盛，又带动了工人的人口数量，无产阶级的队伍也迅速壮大。正如恩格斯所说的："产业革命创造了一个大工业资本家的阶级，但是也创造了一个人数远远超过前者的产业工人的阶级。这个阶级，随着产业革命对一个又一个的工业部门的占领，在人数上不断地增加，而随着人数的增加，它在力量上也增加了。"[1]工业革命导致社会两极分化，资本家像吸血鬼一样以雇佣者的身份严酷地剥削压榨工人们，工人阶级沦为资产阶级的奴隶。

1832年英国议会被迫通过的《选举改革法案》，正式确立了资产阶级对国家政权的统治。然而当时在议会改革中支持资产阶级掌权的工人阶级却依然处于政治上无权的地位，在改革中一无所获。在工厂中，工人们备受压迫，每天工作十几小时，工资却极其低微，而且必须服从于严格的纪律，稍有怠慢，便会受罚。工厂的工作环境也极其恶劣，对当时的女工和童工来说尤为残酷，工伤事故频发，而且一旦发生工伤事故，工人只能自行回家治疗解决，工厂主不负有任何责任。工人阶级日渐繁重的劳动和动辄得咎的工作境遇使广大工人阶级处于绝对贫困的状态，两大阶级矛盾日益激化，无产阶级继而崛起反抗。在19世纪三四十年代，工人阶级爆发了为争取平等权利的运动——宪章运动。虽然宪章运动没有成功，但是为工人阶级争取独立的政治权利开辟了道路。

（二）女性的边缘化地位和出路探索

随着英国城市化，工业化进程的加快，城市中产阶级的经济实力随即上升，中产阶级的女性便从生产劳动中分离出来，闲居在家，处于男性的附属及边缘化地位。在维多利亚时代，这类女性被赋予一个动听的名字"家庭天使"。她们没有自己的意志，正如英国著名哲学家、经济学家约翰·穆勒（Johu Stuart Mill）所言："那时候，所有妇女从最年轻的岁月起就被灌输一种信念：她们最理想的性格与男人的截然相反：没有自我的意志，不是靠自我克制来管束，而是屈服和顺从于他人的控制。"[2]她们是属于男性

---

[1] 中共中央马克思恩格斯列宁斯大林著作编译局编译. 马克思恩格斯全集（第22卷）[M]. 北京：人民出版社，1965：355.
[2] 转引自周颖. 想象与现实的痛苦——1800—1850英国女作家笔下的家庭女教师[J]. 外国文学评论，2012（01）：101.

的财产,她们是男人炫耀自己财富和地位的标志物,以此证明男人的收入财产足以维持一家的生计和享乐,这种现象被凡勃伦称为"替代性消费"。在《有闲阶级的理论》一书中,美国经济学巨匠托斯丹·邦德·凡勃仑(Thorstein Bunde Veblen)指出,资产阶级通过他们的妻女来炫耀其财富,她们的无所事事和奢华被用来表现她们的所有人——丈夫和父亲的勤劳和威望。① 法国著名女权运动创始人、文学家西蒙娜·德·波伏娃(Simone de Beauvoir)在《第二性》中分析说:"对于(父权制社会中的)女孩子们来说,婚姻是结合于社会的唯一手段,如果没有人想娶她们,从社会角度来看。她们简直成了废品。"② 这些女性在大机器生产的冲击下,闲居在家,没有收入来源。她们的任务就是帮助丈夫管理仆人,照顾老人,生儿育女,或者是参加各种聚会,与贵妇人在一起赏花、喝茶、聊天,她们的养尊处优,雍容华贵是彰显男主人社会地位与经济实力的鲜活证据。

在这种男尊女卑的大环境下,一切的社会制度和保障都是围绕着男性而设立的。英国法律规定,女子通常不具有继承遗产的权利,即便是继承遗产,在婚后也会完全从属于丈夫的管辖和支配,她不再有自主的权利。而与此相伴的,她们的政治权利也随之丧失了,完全从属于男人。"一进入婚姻关系,这位女人的存在,或她在法律上的存在,立即被中止,或者至少已被合并和强化进她的丈夫的存在中去。"③

在父权制社会的统治下,社会上给予女性的相应教育制度也是围绕着如何吸引男性、成为一个好的家庭主妇而展开的,如礼仪、绘画、歌唱、舞蹈、外语,同时也会学习一些历史、地理、写作等知识,但都只是浅尝辄止,甚至她们还会学一些如何佯装晕倒的伎俩,等等。正如英国哲学家、经济学家亚当·斯密(Adam Smith)在《国富论》中明确指出的那样,女子"所学的一切,无不明显地具有一定有用目的:增进她肉体上自然的丰姿,形成她内心的谨慎、谦逊、贞洁及节俭等美德;教以妇道,使她将来不愧为家庭主妇等等"④。教育的目的就是使这些女性们使尽浑身解数来结识一段

---

① [美]凯特·米利特. 性的政治[M]. 钟良明译. 北京:社会科学文献出版社,1999:109.
② [法]西蒙娜·德·波伏娃. 第二性[M]. 郑克鲁译. 上海:译文出版社,2011:201.
③ [美]凯特·米利特. 性的政治[M]. 钟良明译. 北京:社会科学文献出版社,1999:100.
④ [英]亚当·斯密. 国民财富的性质和原因的研究(下卷)[M]. 北京:商务印书馆,1998:3387.

第七章 女性、女权、女人——19世纪英国文学作品中家庭女教师形象的嬗变

姻缘。

同时,不同的社会阶层之间这种几乎完全隔绝的状态也使女性的道路越走越窄。对于上层社会的年轻女子,每年的社交季就是她们的机会和战场,维多利亚风尚虽然在倡导良好社会风尚方面发挥着积极的作用,但又不可避免地存在阶级局限性,有意维护社会等级和尊卑关系,不同的阶层之间几乎完全处于隔绝状态,这种封闭隔离的状态使得年轻的单身女子选择配偶的范围很窄,只能选择和本阶级的或者高于本阶级的男子结合。

那些从社交季上黯然退下的女子,在失去父兄的资助之后,她们不得不同那些既无财产又无地位、在婚姻市场上毫无竞争力的下层社会的女子一样,自食其力,她们或者去当女工,或者去当教师。当然还不乏一些坚强勇敢,自食其力,独立自主的女性,这类女性大多出身于中小资产阶级,接受过良好的教育,且具备着一定的文化修养,中产阶级"家庭天使"的悠闲却又无聊空虚的"虚假繁荣"的生活,使她们厌倦,并深恶痛绝,她们想摆脱这种状态,渴望独立,不再依附于父兄或者是丈夫的供养。那么摆在她们面前的路就只有一种——就业。对于一个有一定文化涵养的中小资产阶级女性来说,当女教师似乎就是又体面又可维持生计的唯一出路。

(三)教师的恶劣处境

经济的发展带动着教育事业的前进,对教师需求的增多也使更多的女性投身到教育事业上来,结果却导致教师数量严重供大于求,竞争激烈。同时女教师待遇的低下,也使广大女教师一直处于边缘化的生存状态。

英国工业革命完成之后,经济飞速发展,带动着全社会科技、教育、卫生、医疗、军事、外交等等各领域的提升,在教育方面,英国政府着手进行教育事业的管理和规范。1833年,英国成立枢密院教育委员会,规定家长必须送适龄儿童入学,相应地对于教师的需求也开始增多。1841年人口记录中,有29840名学校女教师和女家庭教师,据统计,到了18年英国大约有25000名家庭教师。而当越来越多的妇女寻求当教师以自立时,竞争也越来越激烈,曾出现过800多人竞争一个家庭教师岗位的场面。竞争的激烈,社会对教师的需要严重供过于求,随之而来的就是教师地位的下降。

教师职业不仅竞争激烈,而且要求颇高,待遇极低,入不敷出,所劳非所得,家庭教师在雇主家更是处境尴尬,孤苦伶仃。在19世纪的英国社会,聘用家庭教师的一般都是中产阶级家庭。这些家庭对于教师的要求都很高,

除了一些必备的才艺,如音乐、舞蹈、绘画、编织等等以外,还要胜任诸如哲学、科学、神学、地理、英语、法语、数学等课程。家庭教师在教授这些必要的课程外,还要做学生的日常起居保姆,听任女主人的随意差遣。然而却不能与雇主和学生平起平坐,共享休闲时光,只能一人在角落里落落寡欢、顾影自怜。不仅如此,教师们所受的待遇也不能和付出的劳动成正比,只能勉强糊口,几乎终生处于贫困线的边缘;而且这一职业的工作年限也相当有限,雇主偏好于25岁左右的年轻单身女性,40岁以上的教师是很少见的。因此那些年龄超过40岁的女教师只有另谋生路,颠沛流离,生活难以保障。甚至有相当一批从事过家庭教师的女性由于长期的压抑和劳累,患上了精神疾病,晚年几乎在精神病院度过。不仅如此,在劳动报酬上,男女同工不同酬是一个极其普遍的现象。"资本主义的工作更适合于有理性的男性,女性从事的传统的工作被认为是非理性的,其价值被贬低。"[1] 工厂中,工厂主们除了雇佣必需数量的男工外,偏好雇佣大量女性从事一些非技术性或者技术含量非常低的工作。因为工厂主们认为女工相对于男工更好管理,并且妇女出去工作的所得只是作为家庭男主人工资的补充,而非家庭主要劳动力,因此工厂主们付给女工的报酬也只是男工的二分之一左右,甚至更少。在教育领域,女教师和男教师从事相同的工作,甚至付出更多,但待遇低于男教师,收入仅为男教师的四分之三,见习教师工资只及男性的三分之二[2],且经常有女教师因业绩水平不佳而被辞退待业。在学校中,女性一般来说担任的都是小学教师或从事低水平的教学工作。在中学,女教师仅仅占所有教师总数的一半,而大学女教师更是凤毛麟角。男教师在学校中享受的待遇是女教师望尘莫及的,升迁机会也较女教师多得多。"在教师培训机构,学校通常不把女教师看作独立的专业人士;不让她们平等地利用图书馆、实验室、公共休息室;不能直接对学生进行考试;享受不到政府的拨款;在学校管理上也一般没有发言权。"[3]

女教师不仅面临着激烈的竞争和社会资产阶级上层的歧视偏见,而且

---

[1] 王晓焰. 英国社会转型时期妇女就业地位边缘化的成因 [J]. 西南民族大学学报,2007(08): 200.

[2] 王晓焰. 英国社会转型时期妇女就业地位边缘化的成因 [J]. 西南民族大学学报,2007(08): 196.

[3] 关丽. 英国维多利亚时期中产阶级妇女就业状况研究 [D]. 苏州:苏州科技学院,2009: 33.

还遭遇到不能同从事相同工作的男教师享受到同等的待遇和地位的问题。这种性别和阶级偏见令女教师们面临着生存的考验。

二、17 至 19 世纪早期英国小说中的女性意识的发端之路

"说不好女人从什么时候开始写小说。大约从 1750 年起，英国女性就一直在稳步地进军文学市场，其主要身份是小说家。"[①]即从女性作家创作伊始，女性意识就一直伴随其左右。李维屏等在《英国女性小说史》中提出，英国女性小说起源于 17 世纪，玛丽·罗思夫人就是英国小说第一人，也就是"英国小说之母"[②]。《诺顿女性文学文选》亦将罗思夫人描述为"英国第一位创作了完整文体小说的女性作家，同时还是第一位写出十四行诗组的女诗人"。值得关注的是，她一反欧洲和英国十四行诗的传统，将诗中的求爱者写成女性，被爱者则为男性，这就有违男权叙事传统下的男女关系，也传达出罗思夫人拒绝接受男权叙事传统，追求男女平等的女性意识。另一位早期重要的英国女性作家阿弗拉·贝恩（Aphra Behn）是"英国文学史上第一位职业女作家"[③]。由于当时男权社会还不能完全接受女性作为职业作家身份的这一观念，认为写作是男性的事情，女性应被排斥在外，这为作为职业作家的阿弗拉·贝恩招来很多批评与攻击。贝恩毫不退缩，积极地进行回击，在给出版的戏剧前言中不断为女性作家的写作权利进行争取与辩护，她不畏男性霸权甚至是来自于男性社会的正面抨击，她认为女人和男人一样有权利写作，而且她往往刻意凸显自己作为女性戏剧家的身份，由此可见其鲜明的女性意识。

除了以上两位先驱之外，凯瑟琳·菲利普斯、玛格丽特·卡文迪什、德拉里维尔·曼利和伊丽莎·海伍德这些英国小说史上最早的一批女性作家的创作共同开辟了英国女性小说艺术的发端之路，而她们作品中所体现出的女性意识亦是英国文学女性意识的发源。

具体来说，在 18 世纪中期的英国，越来越多的女性作家开始创作小说：

[①] [美]伊莱恩·肖瓦尔特. 她们自己的文学 [M]. 韩敏中译. 杭州：浙江大学出版社，2012：13.
[②] 李维屏，宋建福. 英国女性小说史 [M]. 上海：上海外语教学出版社，2011：15.
[③] 李维屏，宋建福. 英国女性小说史 [M]. 上海：上海外语教学出版社，2011：20.

1760 到 1790 年间的书信体小说中,有三分之二到四分之三是出自妇女之手显然,当时女性作家在创作数量上占据着压倒性的优势,然而男性学者始终认为女性作家只是在创作数量上占了上风,其作品质量并不值得赞扬。蒲柏以及众多男性作家就对女性作家表现女性真实愿望和要求的作品进行抨击和批评。如在蒲柏(Alexander Pope)的《秀发劫》中,他表达了对女性"未加控制的情感"的厌恶倾向,认为那位倔强任性的女王是女性歇斯底里症的罪魁祸首,也是女性诗歌的始作俑者,"操纵了从 15 岁到 50 岁之间的所有女性"[1]。约翰逊对女性作家提出了类似的要求,认为她们应该"安静、纯洁、顺从"[2]。正如托德在《安吉里卡的标记:女性、写作和小说》中所言,18 世纪早期到中期,女性"属于家庭、贞洁、自我、自我牺牲,而且在行为处世上多受高尚情感的引导"[3]。由此可见,18 世纪女性作家思想和创作的内容仍受到来自男权社会的诸多限制,需要考虑自己的作品是否会被男权主导的社会所接受和认同。女性意识的表达受到男权社会的抵制与压抑,因而显现出含蓄的特性。匿名创作就是其重要表征之一:"18 世纪的女小说家利用无助的柔弱性这样一种女性形象套路来赢得男性评论者的侠义的保护,也尽可能地弱化了自己非女性的争强好胜的一面……在 18 世纪、19 世纪之交,女人以匿名发表的方式回避了职业身份的问题。"[4]

由上述可见,女性作家在表达女性意识的时候呈现出一种隐忍的状态。笔者认为,该态势使得女性作家在选择叙事策略的时候也选取了迂回、间接的表达方式进行真实思想的传达。伊莱恩·肖瓦尔特(Elasnes Showalter)在《她们自己的文学》中提到过女性作家具有男权社会意识形态所赋予的负罪感,所以她们也会采取某些策略来对自己进行开释——比如女性作家作品中的女主人公往往都会以婚姻收尾。

到了 19 世纪上半叶,众多女性作家萌发出比以往更加积极的女性主体意识,开始对文化附庸的地位和身份进行勇敢的反抗。在这一时期,女性

---

[1] [美]桑德拉·吉尔伯特,苏珊·古芭. 阁楼上的疯女人:女性作家与 19 世纪文学想象 [M]. 杨莉馨译. 上海:上海人民出版社,2015:78.
[2] 李维屏,宋建福. 英国女性小说史 [M]. 上海:上海外语教学出版社,2011:43.
[3] 武汉大学中国高校哲学社会科学发展与评价研究中心组编. 海外人文社会科学发展年度报告 [M]. 武汉:武汉大学出版社,2015:735.
[4] [美]伊莱恩·肖瓦尔特. 她们自己的文学 [M]. 韩敏中译. 杭州:浙江大学出版社,2012:4.

第七章 女性、女权、女人——19世纪英国文学作品中家庭女教师形象的嬗变

作家的数量继续激增，而且女性作家的作品也呈现出更加高超的文学水准与思想内涵，更有一部分优秀的女性作家逐渐被列入经典作家的行列。19世纪女性作家凭借具有自由思想和民主意识的女性作品在英国文坛崭露头角，一些女性作家形成了高度自觉的创作意识。其创作与当时的文化思潮以及人们的精神面貌之间存在着密切的互动关系，它们从当时的宗教、政治、伦理等领域汲取营养，关注人生现实问题，形成了文化世俗化的洪流。因而，很多这一时期的女作家的作品都关注女性的生活与内心感受，表达出关注女性生存境遇以及心理状况的女性意识，其创作过程、作品的发表以及被社会认可与接受都受到特定社会文化语境的制约，面临着来自家庭、社会、经济等各个方面的压力以及束缚。女性会经常面临被退稿或者苛刻的出版条件。女性作家仍然会受到针对作者身份、性别的质疑与批判，导致女性作家依然要承受文学创作的焦虑与压力，女性写作仍然举步维艰。许多女性作家限于身份和性别的阻碍，不能像男性作家那样自由创作与书写，于是女性意识的表达也受到一定的制约。但是，这些女作家仍然没有放弃蕴含着女性意识的书写，她们采取了一些巧妙的策略来与制约她们女性写作的种种社会压力抗衡。总之，19世纪的女性作家具有鲜明的社会批判意识，她们借助于民主平等思想，有的也借助宗教或者哲学思辨或者人道主义精神，还有的受到政治运动与社会思潮的洗礼，对英国的社会文化传统以及历史和社会的现状都进行了真实的描写与批判，英国19世纪女性作家的职责不再是教化劝诫读者，而是通过严肃的小说创作来改造和启蒙男女读者。[①]

在维多利亚时期的英国，家庭女教师一度成为报纸杂志、新闻小说的热门话题。家庭女教师因其职业具有鲜明的时代特性，以及其自身特殊的边缘性地位与身份引起了社会与文学界的广泛关注。这一时期很多作家都以家庭女教师为小说的主人公，描绘家庭女教师的生活与成长经历。特别地，在19世纪英国女性教育飞速发展与女性文化素质不断提升的背景下，女性的社会自我认同得到加强，其摆脱传统男权控制的独立自主意识也日益增强，而维多利亚时期英国经济的繁荣让中产阶级家庭的女性有了很多闲暇的时间来进行阅读和写作。有些女性更在学习的过程中，重新审视自身的

---

① 武汉大学中国高校哲学社会科学发展与评价研究中心组编. 海外人文社会科学发展年度报告[M]. 武汉：武汉大学出版社，2015：735.

价值，塑造了女性独立、自信、坚强的性格。她们勇敢地冲出樊篱，挑战权威，创造了属于她们自己的文学。她们抛开男性写作的传统，将家庭、婚姻、爱情、自由和教育等纳入了创作素材。女性作家们希望通过自己的作品来表达自己的女性意识，与男性的霸权进行抗争，家庭女教师小说就是在这种背景下产生的。一方面，它承载了19世纪女性作家的社会批判意识，另一方面也表现了关注女性内心与感受的女性意识，描述刻画了女性的成长与进步，其艰难的生存境遇与工作环境，以及对其自身社会地位的认知与质疑。总之，19世纪社会的变革促进了女性思想的进步，经济形势的变迁与女性教育的提升让家庭女教师成为当时社会的特殊职业群体，而家庭女教师小说也在这种情况下逐渐形成规模成为一种类型小说。

三、19世纪英国文学作品中家庭女教师形象的嬗变

（一）传统淑女向新淑女的嬗变

传统淑女是以男性为中心的社会意识形态的产物，也是由广大女性对这一事实保持默认态度造成的。她们都是符合男性审美标准的人物形象，希望从男性那里寻得庇护。19世纪，尤其是维多利亚时代传统淑女大行其道的同时，传统淑女的反叛者——新淑女出现了。以简·奥斯丁、玛丽·玛莎·舍伍德、勃朗特姐妹为代表的女作家正是19世纪新淑女的热切追求者，其作品中的女性形象正是她们追求新淑女的具体表现。她们之间有共性，也有差异性。她们都生活在以男性为中心的社会大环境中，不同的是她们的外在，对待命运的态度、人生诉求。从传统淑女成长为新淑女，正是19世纪英国文学作品中家庭女教师形象的嬗变之路。传统淑女与新淑女的差异主要表现在以下几个方面。

第一，男性权利的压迫。19世纪传统淑女形象的本质依然默认男性权利，接受男性管制。传统淑女们生活在以男性为中心的大环境中，父兄和丈夫是她们的保护者和迫害者。她们的基本权利被男性架空，被限制在家庭中，不得在社会上抛头露面，在社会上无权。以简·奥斯丁、玛丽·玛莎·舍伍德、勃朗特姐妹为代表的女作家们同样生活在以男性中心的社会、家庭中，父亲、兄弟是她们首先要考虑和维护的。为了家庭，为了生活，她们不得不牺牲自己，遭受心灵的摧残，她们没有未来，她们的人生只是能够活着就足矣。

第七章 女性、女权、女人——19世纪英国文学作品中家庭女教师形象的嬗变

她们大多有当家庭女教师的经历，在从事家庭女教师这一职业过程中，她们从被遗忘到自我觉醒，从牺牲者到拥有生活智慧，从寻找自救到实现自我，在选择性遵循道德规范中反叛传统，在困境中的进取，不懈地寻求女性出路，渴望得到女性的理想归宿。她们作品中的女性形象水深火热的生存环境就是现实社会的映像。简·爱活在表哥里德、罗切斯特、圣约翰为代表的男性的压迫之下；海伦生活在亨廷顿罪恶的阴影中；凯瑟琳被社会世俗观念偏见束缚一生。阿格尼丝·格雷忍受着雇主家里受到的不公正待遇和无依无靠；简·费尔法克斯对家庭女教师职业的恐惧；卡洛林·莫当懂得如何调整自己的情绪与态度以适应环境，领悟到要想保持独立，有时候需要有所舍弃并接收在她心中并不完美的事物。

第二，外在形象的差异。传统淑女在乎个人的容貌，最好都有漂亮的眼睛、窈窕的身材、美丽的头发、能歌善舞；行为上尽量做到温柔、谦逊、贤淑，保持贞洁。以勃朗特姐妹等女作家为代表的新淑女没有漂亮的眼睛，高挑的身材，美丽的容貌。她们拥有的则是不起眼的外表，过时的衣服，从不过分修饰打扮自己，羞涩，不善交际，完全不是能够吸引男性目光的美人。简·爱平凡、矮小、丑陋、害羞，行为举止小心谨慎；阿格尼斯·格雷相貌平平，"凹陷而苍白的面颊，平平淡淡的深棕色头发"[1]；虽然简·费尔法克斯五官秀丽，优雅大方，但她太矜持，太谨慎，太彬彬有礼，因为寄人篱下的她没有"自己打算"的可能，只有被动接受的命运——按照上校的打算成为一名教师。

第三，命运态度的迥异。传统淑女对男性采取服从的态度，甘愿于男性的庇护。她们将自身命运的改变寄托在男性身上，默认嫁人是改变命运的唯一途径，期望能通过美貌和淑女气质缔结婚姻获得保护。以勃朗特姐妹为例，她们对命运从未屈服，虽然最适合最现实的职业道路是教师，写作梦难以实现。但面对现实，她们一步步往前，努力寻找更适合自己生存的途径。不愿意长期离家当家庭教师，她们试图独立办学，办学失败后，又潜心创作，终而实现作家梦。她们从未指望通过嫁人来改变自己的命运，她们悲惨命运的改变，源于她们的抗争，她们不甘成为传统淑女。作品中的人物和她们一样从不屈服于命运。简·爱发疯似地和表哥里德扭打，毅

---

[1] [英]安妮·勃朗特. 阿格尼斯·格雷[M]. 薛鸿时译. 南京：译林出版社，1994：109.

然决然地远走荒野，以行动向罗切斯特宣布她是自由的，她有权决定自己的人生，断然拒绝圣约翰捆绑个人自由的求婚。海伦面对无法拯救的亨廷顿，她选择带儿离家出家，不再屈从于亨廷顿的堕落罪恶，大胆地鼓励马卡姆跨越阶级的障碍。凯瑟琳试图通过与林敦结婚改变自己和希克厉的命运，当清醒认识到林敦的世俗爱情无法满足她的精神需求时，她又紧紧抓住希克厉不放。

第四，人生诉求的悬殊。传统淑女一生最大的诉求是缔结婚姻，做完美的"家庭天使"，丈夫的得力助手，成为丈夫炫耀的资本。新淑女不愿以男性的审美标准来规整自己，建立在金钱利益上的婚姻不是她们的目标，她们的理想是成为作家。她们力图摆脱男性的钳制，做人格、尊严、经济、独立的自我，做灵魂与肉体自由统一的自我，以爱情为前提的婚姻。简·爱高声呼喊"我不是天使"，无时无刻地不在保护着人格尊严不受侵害，她的爱情和婚姻都是以人格独立和平等为前提。海伦从对"家庭天使"的美好期待，变成奋力摆脱亨廷顿堕落的罪恶，勇敢地向男性权利提出反抗，以获得人格尊严的独立。凯瑟琳热切地追求自由，迫切需要获得身体和灵魂的统一，小凯瑟琳追寻互相尊重和谐的幸福生活。

总之，19世纪英国传统淑女有着漂亮的外表，温柔的内心，谦逊的品德，贤淑的品质，维护社会伦理道德的意志，保持贞洁的道德需求。但她们没有独立的生活来源，没有独立自我人格，甘愿臣服男性的权利之下，甘当男性附庸。而以简·奥斯丁、玛丽·玛莎·舍伍德、勃朗特姐妹为代表的新淑女不在乎是否有姣好的容貌，不在乎培养淑女气质，不甘和传统淑女同命运。她们不断地与命运和现实抗争，力图摆脱现实的困境，终而实现写作的梦想，抵达自我实现的巅峰。作品中的女性形象是她们个人感情和思想的外化，无论是简·爱、阿格尼斯·格雷、海伦还是凯瑟琳都有着她们的影子。她们或卑微、贫穷、无依无靠，或坚强独立，或疯狂、桀骜不驯。简·爱勇敢反抗现实社会，保护人格自我；海伦从依附男性的"家庭天使"觉醒为经济、人格等各方面都独立的新淑女；凯瑟琳狂热追求自由，因身体和灵魂无法统一而走向自我毁灭；露茜隐忍坚持，最终开办属于自己的学校，都是女作家们对现实、对人生、对社会认真审视的结晶。她们借作品中的人物表达对庸俗社会道德观念、女性无知的蔑视，猛烈批判社会的不公，执着于追求不再受男性控制，具有经济、人格、尊严、自我独立的新淑女。她们的精神气质和新淑女形象走在社会前列,为英国文学注入了新思想,为女性改变自身命运提供了新路径,警醒了无数沉睡在男性体质下的灵魂。

(二)从被遗忘到自我觉醒

简·奥斯丁之前,英国文学史上没有以女性视角描写女性成长的作家。在她作品中,我们看到英国乡村怡人的田园风光里,乡绅家庭里的年轻女性围绕爱情和婚姻展开各自的生活。奥斯丁不只描绘了她们和理想中的男性的爱情故事,也描写了她们在爱情过程中的情感变化和人格成长历程,是一个从不被重视甚至被遗忘到自我觉醒的过程。爱情婚姻观念的变化和形成,是奥斯丁女性成长小说的共性。

简·奥斯丁在小说中表达了不同于那个时代的女性观和婚姻观:(1)她反对女性比男性低等,她笔下的女性一样有主见、理性和智慧,处理家庭内外的事务都可以在行,甚至比男性还优秀。(2)她认为女性不应只学习才艺,还应该通过多读书长见识,在知识能力方面接受教育。女性的价值不应该仅仅表现在攀上一门好亲事。(3)理性的婚姻观念,金钱和爱情在婚姻中同样重要。金钱可以为婚姻提供基本物质保障,但只追求金钱的婚姻是不可取的,强调感情在婚姻中的重要,而男女平等、相互尊重基础上的婚姻关系更为牢固。如果说理查森笔下的女性成长主人公是通过维护传统道德要求的贞节而实现了女性自我成长的完成,那奥斯丁小说中的女主人公则是通过追求与爱人比肩而立完成了成长。前者是在对男权肯定的框架下书写女性成长故事,而后者表现出一定程度上的反叛意识。简·奥斯丁有比理查森更为进步的女性观念。而奥斯丁对女性追求平等意识的表达,可以说走在了社会的前面。

1.作家个人成长经验和对小说的影响

作家乔治·吉辛(George Gissing)曾经说过:"唯一好的传记,只能到小说中去寻找。"[①]这说明,除了传记外,小说给我们提供了了解作者生活和思想的介质。同样,我们也可以在小说中捕捉到奥斯丁的生活痕迹。简·奥斯丁生于1775年,卒于1817年,她生活在18、19世纪之交,当时的英国还是男性主导的社会,女性没有太多的权利,她们不被看为像男子

---

① [英]玛吉·莱恩简·奥斯丁的世界[M]. 海口:海南出版社2004:70.

一样有同等理性和智力的人，政治、经济等并不对女性开放，工作的选择也非常有限，所以嫁人——嫁给一位有资产的男性是中产家庭女性最好的出路。简·奥斯丁的六部小说无一例外地选择了青年女性的婚恋问题作为小说的主题，难能可贵的是奥斯丁不单单描写了婚嫁问题，还将女性的成长，女性的不平等写进了小说。继承权问题是简·奥斯丁作品中经常出现的，也曾发生在她自己身上。当时的女性没有继承权，男性是财产继承优先考虑的对象，先是长子，后是幼子。当没有男性子嗣时，亲戚中的男性按照血缘亲疏成为考虑对象。当丈夫去世，女性如何生存会成为天大的问题。简·奥斯丁的父亲是所在村的教区长，他不仅管理教区，还招收学生，经营租来的农庄，依靠这些养育着八个孩子。当父亲去世后，奥斯丁和母亲、姐姐收入有限，在一段时间只能靠哥哥们的资助生活，后来她们干脆搬到了哥哥爱德华的一所房子居住。这样的经历也被奥斯丁写进了小说。《理智与情感》中埃莉诺和玛丽安的父亲去世后，她们同父异母的哥哥约翰继承了父亲的遗产，约翰没有遵照父亲的遗嘱照顾埃莉诺母女。埃莉诺、玛丽安和母亲不得不搬出居住的房子，一下子失去了生活的基本保障。后来还是在一位亲戚的帮助下，才有了一处住所。

简·奥斯丁本身的情感经历对她的小说创作有不可言喻的影响。1796年，简·奥斯丁二十岁，她与来自爱尔兰的汤姆·勒夫罗伊相遇，两人互生好感并有可能步入婚姻。可戏剧性的场面没有出现，汤姆没有像简·奥斯丁求婚，他被家人支走了，他的家人不会允许他娶一位没有资产的牧师的女儿。奥斯丁没有像她的女主角们一样，拥有一而再再而三的机会，注重利益和金钱的现实社会扼杀了奥斯丁的爱情。奥斯丁在二十七岁的时候，曾经接受了她好朋友弟弟哈里斯的求婚，哈里斯是一所庄园的继承人，奥斯丁也对他颇有好感，更何况她已经二十七岁，她应该为自己找一个归宿，可奥斯丁不爱哈里斯，答应求婚的第二天她就后悔了。奥斯丁一生未嫁，她的姐姐卡桑德拉也因未婚夫早逝而单身，两个人相伴终生，她们共同经历了父亲去世后无依靠的生活，也一生未嫁他人。奥斯丁作品的女主人公有的尽管没有显赫的家世，卓越的才艺，却收获了似乎完美的婚姻，她们的婚姻对象——男主人公们个个有学识、风度，更有资产。《傲慢与偏见》中的达西人品、学识俱佳，有硕大的庄园，而且每年有10000磅的收入。即便《理智与情感》中的地位稍差一些的爱德华也是一位牧师，有稳定的

第七章 女性、女权、女人——19世纪英国文学作品中家庭女教师形象的嬗变

收入来源。有理由相信,简·奥斯丁将自己的爱情理想投射到了她的小说中,她的情感经历和作品有千丝万缕的关联。如果没有她的情感经历,这些小说也就会有不一样的情节和结局。

2. 成长型女性典型特征——形成自我认识

自我认识是"自我意识的认知成分,指个体对生理自我(如身高体重)、心里自我(如思维活动、个性特征)和社会自我(如人际关系)的认识"①。简·奥斯丁塑造的成长型女性在成长过程中,对自己身心活动逐渐形成明确的认识和评价,不随波逐流地迎合当时社会对女性的要求。

首先是对自己的个性心理特征包括能力、兴趣、性格等方面有着准确的评价。成长初期主人公对自己心理特征的判断呈现出多种形态,一方面,有的女性对自己的某些方面虽有相对明确的认识,但在其他方面过于自信、高估自己的能力,《傲慢与偏见》的主人公伊丽莎白不勉强自己做一个琴棋书画样样精通的淑女,甚至因为自己不感兴趣因而对绘画一窍不通,唱歌弹琴也并不十分刻苦,但她却十分喜爱读书并勤于思考。不过她过于相信自己有识人之才,这种自信是她受挫的重要来源。爱玛同样如此,无论在绘画还是音乐她在相同时间内的都比别人学得好,但她没有长性,是以任何方面都无法精通,她不会因为别人的夸奖沾沾自喜,而是对自己的水平心中有数。她也知道自己性格活泼有打理日常事务的能力,因此无论在家中还是外出聚会时总是能活跃气氛。她同时也将自己处理家务的能力扩大到其他方面,认为自己有资格替他人做主,导致了哈丽埃特婚姻的一波三折。另一方面有的女性则是最初对自己缺乏明确的判断,如《诺桑觉寺》的凯瑟琳十四岁前宁可玩板球也不愿意读知识性的书籍,十五岁时却因幻想成为"女主角"勉强自己读书与听音乐;因刚刚进入社交界、无人指导而对周围的环境诚惶诚恐,和别人探讨自己喜欢的小说时缺乏信心,为了维护关系的和谐容易在他人的影响下改变自己的观点。但这些女性受挫后在他人的帮助下,通过自我反思,最终对自己的心理特征有了明晰的认识。

其次,在自己的生活圈里,奥斯丁笔下的成长型女性明确自己与他人的关系和自己所处的位置,在男权社会中要求平等的地位,这主要体现在她们对婚姻、掌权者的态度以及确信自己在心智上与男性处于对等位置。

---

① 姚本先. 心理学[M]. 北京:高等教育出版社,2005:232.

在18、19世纪的英国，虽然人们认同缔结婚姻时要同时考虑社会经济和感情两方面的因素，但是付诸行动时前者受到更广泛的关注并且讲究门当户，《欧洲风化史》中曾指出无论是贵族、富有资产阶级、中小市民还是无产阶级在择偶时大都选择家境财富相当的另一半，以扩大权势、扩充产业，或是让两个原本各自挣不够生活费的人生存下来。在这些阶层中，下层人民因为不用顾虑财产和地位问题，在择偶时会将感情的契合纳入考虑范围并有所侧重，但很显然，奥斯丁笔下的人物大多不属于这个阶层。

奥斯丁笔下成长型女性的婚姻观与当时的社会潮流有所不同，作家在不否认物质的前提下，强调爱情的重要性。比起婚恋双方在财产地位上的对等，她认为二者思想与情感上的比肩而立更加重要。因此在她的小说中，除了《爱玛》外，其他成长型女性在物质方面均不占优势，这些女性也不会因为财产地位的失势而将自己放在被支配的位置上。《傲慢与偏见中》伊丽莎白关于配偶的选择是一个最突出的例证，要继承她父亲产业的牧师柯林斯与她都为中间阶层，二者门当户对，正如柯林斯自己列举的证据："我的家产总不至于让你无动于衷；我的社会地位、我与德布尔家族的交情以及我和贵府的关系，都是些对我极为有利的条件。"[①] 柯林斯的想法代表了当时的婚俗常态，奥斯丁小说中的每一段婚姻都不可避免地提到金钱的问题，甚至绝大多数人物在出场时都会被标上准确的身价，他们的金钱、房产甚至车马和家中摆设都会被提及，由此可见金钱在婚姻中的重要地位。如果伊丽莎白与柯林斯结合，也确是符合当时社会潮流的一段婚姻，但得到一个舒适的家并不是伊丽莎白踏入婚姻的最终目的，因此她拒绝了这个没有感情的求婚。除此之外，她因偏见拒绝达西的求婚，而后又愿意与他结合的过程更能体现出她对婚姻的追求。与其余的阶层相比，贵族因其特殊地位更加重视地位与财富，为了将这些荣耀延续下去，他们不仅与贵族联姻，还会与富商结为姻亲以扩大财富、稳固地位。当时的一位英国贵族威廉·坦普尔爵士曾说："我们的婚姻有如其他一些常见的交易和买卖一样，其形成只考虑利益或收益，而毫无爱情和尊重可言。"[②] 从这些当时的史实可以了解到，能与达西这样一位贵族结婚，对于伊丽莎白来说是一件十分

---

① [英]简·奥斯丁. 傲慢与偏见[M]. 方华文译. 南京：译林出版社，2011：102.

② Roy Potter. English Ssociety in the Eenglish Ccentury[M]. Penguin Books Ltd. 1982，P40.

第七章 女性、女权、女人——19世纪英国文学作品中家庭女教师形象的嬗变

幸运的事情,在以凯瑟琳夫人为代表的许多人眼中,只有拥有贵族血统和巨额财富的女人才能与他相配。但达西的傲慢以及他对简和威克姆的恶劣行为,使得伊丽莎白不仅拒绝了对方的求婚并对他做出指控。她从达西的回信中得知事情真相时也只是同情他沮丧的情绪、感激他对自己的一往情深、敬重他的品格,却丝毫不为曾拒绝他的求爱而懊悔,甚至也没有什么再与他相见的愿望,因为她感到自己对他爱不起来。直到她领悟到他们两个才能与性情都极为匹配时,才想与他结为夫妻共度一生。

在家庭状况和对婚姻的看法上,《理智与情感》中的玛丽安与伊丽莎白有许多相似之处。玛丽安虽然失去了父亲,寄人篱下,没有太多资财,但她没有在得知布兰登上校爱慕自己时便欢欣雀跃,觉得可以以此为依靠。在玛丽安看来,一个女子因为家里不舒适或者财产少而与男子结为夫妻的行为不能称作是婚姻,而是一桩双方都想占点便宜的商品买卖。与上述两位小姐相比,《爱玛》的女主人公财产丰厚,在择偶方面当然有更大的选择范围,奥斯丁小说中也不乏在这方面与她相似的女性,如《理智与情感》中玛丽安的嫂子范妮、约翰爵士的太太米德尔顿夫人、《傲慢与偏见》中宾利先生的妹妹。她们自幼过着优越的生活,在择偶时的标准都是与自己的情况相似或高于自己,以保证能稳固甚至提高自己的生活水准,爱玛则有不同的见解,她对婚姻的态度可以说超越了同时代的女性。"绝大多数年轻小姐的目标是,或者至少常常被人认为是,结一门好亲事。但是爱玛·伍德豪斯却不同,也许在她身上预示了后来时代的风尚"[1]。她认为如果自己不能找到一个非常优秀的人就终身不嫁,她不需要财产,也不贪图地位,她对丈夫的要求是能像她父亲那样尊重她。并且她认为自己即便不结婚也不会无事可做,"女子用眼睛、双手和头脑所从事的各项活动,我现在做,到那时同样可以做,这至少是不会起多大的变化吧"[2]。除此之外,她也不会缺少感情寄托,她的姐姐有许多孩子可以让她去疼爱和喜欢。玛丽安与爱玛对婚姻的看法都不是找一个人解决生活生存问题,而是找到一个在思想上契合或是在感情上能共鸣的另一半。这样的择偶观让她们在恋爱的过程中拒绝处于被动的地位,她们也同样拥有选择的权力,为获得美好的

---

[1] [英]瓦尔特·司格特. 一篇未署名的评论——《爱玛》的文章//[M]. 朱虹编选. 奥斯丁研究. 北京:中国文联出版公司, 1985: 21.

[2] [英]简·奥斯丁. 爱玛[M]. 李文俊, 蔡慧, 译. 北京: 人民文学出版社, 2005: 75.

婚姻而主动努力。

奥斯丁还认为女性与男性智力均等,她大力强调教育与知识的重要作用。但她对教育和知识的提倡不是为了顺应当时社会对乡绅阶层女性的要求,或是让她们有炫耀的资本,而是希望她们通过接受教育对自己形成更准确的认知。

18、19世纪英国的贵族、富商与中间阶层中条件较好的家庭大都通过聘请家庭教师来教导家中女孩,《爱玛》的女主人公便有一位亦姐亦母的家庭教师,《傲慢与偏见》中达西的姨妈凯瑟琳夫人,在听到伊丽莎白家有五个女孩儿却没有聘请家庭教师时,表示自己闻所未闻。但无论是从爱玛,还是凯瑟琳夫人的女儿德布尔小姐身上都没有体现出家庭教师的作用。这四位成长型女性从受挫到真正成熟的过程中,社会教育起到重要作用,她们在与不同性格、品质的人交往中逐渐体会到什么是值得尊重与学习的。在这四位女性身上我们可以看出只要经过恰当的教育,男女双方在心智上是可以实现对等的,她们自己也意识到这一点,保持着独立的判断力。达西与伊丽莎白互相成长,各有所长,而爱玛与凯瑟琳在思想成熟的"导师"面前也不是完全服从,他们扮演的只是引导而不是支配角色。

正是因为拥有自我认识,明确自我定位,她们独立思考的能力得以提升,不会随便接受同伴的意见或是遵从父母的决定,在成长过程中将自己看作独立个体而不是他者的附属品,促进自我完善。

(三)从牺牲者到拥有生活智慧

19世纪,英国资产阶级强调妇女作为母亲和妻子的职责,将妇女誉为守卫道德的"家庭天使",赋予女人圣母玛利亚的光辉形象,表面上将男性和女性区别开。实质上,是剥夺女性在经济领域活动的权利,将她们禁锢在家庭领域。男性是社会的主宰,而女性依然是男人的附属品,需要男人保护和管理,扮演着顺从、被管理的角色。庆幸的是,不断改善的公共教育和家庭教育环境,使更多的中产阶级女性有受教育的机会,能够得到一定的知识教育和文化启蒙。生于19世纪初期的勃朗特姐妹正是在这样的社会大环境中,苦苦挣扎、艰难求存,用创作来实现生存和自我表达的诉求。她们"面临着物质、家庭、社会与个人方面的压力和束缚,经常遭遇轻视和退稿的痛苦和苛刻的出版条件。绝大多数女性作家在生活体验和艺术表达上受到性别身份的阻碍,无法享受与男性一样的自由。[1]在此社会背景下,勃朗特姐妹采用男性化的笔名,以避免世人先入为主的不公评判。受制于艰难的生活环境、有限的生活阅历、狭窄的生活圈子、狭小的写作题材,她们从熟悉的爱情、婚姻、家庭等生活化的题材入手,塑造特定历史环境中探求自我实现的新淑女形象,展示她们与社会风俗和价值观念的冲突与抗争,对正统观念中沉默、被动形象的反叛,表达个人实现自我的愿望和对社会规则的蔑视。也正是因为环境的束缚,才使她们更加坚持追求异于时代的新淑女,造就了她们在19世纪英国文坛上热烈绽放,犹如闪耀的星星,在世界文学史上散发独特光芒。

1. 父权规制下的自我牺牲

维多利亚时代,布兰威尔作为家里唯一的男孩,是全家的希望所在。布兰威尔有杰出的绘画天赋。1835年夏,全家决定送他去伦敦皇家学院学习绘画艺术,力图把培养成一名伟大的画家。勃朗特先生把200英磅的年薪里能挤出来的钱,都花在培养布兰威尔上,却不能留分文给女儿们,她们必须出去自谋生计。为缓解父亲的经济压力,夏洛蒂回到罗海德学校担任教师,艾米莉跟随她到那求学,夏洛蒂的薪资抵扣艾米莉的学费,负担两个人的生活费用,最小的安妮则留在家里。"姑娘们对这样的安排没有意见,把全家所有的钱都花在独生子的身上早就是一种传统。"[2]皇家艺术学院学习计划以失败告终,布兰威尔紧接着进行成为一名作家的计划。他坚信自己的创作才能,写作的激情和冲动,给《黑檀》编辑和华兹华斯寄去热情奔放的信件,都没有收到任何回复,成为作家的梦想也破灭了。布兰威尔说服父亲在布拉德福为他开了一家肖像画馆,但内心脆弱、反复无常令他无法坚持不懈地干一件事情。他找不到顾客,负债累累,赔本的买卖难以为继。布兰威尔的绘画艺术道路又中断了,他最终放弃绘画的职业追求。迫于谋生的需求,布兰威尔在布罗顿·因·弗内斯的波塞斯威特家谋得一份家庭教师的职位,半年后被解雇。后来又在索尔比桥的火车站上谋得一份助理主管员的美差,第二年得到晋升。然而酗酒成瘾的布兰威尔没能好好珍惜这份体面的工作,未能按要求履行职责,又被解雇。最致命

---

[1] 李维屏,宋建福. 英国女性小说史[M]. 上海:上海外语教学出版社,2011:90.

[2] [英]玛格丽特·莱恩. 勃朗特三姐妹[M]. 李淼,等,译. 天津:天津人民出版社,1992:115.

的是在桑普·格林附近的罗宾逊家当家庭教师，似乎是因为陷入违背社会伦理道德的不伦恋，被男主人解雇。布兰威尔"只要在他没有被实际证明之前，他既能像一个神童一样显得才华横溢，似乎大有前程。他的创造性接二连三地在多方面表现出来，他那不容置疑的才能可以得到发挥，他那还有遇到外界批评的希望和虚荣心使他无忧无虑地做着成名的美梦"①。但天性懦弱的布兰威尔抵抗不了接连失败的残酷现实，他不堪一击，整日沉醉在鸦片与白兰地的幻想世界里。布兰威尔的堕落行为深深地折磨和摧残着勃朗特姐妹的心灵。在夏洛蒂给好友埃伦的信中，就提到"布兰威尔的事使我们感到很糟糕。他除了借酒消愁或浇愁以外，什么也不想。家里谁也不得安宁；最后，我们只得叫他离家到别处去过一个星期，派个人照料他。"②

　　布兰威尔一生的经历，可以说是一个天才殒落的过程。我们可以看到勃朗特家和社会上女孩占多数的大部分家庭一样，男孩是家庭的中心。全家倾尽所有只为培养他，所有人都希望他能干一番大事业，而女孩子只要能够养活自己就足够。布兰威尔作为勃朗特家里的宠儿，他被自己宠坏了，也被环境宠坏了。为了实现布兰威尔的理想人生，姐妹们不得不在很多事情上，以他的需求为主，这又常常导致她们在一切事情上都顺从他、迁就他，以至于他变得愈加自私。布兰威尔并没有承担起一个男人该承担的家庭责任，家庭责任的重担都背负在勃朗特姐妹身上。她们宁愿自己过着苦行僧般的日子，也要尽力帮助布兰威尔实现理想。事实上，姐妹们的努力和承受的痛苦得不到相应的回报，因为布兰威尔在实现人生理想的道路上一再地放纵自己，吸食鸦片、酗酒等恶劣行径从未停止过，而且变本加厉。

　　勃朗特姐妹们同样拥有艺术天分，但为了让布兰威尔能有一番大作为，她们不惜把创作梦想隐藏起来。她们心甘情愿去满足布兰威尔想要的一切。为帮他实现画家的人生理想，她们外出艰难求生。夏洛蒂和安妮都去当家庭教师，连离家生活就如失去生命力的艾米莉也出去当家庭教师。她们尽可能坚持着，压抑内心的情感，竭力控制精神的无所归依给她们带来的痛苦。布兰威尔令人失望的行为，不是勃朗特姐妹悲苦命运的全部原因，却是她

---

① [英]玛格丽特·莱恩. 勃朗特三姐妹[M]. 李淼，等，译. 天津：天津人民出版社，1992：114.
② [英]盖斯凯尔. 夏洛蒂·勃朗特传[M]. 祝庆英，祝文光，译. 上海：上海译文出版社，1987：256.

第七章 女性、女权、女人——19世纪英国文学作品中家庭女教师形象的嬗变

们不得不在恶劣的环境中艰苦求生的重要原因之一，她们不得不背负着家庭责任艰难前行。在男性为中心的家庭氛围中，勃朗特姐妹内心真正的呼救难以得到正视。面对艰难的人生旅途，她们同样希望男女之间地位能够获得真正的平等，她们内心的呼救能够得到重视。面对难以适应的离家生活，她们渴望有更好的办法可以让她们的精神和身体永不脱离，能够在哈沃斯快乐地永远生活在一起。

勃朗特姐妹将现实中无法实现的诉求倾注在作品中。勃朗特姐妹作品中的女性同样处在男性为中心的环境氛围中，她们的人生路同样异常艰难，但是她们的精神气质却爆发出惊人的力量。她们不再是作家津津乐道的高尚淑女，而是在异常艰难的环境中奋力挣扎，竭力寻求精神的滋养、灵魂和经济的独立，敢于反抗不平等的现实。她们自己身上无法实现的反抗让作品中的女性们去实现。她们在现实中默认以勃兰威尔为中心的家庭规制，但她们作品中的女性则对现实生存环境进行有力的反抗。她们敢于向社会发出挑战，敢于反抗不平等的男女地位。勃朗特姐妹们在现实生活中没有做到的，她们笔下的女性们却做到了。如夏洛蒂·勃朗特的《简·爱》不以社会追崇的高尚淑女、天使为主人公，而是以一个矮小、丑陋、跟不上时代、平凡的女性为主人公，生动地讲述简·爱的坎坷命运，追求男女平等的爱情故事。诚如乔治·桑普森所认为的："《简·爱》是维多利亚时代独一无二的一部小说，因为全小说中纯洁性已经化为热情和坦率。'附属于男人的女人'已经一去不复返了；这里出现了女人自己与男人平起平坐。"[1] 男女之间不平的社会现状，对勃朗特姐妹一生产生深远影响，更是直接影响了作品中人物形象的塑造。

2. 无望的生活与充实的精神创造

勃朗特姐妹生活在英国约克郡山区哈沃斯荒原小镇的牧师家庭，她们的父亲帕特克里特·勃朗特来自贫困的爱尔兰家庭，几经辗转来到哈沃斯小镇当牧师，母亲玛丽亚·布兰威尔不幸患上癌症，留下六个年幼的儿女，撒手人寰。在教育问题上，勃朗特先生有着开明的教育思想。在经济条件允许的情况下，先后将大女儿玛丽亚和二女儿伊丽莎白送去专门为乡村贫

---

[1] [英]乔治·桑普森. 简明剑桥英国文学史（19世纪部分）[M]. 刘玉麟译. 上海：上海外语教育出版社，1987：230.

困牧师家庭开设的卡文桥寄宿学校读书。然而好景不长,寄宿学校恶劣的环境致使她们双双染上瘟疫,一个月之间,先后去世。随之,夏洛蒂和艾米莉也被紧急接回家中。兄弟姐妹们在家的日子无疑是令人愉快的。平常生活虽然清苦,但她们的精神活动却异常丰富。勃朗特先生年轻时对文学创作保持着高度热情,家中大量藏书可供孩子们自由阅读,他们孜孜不倦地学习。他们还订阅了"托利党人的《利兹通讯员》和辉格党人的《利兹信使报》"①,以及德莱弗先生借她们的《约翰牛》《布莱伍德杂志》。他们广泛阅读文学作品、报刊、评论,围在一起讨论、交流思想,手牵手上荒原散步。

在勃朗特先生强烈创作欲和广泛阅读爱好的影响下,勃朗特姐妹身上也流淌着文学创作欲望的血液。十三岁的夏洛蒂和弟弟妹妹们一起写诗、编故事、合作写剧本,用木头人构想一个又一个以战争为背景的故事,编排属于不同士兵的王国故事,这些王国故事又构成一个完整的想象世界。这些诗文游戏,慢慢发展成严肃的文学创作。二十岁的夏洛蒂给湖畔派诗人罗伯特·骚塞(Robert Southey)写信求教,并附上自己的诗作。骚塞告诫夏洛蒂:"文学不能也不应成为妇女的终生事业,她在她所应尽的职责方面做得愈多,便愈无闲暇从事文学活动,即便作为一种才艺和消遣亦复如是。你现在尚未负起那些职责,等你负起那些职责的时候,你就不会那么热衷于成名了。"②

骚塞认为妇女更多的是要把时间和精力用在家庭事务上,而不是停留在幻想上,耗费在文学创作上,文学创作不是妇女的职业追求,也不是她们能够胜任的事情。骚塞这种对妇女惯常的世俗偏见,无疑给夏洛蒂带来沉重打击,挫伤了她的创作激情。她在回复骚塞的信中写到:"我相信,我不希望将自己的名字印在书上而获得荣耀的想法了,这种想法只要一出现,我将看看您的信,把她压制下去。"③

---

① [英]玛格丽特·莱恩. 勃朗特一家的故事[M]. 杨静远,顾耕,译. 上海:上海译文出版社,1990:63.
② [英]盖斯凯尔. 夏洛蒂·勃朗特传[M]. 祝庆英,祝文光,译. 上海:上海译文出版社,1987:138.
③ [英]夏洛蒂·勃朗特. 涵芬书坊夏洛蒂·勃朗特书信[M]. 杨静远,译. 北京:商务印书馆,2015:19.

第七章 女性、女权、女人——19世纪英国文学作品中家庭女教师形象的嬗变

夏洛蒂一直将骚塞的告诫铭记在心,此后九年里,放弃作家梦,安心于令她深恶痛绝的教师工作,承担照顾家庭的责任。幸而,夏洛蒂没有因此停止创作,写作是勃朗特姐妹在痛苦生活中,灵魂得以安慰的唯一途径。她们在残酷现实和死亡阴影的重压下,从文学创作中寻求精神支柱。

贫困的家庭现实,使得勃朗特姐妹必须自谋生计。勃朗特姐妹从卡文桥寄宿学校回来后,在家度过一段快乐的时光。迫于生存需求,1831年,夏洛蒂·勃朗特被送到墨菲尔德市罗海德的伍勒小姐学校上学,学习将来当一名教师或家庭教师所需的知识,以便日后谋生。夏洛蒂在伍勒小姐学校待了18个月,她把所有精力都放在学校安排的学习计划上。她知道父亲死后她们就一无所有,她必须养活自己。基于自身有限的教育程度和家庭实际情况,夏洛蒂必须也只能从事教师或家庭教师的职业,求取谋生之路。帮助父亲减轻经济压力、照顾弟弟妹妹的强烈责任感是夏洛蒂身上的重负,又是她坚持的力量源泉。1835年夏洛蒂回到罗海德学校担任教师,用薪资抵扣艾米莉的学费和生活费。压抑的校园生活、离家的痛苦、孤寂的心灵无法释放,令天性喜欢荒原和自由的艾米莉难以忍受。3个月后艾米莉病倒,防止她遭受和两个大姐同样的命运,夏洛蒂不得不把她送回家。1836年1月,安妮接替艾米莉的位置,虽然安妮同样对那里的生活感到压抑,但生性温柔、安静的她努力适应,坚持了两年。勃朗特姐妹在罗海德接受的正式教育,使她们具备当家庭老师和教师资格。

残酷的现实没有给她们一丝喘息的机会。1938年9月,难以忍受离家生活的艾米莉到帕切特小姐学校任教,苦熬6个月后,艾米莉辞职回家。责任的重压使得夏洛蒂又陷入苦闷中,在罗海德的日子难以为继,衰弱不堪的夏洛蒂辞去工作回到哈沃斯的家里。1839年4月至12月安妮在米尔邦尔德·布莱克府第当家庭教师;5月至7月夏洛蒂在斯迈盖普的西奇威克夫人家当家庭教师;1840年5月至1845年6月安妮在约克郡附近的桑普·格林庄园罗宾逊家担任家庭教;1841年3月至11月夏洛蒂在罗敦的怀特家担任家庭教师。勃朗特姐妹极不喜欢家庭教师的工作,但这是她们帮助老父亲减轻负担的唯一选择。她们深切体会了家庭教师艰难的生存现实以及人生无望的无奈。

家庭教师的工作需要善于和孩子们沟通,对于生性内向、不善交际的勃朗特姐妹来说是痛苦的,她们无法忍受、也难以胜任家庭教师的工作。

家庭教师是一份为生活而牺牲自己的工作，占据着一个人所有的时间和身心。勃朗特姐妹内心强烈憎恶家庭教师的工作，但又不得不强迫自己把青春年华投注在与她们内心和本性格格不入的工作中。家庭教师的尴尬地位令她们无所适从，家庭教师的地位比仆人高，又不被仆人所认同，雇主又可以无尽地使唤和欺压。对学生的管教得不到家长的支持和帮助，家长甚至成为学生不听管教的帮凶。家庭教师在负责管教孩子之外，还要做很多仆人的工作，比如缝制衣服、帽子等。因此，在辅导孩子的剩余时间中，家庭教师被大量的刺绣缝纫等手工活淹没，根本没有一丁点空闲时间。就如夏洛蒂在信中说的："你或许想象不出，我连挤出一刻钟写张便条的空都没有。但事实的确如此，当便条写完之后，又不得不走上1英里的路去投寄，这将花费几乎一个小时，这是一天中很大的一部分。"[①]

家庭教师工作占据了她们的全部身心。枯燥、孤独、寂寞一直萦绕在她们心中，没有任何归属感的生活令她们痛苦不堪，为了家庭又不得不牺牲自己。可以说家庭教师的生活带给勃朗特姐妹的是无尽的痛苦折磨。她们尝尽世间冷暖，勃朗特将家庭教师经历转化成感人至深的艺术作品，在艺术作品中批判社会的不公。《简·爱》和《阿格尼丝·格雷》真真切切地再现了家庭教师凄苦的生存境况，表达她们追求灵魂和肉体统一的强烈愿望。

家庭教师生活不断地折磨勃朗特姐妹的身心，然而她们能做的职业就是教师。将牧师住宅改造成学校，在家办学是她们免去离家痛苦，又能照顾好父亲和家庭，同时也可以养活自己的最佳途径。但是办学需要更高的知识水平，勃朗特先生已经没有多余的钱可以供她们去求学。她们只能向布兰威尔姨妈寻求帮助，最终在姨妈给予她们每人50英磅的资助下，夏洛蒂和艾米莉踏上布鲁塞尔求学之路。

繁华的布鲁塞尔和荒凉的哈沃斯形成鲜明的对比，文化、宗教信仰、生活习惯等的差异，使得内心羞涩、沉默、不善交际的姐妹俩感受到强烈的孤独感。在强烈求知欲的支撑下，她们在埃热学校学习了9个月。在埃热先生的用心指导下，夏洛蒂和艾米莉学习法语、音乐等课程，夏洛蒂担

---

① [英]盖斯凯尔. 夏洛蒂·勃朗特传[M]. 祝庆英，祝文光，译. 上海：上海译文出版社，1987：181.

第七章 女性、女权、女人——19世纪英国文学作品中家庭女教师形象的嬗变

任埃热学校的英语教师，薪资用以抵扣学费。然而死亡总是与她们相伴而行，玛丽的妹妹玛莎在布鲁塞尔病逝，又勾起她内心深处对死亡的恐惧和哀伤，深深陷入同情和忧伤之中。与此同时，家里来信说布兰威尔姨妈身患重病，要她们赶回去，还没等她们离开布鲁塞尔，布兰威尔姨妈就已去世。家里的突然变故打乱她们原本的计划，对于将来更加迷茫，更加没有把握，更加不敢期待。回家后，勃朗特姐妹度过一段自在的时光，在家她们才能充分释放自己，不再压抑自己内心的真实感情。当死亡的痛苦随时间流逝而减弱时，她们开始继续讨论办学的事情，坚持把学校办在哈沃斯。在埃热先生热情的邀请下，夏洛蒂再次返回布鲁塞尔求学。艾米莉则留在家里照顾父亲、管理牧师住宅，承担大量家务活。艾米莉不在身边、埃热夫人冷淡的态度，形单影只的夏洛蒂内心被孤独与不愉快占领，回家的欲望远远超越求知欲，极强的意志力都无法控制，以至于直接压垮了夏洛蒂的健康和精神。1844年1月，夏洛蒂不顾埃热先生的一再挽留，毅然离开布鲁塞尔。从布鲁塞尔学成归来后，夏洛蒂的法语、德语等取得很大的进步，艾米莉的音乐水平也有很大的提高，安妮前后已经有6年的家庭教师工作经历。她们开始操作办学具体事情，然而哈沃斯小镇上有限的学生已经被送到其他学校读书，她们招不到任何学生，办学计划失败。

世事无常，人的决定必须服从事态的变化。1845年，勃朗特先生年事已高，布兰威尔因感情纠葛而一跌不振，夏洛蒂成为家里的支柱。此时，只有通过写作才能排遣勃朗特姐妹内心的烦忧和不安。艾米莉一如既往地沉浸在文学创作中，一头扎在贡达尔王国中。一向沉默安静的安妮也开始独立创作。夏洛蒂偶然看到艾米莉没有收藏好的诗作，她抑制不住悄悄看完所有诗作，这重新激起深藏在内心的作家梦。她尽力说服艾米莉将诗作出版，安妮也默默拿出自己的诗作，姐妹三人各挑出精良的诗作，编成一本小集子自费出版。为避免社会先入为主的偏见，获得与男性相应的尊重，她们给自己取男性化的名字。经过一番努力，1846年5月勃朗特三姐妹诗集《柯勒·贝尔、埃利斯·贝尔、阿克顿·贝尔》出版。现实比她们想象的还残酷，诗集只卖出两本，连评论都少得可怜。这次失败并没有挫伤她们的创作激情，她们继续默默地埋头于创作的海洋当中。

毫无疑问，死亡的阴影、强烈的创作欲、艰难的求生经历以及布兰威尔的堕落都对勃朗特姐妹有着深刻影响。"文学与人生之间的紧密而复杂

的关系在勃朗特姐妹身上表现得极为鲜明：很大程度上，勃朗特姐妹的小说就是她们个性和经历的艺术投射。"①夏洛蒂以自己的布鲁塞尔经历为题材写成《教授》，在照顾父亲的操劳和反复被退稿的不愉快中，夜以继日地创作《简·爱》。

《简·爱》再版序言中提出："习俗不等于道德，伪善不等于宗教。攻击前者不等于袭击后者。"②主人公简·爱有着和夏洛蒂相似的经历、外貌和精神，具有强烈的自传色彩。她深受浪漫主义文学的影响，在作品中展露出强烈的反叛意识以表示对现实社会的反叛和对抗。"身为中产阶级下层知识分子和维多利亚时代的女性，夏洛蒂将小说创作作为自己发出抗议之声的喉舌，鞭辟社会的不公，揭露人性的丑恶。"③无论是《简·爱》，还是《谢利》和《维莱特》都是夏洛蒂现实生活的投影。主人公的精神气质是她自身的精神追求，主人公的反叛是她在社会中难以实现的反叛行为。她的作品充分展现女性艰苦的人生历程，个人愿望与社会现实的冲突。安妮从小体弱多病，虽然是家里最小的成员，但她从没有因此获得更多的保护，而是为了家庭坚持做家庭教师长达6年。作品《阿格尼斯·格雷》用散文般的语言展现家庭教师艰难生活历程，主人公阿格尼斯·格雷的家庭教师历程也是安妮人生经历的再现。《怀尔德菲尔府的房客》同样隐含了她所接触到的现实生活，堕落的社会道德，女性茫然的人生。安妮将她内心的勇敢赋予主人公海伦，让她在堕落的道德面前不卑不亢，人生之路由茫然慢慢发展到对未来有清醒认知，大胆地挑战世俗法律、道德对女性的重压。艾米莉有着较强的音乐才能、绘画技艺，在生活的压力下，她的内心萦绕着孤独的情绪，比谁都渴望拥有身体和灵魂的自由统一。自由对她来说是她生命的根基，没有自由她就无法生存，在《呼啸山庄》中通过两代凯瑟琳猛烈地批判资本主义文明对人精神的腐蚀，表达她自身对自由的热切追求、对和谐温暖家庭的渴望。

残酷的社会现实，贫困的家庭经济，难以实现的梦想，令勃朗特姐妹不得不牺牲自己，承担家庭责任，忍受背井离乡的痛苦，精神的孤独、寂

---

① 李维屏，宋建福. 英国女性小说史 [M]. 上海：上海外语教学出版社，2011：136.
② 杨静远编著. 勃朗特姐妹研究 [M]. 北京：中国社会科学出版社，1983：7.
③ 李维屏，宋建福. 英国女性小说史 [M]. 上海：上海外语教学出版社，2011：152.

第七章 女性、女权、女人——19世纪英国文学作品中家庭女教师形象的嬗变

寞和无所归依,从事自己不擅长又极度厌恶的教师工作。她们无法摆脱社会对女性作家的偏见,在承认社会偏见的同时坚持创作,勇敢地再现当时女性个人实现自我的困难,表达她们内心中最真实的感情和对社会偏见的不满,对个人自我发展的希冀,以及实现自我的渴望。她们用丰富的想象力来跨越现实的痛苦,用艺术的激情来实现精神上的超越,用波折的人生经历化做创作的源泉,用反叛精神气质的新淑女来唤醒沉睡的淑女。

女性在19世纪英国社会中的不平等地位推动了女性意识的觉醒,而社会的发展令越来越多的女性得到了接受教育的机会,这也就使得觉醒了的女性具备了用创作的形式为自己争取平等权利的能力。简·奥斯丁和勃朗特姐妹的人生经历是19世纪小知识女性的缩影,她们从被遗忘到自我觉醒、从牺牲者到拥有生活智慧、从寻找自救到实现自我的嬗变淋漓尽致地展现在她们的作品中,是19世纪英国文学作品中家庭女教师形象嬗变的源泉。

参 考 文 献

1.经典著作

[1] [英]简·奥斯丁. 诺桑觉寺[M]. 麻乔志译. 上海：新文艺出版社，1958.

[2] [英]简·奥斯丁. 爱玛[M]. 钟美荪译. 北京：外语教学与研究出版社，1981.

[3] 杨静远. 勃朗特姊妹研究[M]. 北京：中国社会科学出版社，1983.

[4] 范存忠. 英国文学史提纲[M]. 成都：四川人民出版社，1983.

[5] [英]简·奥斯丁. 曼斯菲尔德庄园[M]. 秭佩译. 长沙：湖南人民出版社，1984.

[6] [英]简·奥斯丁. 理智与情感[M]. 吴力励译. 北京：北京出版社，1984.

[7] 朱虹选编. 奥斯丁研究[M]. 北京：中国文联出版公司，1985.

[8] 夏洛蒂·勃朗特书信[M]. 杨静远译. 北京：生活·读书·新知三联书店，1986.

[9] [英]盖斯凯尔. 夏洛蒂·勃朗特传[M]. 祝庆英，祝文光，译. 上海：上海译文出版社，1987.

[10] [英]乔治·桑普森. 简明剑桥英国文学史（19世纪部分）[M]. 刘玉麟译. 上海：上海外语教育出版社，1987.

[11] [英]特里·伊格尔顿. 当代西方文学理论[M]. 王蓬振译. 北京：中国社会科学出版社，1988.

[12] 洪有义主编. 灰姑娘情结[M]. 叶芸君译. 北京：银禾文化事业有限公司，1988.

[13] 钱震来. "论简·奥斯丁"[J]. 文艺理论研究，1989（01）.

[14] [法]热拉尔·热奈特. 叙事话语·新叙事话语[M]. 王文融译. 北京：中国社会科学出版社，1990.

[15] [英]玛格丽特·莱恩. 勃朗特一家的故事[M]. 杨静远，顾耕，译. 上海：上海译文出版社，1990.

[16] [英]安妮·勃朗特. 艾格尼丝·格雷[M]. 裘因译. 上海：上海译文出版社，1991.

[17] 李丹. 奥斯丁反讽艺术片谈——奥斯丁人物塑造情节结构的反讽艺术[J]. 外国文学研究，1991（04）.

[18] 张京媛. 当代女性主义文学批评[M]. 北京：北京大学出版社，1992.

[19] 徐岱. 小说叙事学[M]. 北京：中国社会科学出版社，1992.

[20] [英]玛格丽特·莱恩. 勃朗特三姐妹[M]. 李森，等，译. 天津：天津人民出版社，1992.

[21] [英]夏洛蒂·勃朗特维莱特[M]. 吴钧陶，西海，译. 上海：上海译文出版社，1994.

[22] [英]安妮·勃朗特. 阿格尼斯·格雷[M]. 薛鸿时译. 南京：译林出版社，1994.

[23] [英]沃斯通克拉夫特，斯图尔特·穆勒. 妇女的屈从地位[M]. 王纂，汪溪，译. 北京：商务印书馆，1995.

[24] 杨静远. 夏洛蒂·勃朗特书信[M]. 上海：三联书店，1995

[25] 朱虹. 英国小说的黄金时代[M]. 北京：中国社会科学出版社，1997.

[26] [英]约翰·哈罗德·克拉播. 现代英国经济史（上卷）[M]. 北京：商务印书馆，1997.

[27] 张岩冰. 女权主义文论[M]. 济南：山东教育出版社，1998.

[53] [法]西蒙那·德·波伏娃. 第二性[M]. 北京：中国书籍出版社，1998.

[28] 刘建军. 演进的诗化人学——文化世界中西方文学的人文精神传统[M]. 长春：东北师范大学出版社，1998.

[29] 程金城. 原型批判与重释[M]. 北京：东方出版社，1998.

[30] 申丹. 叙述学与小说文体学研究[M]. 北京：北京大学出版社，1998.

[31] [英]亚当·斯密. 国民财富的性质和原因的研究（下卷）[M]. 北京：商务印书馆，1998.

[32] [美]伊曼努尔·华勒斯坦. 历史资本主义[M]. 路爱国，丁浩金，译. 北京：社会科学文献出版社，1999.

[33] 陈晓兰. 女性主义批评与文学诠释[M]. 兰州：敦煌文艺出版社，1999.

[34] [美]凯特·米利特. 性的政治[M]. 钟良明译. 北京:社会科学文献出版社,1999.

[35] 张伯香. 英美文学选读[M]. 北京:外语教学与研究出版社,2000.

[36] [法]朱丽娅·克里斯蒂娃. 恐怖的权利——论卑贱[M]. 张新木译. 北京:生活·读书·新知三联书店,2001.

[37] [英]弗吉尼亚·伍尔芙. 伍尔芙随笔全集[M]. 黄梅译. 北京:中国社会科学出版社,2001.

[38] [英]简·奥斯丁. 傲慢与偏见[M]. 王科一译. 上海:上海译文出版社,2001.

[39] [美]苏珊·S. 兰瑟. 虚构的权威——女性作家与叙述声音[M]. 黄必康译. 北京:北京大学出版社,2002.

[40] [澳]亨利. 理查森. 女人的声音[M]. 郭洪涛译. 桂林:广西师范大学出版社,2003.

[41] 李建军. 小说修辞研究[M]. 北京:中国人民大学出版社,2003.

[42] [德]爱德华·福珂斯. 西方情爱史——资产阶级情爱的放纵[M]. 孙小宁译. 北京:中国盲文出版社,2003.

[43] 梁巧娜. 性别意识与女性形象[M]. 北京:中央民族大学出版社,2004.

[44] 申丹. 叙述学与小说文体学研究[M]. 北京:北京大学出版社,2004.

[45] 罗婷. 克里斯蒂娃的诗学研究[M]. 北京:中国社会科学出版社,2004.

[46] [英]简·奥尼尔. 勃朗特姐妹的世界——她们的生平、时代与作品[M]. 叶婉华译. 海口:海南出版社,三环出版社,2004.

[47] [英]玛吉·莱恩. 简·奥斯丁的世界[M]. 海口:海南出版社2004.

[48] [俄]乌斯宾斯基. 结构诗学[M]. 彭甄译. 北京:中国青年出版社,2004

[49] 申丹. "话语"结构与性别政治——女性主义叙事学"话语"研究评介[J]. 国外文学,2004(02).

[50] 申丹,韩加明等. 英美小说叙事理论研究[M]. 北京:北京大学出版社,2005.

[51] 邱运华. 文学批评方法与案例[M]. 北京:北京大学出版社,2005.

[52] [英]简·奥斯丁. 爱玛[M]. 李文俊,蔡慧,译. 北京:人民文学出版社,2005.

[53] 姚本先. 心理学[M]. 北京:高等教育出版社,2005.

[54] [英]夏洛蒂·勃朗特. 简·爱[M]. 祝庆英译. 上海：上海译文出版社，2006.

[55] 谢春燕. 俄罗斯文学中的圣徒式女性形象[D]. 哈尔滨：黑龙江大学，2006.

[56] 田祥斌，张世梅. 论勃朗特三姐妹的女权观[J]. 三峡大学学报，2006（01）.

[57] 张光明，侍中编译. 淑女的历史[M]. 上海：文汇出版社，2007.

[58] 廖昌胤. 悖论叙事：乔治·艾略特后期三部小说中的政治现代化悖论[M]. 北京：中国社会科学出版社，2007.

[59] 王晓焰. 英国社会转型时期妇女就业地位边缘化的成因[J]. 西南民族大学学报，2007（08）.

[60] [英]玛格丽特·沃特斯. 女性主义简史[M]. 北京：外语教学与研究出版社，2008.

[61] 胡亚敏. 叙述学[M]. 武汉：华中师范大学出版社，2008.

[62] 邱永旭. 《圣经》文学研究[M]. 成都：四川出版集团巴蜀书社，2008.

[63] [英]安妮·勃朗特. 阿格尼丝·格雷[M]. 薛鸿时译. 重庆：重庆出版社，2008.

[64] 陆美娟，彭文娟. 《金锁记》的女性主义叙事解读[J]. 安徽文学，2008（04）.

[65] 王一川. 文学批评教程[M]. 北京：高等教育出版社，2009.

[66] 关丽. 英国维多利亚时期中产阶级妇女就业状况研究[D]. 苏州：苏州科技学院，2009.

[67] 申丹，王亚丽. 西方叙事学：经典与后经典[M]. 北京：北京大学出版社，2010.

[68] 徐岱. 小说叙事学[M]. 北京：商务印书馆，2010.

[69] 廖昌胤. 当代英美文学批评视角中的悖论诗学[M]. 北京：知识产权出版社，2011.

[70] [法]西蒙娜·德·波伏娃. 第二性[M]. 郑克鲁译. 上海：译文出版社，2011.

[71] 李维屏，宋建福. 英国女性小说史[M]. 上海：上海外语教学出版社，2011.

[72] [美]伊莱恩·肖瓦尔特. 她们自己的文学[M]. 韩敏中译. 杭州：浙江大

学出版社，2012.

[73] 周颖. 想象与现实的痛苦——1800-1850英国女作家笔下的家庭女教师[J]. 外国文学评论，2012（01）.

[74] 夏文静. 英国维多利亚时期女性小说文学伦理学批评——以三位代表作家为例[D]. 长春：吉林大学，2013.

[75] [英]里敦·斯特莱切. 维多利亚女王传[M]. 卞之琳译. 北京：商务印书馆，2013.

[76] 阎照样. 英国史[M]. 北京：人民出版社，2014.

[77] [美]塞尔丽·詹姆斯夏洛蒂·勃朗特的秘密日记[M]. 北京：人民文学出版社，2014.

[78] [加]卡罗尔·希尔兹. 简·奥斯丁[M]. 袁蔚译. 北京：生活·读书·新知三联书店，2014.

[79] 李宝芳. 维多利亚时期英国中产阶级婚姻家庭生活研究[M]. 北京：社会科学文献出版社，2015.

[80] [英]简·奥斯丁. 爱玛[M]. 祝庆英，祝文光，译. 上海：上海译文出版社，2015.

[81] [美]桑德拉·吉尔伯特，苏珊·古芭. 阁楼上的疯女人：女性作家与19世纪文学想象[M]. 杨莉馨译. 上海：上海人民出版社，2015.

[82] 武汉大学中国高校哲学社会科学发展与评价研究中心组编. 海外人文社会科学发展年度报告[M]. 武汉：武汉大学出版社，2015.